Los impostores

Seix Barral Biblioteca Breve

Santiago Gamboa
Los impostores

Diseño colección: Josep Bagà Associats

Primera edición: abril 2002

© 2002, Santiago Gamboa

Derechos exclusivos de edición
en español reservados para
todo el mundo:
© 2002: Editorial Seix Barral, S. A.
Provenza, 260 - 08008 Barcelona

ISBN: 84-322-1127-3
Depósito legal: M. 10.988 - 2002
Impreso en España

2002. – Talleres BROSMAC, S. L.
Polígono Industrial Arroyomolinos, 1
Calle C, 31 - 28932 Móstoles (Madrid)

Ninguna parte de esta publicación, incluido
el diseño de la cubierta, puede ser reproducida,
almacenada o transmitida en manera alguna
ni por ningún medio, ya sea eléctrico, químico,
mecánico, óptico, de grabación o de fotocopia,
sin permiso previo del editor.

*A Analía, Tomás y Sergio,
queridos viajeros de Oriente*

No quería pertenecer al servicio secreto y, por ello, no quise ser espía. Fueron las circunstancias, la guerra, un vago interés por las atmósferas oscuras, el hastío...

Graham Greene, *Entrevistas*

¿En qué, pues, consiste la situación del escritor secundario, sino en un solo y gran repudio? El primer y despiadado repudio se lo aplica el lector común, que terminantemente se niega a gozar de sus obras. El segundo e infame repudio se lo aplica su propia realidad, que él no supo expresar, siendo copiador e imitador de los maestros. Pero el tercer repudio y puntapié, el más infamante de todos, le viene de parte del Arte, en el que quiso refugiarse, y el cual lo desprecia por incapaz e insuficiente. Y esto ya colma la medida del oprobio. Aquí empieza ya la completa orfandad.

Witold Gombrowicz, *Ferdydurke*

PRIMERA PARTE

1

UN HOMBRE ESCONDIDO EN UN GALPÓN

Soy un simple escribano. Esto, que quede claro desde el principio, pues la historia que voy a contar es, en realidad, ajena; quiero decir que lo importante, lo que justifica que esto se escriba, no me sucedió a mí, aunque tampoco diré que mi participación fue del todo irrelevante. Ya ustedes juzgarán qué es lo que merezco. Diré de paso que casi siempre ha sido así, y que tal vez por eso soy escribano. Me gusta copiar lo que otros relatan, soñar con dramas y episodios que, de haberme ocurrido, quizá me habrían hecho feliz, aun si éstos fueran tristes. Qué importa la tristeza. Es mejor que nada.

Me encuentro en Pekín y, por razones que relataré más adelante, estoy escondido en un viejo galpón del distrito Fengtai. Un galpón sin ventanas desde el que se oyen los silbatos de las barcas que atraviesan el lago de Yuyuantan y los resoplidos de las locomotoras de la Estación Norte. No puedo revelar, por ahora, mi identidad. Ni siquiera puedo decir cuál es mi verdadera ocupación, dejando de lado el hecho de que soy escribano. Como mucho, y esto lo digo sólo para espíritus curiosos, avanzaré a manera de enigma que me visto con traje oscuro y que mi nombre es Régis. ¿Quién soy? Ya se sabrá.

    Quienes me buscan, en cambio, sí me conocen, o al menos eso supongo; fue esa presunción la que me llevó a esconderme, aunque ellos en realidad no se interesan por mí sino por algo que, transitoriamente, yo tengo, y que definiría como un *objeto vivo*. En suma: algo que es y no es, que tiene cuerpo y esencia, a pesar de no poseer ánima. Protegiendo ese objeto paso mis días encerrado, fumando, concentrado en vigilar las volutas de humo que suben hacia la luz, un resplandor que cae desde lo alto y que forma nítidas columnas en el aire. Cuando uno está solo por tanto tiempo —mi único contacto con el exterior es un joven que trae la comida y se lleva los desperdicios—, empieza a comprender mejor la vida. La propia vida, al menos, o esa suma de memoria, anhelos y golpes que llamamos vida. Es como si uno debiera alejarse para verla con nitidez. ¿Se podrá reflexionar desde la muerte? Bueno, esto no puedo decirlo. Soy un escribano y no un filósofo, aun si, cuando uno se ve privado de su libertad por un tiempo, es inevitable que las ideas empiecen a rondar como murciélagos, y de ahí a Epicteto no hay más que un paso.

    Además está mi relación con el objeto que cuido. Bien mirado, es él quien me mantiene cautivo, ya que mis enemigos, por ahora, son una pura abstracción; aún no los he visto. Soy como el dragón que protege el tesoro en las fábulas. Sentado en una silla desfondada, lo observo durante horas. Es un extraño tesoro, he concluido, pues los elementos que lo conforman no tienen ningún valor en sí: tinta, cartulina y papel. Su valor de conjunto no es igual al de la suma de sus partes, pues es su contenido, en caso de que pueda ser descifrado, lo que le da valor. Ya habrán adivinado que se trata de un manuscrito. Un viejo manuscrito en lengua china. Por desgracia, mis escasos conocimientos del idioma no me permiten leerlo, pues de ser así mi cautiverio sería distinto. Se me dijo, además, que no lo leyera, y para ello lo empacaron en una bolsa plástica sellada en la que no entra el aire. Esta precaución, por tanto, fue inútil, y sólo demuestra que no tienen en mí una confianza que pudiéramos llamar «ciega».

En realidad, el objeto que tengo delante es sólo una superficie de plástico color café. Yo sé que en su interior contiene un manuscrito porque lo vi, y por eso hago estas divagaciones. Si no lo supiera, ésta sería sólo una bolsa. Es mucho más humano saber qué es lo que uno está protegiendo, creo yo. Por cierto que, al aceptar el encargo, pregunté si debía protegerlo con la vida. La respuesta que recibí fue inquietante: «No es necesario, Régis, porque si lo encuentran de todos modos la perderá.» He pensado mucho en estas palabras, e incluso las he escrito. Me recuerdan la historia de ese adivino al que le secuestran la hija, y que recibe la siguiente carta de los captores: «Devolveremos a su hija sólo si usted adivina si se la vamos a devolver o no.» ¿Qué debe contestar? Pues bien, yo siento la misma perplejidad ante mi frase. Creo que, al igual que el objeto que cuido, su significado va más allá del de las palabras que la componen. Es, supongo, el lenguaje en el que se expresa Dios. Yo, un simple escribano, no intento llegar tan hondo, y aun así escribo. Pero basta ya de hablar de mí. Vamos a la historia, que es larga y no admite espera. Es hora de escuchar al primero de los personajes.

2

ALGUIEN QUE RUEDA POR EL MUNDO

Me llamo Suárez Salcedo. Mi nombre de pila no importa; o mejor, me da un poco de vergüenza, así que por ahora prefiero no decirlo. Luego, si me siento en confianza, puede que lo diga. Soy un tipo común y corriente, una de esas personas que pagan puntualmente sus impuestos, se alegran con el ascenso laboral, aplauden cuando el avión aterriza y, de vez en cuando, pierden el norte, se desesperan, y entonces necesitan alivio. Pero lo importante es que vivo en París desde hace casi veinte años a pesar de haber nacido en Bogotá —tengo cuarenta y dos—, que soy periodista y que mis programas, en forma de casetes, llegan a ciento setenta estaciones radiales de América Latina.

Trabajo en la Emisora Estatal Francesa, organismo que me paga para que estos programas sean puntualmente expedidos, cada jueves, hacia sus múltiples destinos. Los reportajes versan sobre diferentes temas de índole social, cultural, científica e incluso política, aun si nuestro papel no es opinar sobre los trapos sucios de Francia —de Francia en el mundo, de ahí el nombre del programa: *Francia en el mundo*— sino más bien lo contrario: tratar de mostrar lo bueno, lo ejemplar. Ahora bien: cuando es necesario somos implacables, pues en este país hay libertad de prensa. Nuestro jefe, monsieur Casteram, jamás impediría que se grabe un programa crítico. Y yo menos, no señor, a pesar de lo que digan mis periodistas en sus chismorreos, de los cuales, por cierto, me entero siempre, pues tengo orejas largas que llegan hasta las máquinas de café; por más que me ataquen con acusaciones ruines, decía, la verdad es que yo sólo rechazo trabajos cuando son malos; cuando veo que ni con una misa al Espíritu Santo en la Église Americaine —la más cercana a nuestros estudios, ubicados en el Quai de Grenelle—, la cosa se levanta. Entonces soy despiadado, pues me va la vida en ello, y pido que lo repitan, o que realicen ese gesto mayúsculo de dignidad que consiste en hacer un ovillo con la grabación, afinar la puntería y encestarlo en la papelera.

En cuanto a otros aspectos de mi vida, debo confesar que es en extremo sencilla, por no decir aburrida —lo que permite valorar la aventura que está por dar inicio, aunque no debo apresurarme con los detalles—. Tras un segundo fracaso de vida en pareja decidí vivir solo, dejando la puerta abierta a ocasionales devaneos, siempre que no tengan el perfil de una relación estable. Y he aquí que, sin ser un Tyrone Power ni mucho menos, he logrado crear una pequeña red de «amigas» con las que salgo los fines de semana, y el lunes si te he visto no me acuerdo, o mejor, sí me acuerdo, pero sin obligación de llamar a preguntar cómo estás, qué estás haciendo o qué tal está tu alma esta mañana, en fin, esas cosas que se dicen las parejas. En París hay mucha gente que vive sola y que está dispuesta a este tipo de contactos, lo que supone una gran ventaja. Es, incluso, una tendencia en alza, según leí en un artículo aparecido en el diario *Libération*, sección *Vie Moderne*: «Las parejas de solteros», así las llaman.

Pero vamos por partes:

Me separé de mi segunda mujer, Corinne, treinta y seis años, francesa nacida en Lille, empleada de Seguros Mapfre, agencia Place de Clichy, después de un bochornoso episodio que no sé si me atreva a contar. En fin, haré un esfuerzo. Un día regresé a la casa antes de la hora habitual, pues por una extraña huelga del sindicato de limpiadores, el club de ajedrez del barrio XIV, en el que juego dos tardes por semana, estaba cerrado. Así que llegué, dejé los zapatos en la entrada para no rayar el parquet (exigencia de Corinne) y me serví un vaso de leche descremada para acompañarla con galletas dulces de bajo contenido calórico. Con el vaso en la mano caminé hacia el estudio, atraído por la música, esperando ver qué hacía Corinne, queriendo sorprenderla o las dos cosas, y al mirar por la puerta entreabierta la vi de espaldas. Pero no me atreví a saludarla, pues noté que estaba en una posición extraña. Curioso. Entonces empujé un poco la puerta y vi el computador encendido. ¿Qué hacía? Se había bajado los pantalones hasta las rodillas y tenía el calzón a la mitad del muslo, con los audífonos puestos. Me acerqué por detrás, dispuesto a darle un golpecito pícaro en el hombro y decirle: «Aquí me tienes, cariño, ¡estoy listo!», cuando vi entre sus piernas una de esas cámaras que se conectan a los computadores. En un acto reflejo levanté la vista y observé la pantalla, cosa que hasta ahora no había hecho, y por poco pego un grito, pues en el cuadrado central había una horrible verga negra de venas hinchadas, y por supuesto una mano que la acariciaba. Una mano, por cierto, con los dedos cubiertos de anillos. Al lado estaban las últimas frases que intercambiaron por escrito antes de bajarse los pantalones y pasar a los micrófonos, y allí, para mi vergüenza, leí de reojo lo siguiente: «Quiero esa verga caliente en mi boca, pisotéame, sodomízame.» Sentí una oleada de rabia, pero en ese instante la escuché suspirar; a pesar de los auriculares, era increíble que no notara mi presencia. Se estaba empezando a venir, así que retrocedí. Luego gritó algo que no alcancé a escuchar y, en ese preciso instante, terminó el disco, que para el detalle era *El sombrero de tres picos*, de Manuel de Falla.

Desconcertado salí de la casa, volví a entrar como si nada y caminé silbando por el corredor. «Corinne, *chérie*, ¿estás en la casa?» Ella saludó desde el estudio, «¡Aquí estoy, amor! En un momento vengo a saludarte.» Yo grité desde la cocina que no había podido jugar al ajedrez porque había huelga de limpiadores, y ella, desde adentro, respondió que lástima, pero que mejor así, pues eso nos permitiría cenar más temprano y ver alguna de las películas de vídeo que habíamos alquilado en Blockbuster. Luego agregó: «Espera salgo de Internet, estoy loca con la investigación ésta sobre las legislaciones de pólizas en Europa.» Corinne, ya lo dije, era agente de seguros.

Al verla acercarse me derrumbé; por ello debí hacer un esfuerzo sobrehumano —que, dicho sea de paso, hizo arder mi úlcera— para mostrarme civilizado, cauto, parisino.

Lo que más me aterró no fue la traición —aunque no sé, en realidad, si a eso se le pueda llamar traición—, sino el modo sencillo, casi cotidiano con el que fue capaz de ocultarlo. «No es la primera vez», me dije, «habrá habido muchas antes». Y entonces ya no era Corinne, sino un ser desconocido. Alguien que cambiaba no sólo mi presente sino también el pasado, por Dios. Recordé, en perspectiva, las mil y una noches en las que ella se acostaba tarde por trabajar en Internet, y supuse que esa mano tendría una cara, y la cara una voz, y en esa memoria, quién sabe en qué ciudad, en qué país remoto, estarían impresos los delicados pliegues de su sexo, el ritmo de sus espasmos, su respiración agitada, y ese alguien saldría a trabajar recordándola, se le pararía por la calle o se masturbaría en el baño de su oficina con esa imagen, con esa voz alterada por los micrófonos del computador, que metaliza los tonos, o peor, se lo contaría a sus amigos del bar, me estoy tirando a una francesita, tiene los pelos amarillos y el clítoris rosado, quién sabe qué clase de huevón será el marido, y sin duda, al ir a dormir, acariciará a otra mujer y le dirá buenas noches, amor, igual que Corinne me lo dice a mí cuando al fin decide acostarse.

—Vi lo que estabas haciendo —le dije con un hilo de voz—, ¿quién es el propietario de ese falo?

Lo negó todo en un principio, pero dos minutos después se dio cuenta de que era inútil. Entonces su reacción pasó por dos momentos muy intensos: un primero en el que me aseguró que se trataba de un juego y que a esa persona no la conocía, pues era la primera vez que entraba a un chat pornográfico; y un segundo en el que me culpaba, con argumentos legales, de violar su intimidad. El contrato de la casa del Boulevard Arago, semiesquina con la glorieta de Gobelins, felizmente, era mío, así que le dije sin soltar el vaso de leche:

—Voy a ir a ver *Ghost Dog*, de Jim Jarmusch, a los cines Gaumont de Montparnasse. Cuando vuelva no es necesario que estés aquí.

Mi único gesto latinoamericano, al menos tal y como nos ven a los latinoamericanos en París —es decir, como a unos puercos machistas—, fue lanzar el vaso contra la pared antes de salir y hacerlo añicos dejando un manchón blanco sobre el papel de colgadura. Ese horrible papel que decora la mayoría de las casas parisinas.

Claro, no vi la película sino que fui a emborracharme a L'Oiseau du Feu, en Bastilla, pero esto Corinne nunca lo supo; tampoco supo que a las dos de la mañana vomité en el canal Saint Martin maldiciéndola y maldiciendo a ese lejano país que, en una noche como ésa, me había vuelto a abandonar, y que me hacía llorar de nostalgia, de dolor, de risa, de asco, todo lo que nunca hice estando con Corinne por temor a parecerle demasiado meteco, que al fin y al cabo es lo que siempre fui, y que nunca dejaré de ser, y para que no me dijera por centésima vez lo que es tan cierto, y es que le echo la culpa a mi país de todo lo que me pasa, así sea un simple dolor de estómago, y es cierto porque en cada borrachera lloro de orfandad por lo que allá dejé, perdí y olvidé, sobre todo en noches como ésa, corneado por una verga venosa cuyo propietario, a lo mejor, es un negro de Barranquilla o del Chocó, y yo llorando y maldiciendo de lejos, sin que mis gritos lleguen siquiera a inquietar a los taxis que pasan, indiferentes. Peor que sufrir, carajo, es que a nadie le importe que uno sufra.

Así fue que Corinne salió de mi vida.

La experiencia anterior es ya muy lejana, pero, en fin, ¿por qué no mencionarla? Fue con una compatriota de Medellín llamada Liliana, estudiante de Letras —como yo—, en la Universidad de Vincennes. Ella —también como yo— quería ser escritora, pero sus ídolos eran Georges Perec, Alain Robe-Grillet, Claude Simon y, en general, los autores del «nouveau roman» francés. A mí, en cambio, me gustaban Camus, Malraux, Genet y Céline, y además me gustaba Vargas Llosa, lo que nos llevaba a interminables discusiones, ya que para ella el único latinoamericano válido era Severo Sarduy. Lo peor era cuando intercambiábamos nuestros textos. Según ella yo era un decimonónico que no había entendido nada, y mis escritos reflejaban la pobreza de mis conceptos. Cuando me tocaba el turno la acusaba de vivir fuera de la realidad, de disfrazar con un halo misterioso lo que en realidad no tenía ningún misterio ni gracia, y de escribir ideas prestadas de narraciones que, sobre todo, eran aburridísimas. Así la polémica iba creciendo; Liliana me gritaba: «¡Sartriano mediocre!», a lo que yo respondía: «¡Deleuziana ignorante!» Como suele pasar en estas discusiones, muy pronto dejábamos de hablar de libros para arremeter contra el otro diciendo cualquier disparate: «¡Gordo culo!», me gritaba, y yo: «¡Paisita metida a escritora!», y así, hasta que había dos posibilidades: o bien alguno se iba dando un portazo, ofendido, o bien acabábamos llorando, abrazados y pidiendo perdón, pues en el fondo sabíamos que ninguno tenía el menor talento y que insultar al otro era un modo de paliar la frustración por la mediocridad de nuestros escritos y por lo lejos, lejísimos que estábamos de ser lo que soñábamos. Hasta que un buen día, con gran civilización y mucha tristeza, decidimos cortar para dejar de hacernos daño, pues coincidimos en que cada uno era el reflejo deprimente del otro.

—Es que yo te veo escribir, en tu mesa —me confesó esa tarde—, y me parece verme a mí, garabateando pendejadas sin sentido, llenando hojas con historias que no le interesan a nadie.

—A mí, Lili, me interesan a mí —le respondí mintiendo, pues no sólo no me interesaban sino que, además, me aburrían.

Por fin se fue y ambos nos dimos un respiro. Claro, seguimos siendo amigos, e incluso pasamos fines de semana juntos y noches de juerga. Pero nada más. Luego ella se casó con un francés muy simpático, un arquitecto, creo, y una o dos veces al año me invitan a comer en un apartamento muy lindo cerca de Bastilla. Nunca hablamos de libros y, sobre todo, jamás preguntamos por los escritos. Así es mejor.

En fin, no sé ni cómo ni por qué acabé contando todo esto. Supongo que es importante que se sepa quién soy. Pero lo que debo contar ahora realmente, lo que interesa en esta historia, fue la extraña llamada de ayer. Estaba yo en mi cubículo —no se puede llamar «oficina» a lo que tengo aquí— cuando el timbre del aparato me sacó de mis cavilaciones. Escuchaba un defectuoso reportaje sobre la preparación de las hamburguesas *kosher* en el parisino barrio del Marais, y, para la precisión, intentaba saber si tenía arreglo o si lo mejor era devolverlo con cajas destempladas, so pena de que su autor me mandara a comer lo que sabemos y me acusara de antisemita. ¿Qué decía? Ah, sí, el teléfono. Lo levanté con desidia, pero al responder me puse firme. Monsieur Casteram me pedía ir con urgencia a su oficina. Él, como es jefe, sí tiene oficina, pues si algo les gusta a los funcionarios franceses —en realidad, a los funcionarios de todo el mundo— es mostrar las diferencias de jerarquía en este tipo de cosas.

Al llegar a su despacho encontré sentado a un tal monsieur Pétit, un hombre bajito, calvo, con una obesidad obtenida sin mucha alegría y a quien, por cierto, nunca había visto en la redacción. Casteram me lo presentó como alguien de las altas esferas de la Radio Estatal y me dijo que preparara maletas, pues debía salir con él para Hong Kong al día siguiente, escala desde la cual viajaría a Pekín para realizar un reportaje sobre los católicos en China.

—Nuestros clientes piden temas originales —teorizó Casteram, haciendo una pausa entre cada frase con un pequeño eructo—, y hoy, mi querido Suárez Salcedó, el tema de los católicos en países comunistas está en primer plano. Fíjese la que se armó en Cuba después de la visita del papa Wojtila. Todo un golpe informativo. La idea es crear algo así, ¿me sigue?

—¿Y por qué ahora? —me atreví a preguntar.

—El regreso del verano nos tiene algo... secos —continuó diciendo—. Sí. Ésa es la palabra: secos. No hay grandes temas. Se acabó lo de Chechenia, en Kosovo no ha vuelto a haber nada que valga más de un par de muertos. Nuestros asociados necesitan color. Por ello es el momento de meter al horno alguno de los temas fríos, y éste es uno de los más grandes.

Casteram me explicó que Pétit, este ser extraño y silencioso, era uno de los organizadores de enlace con los directivos de nuestras radios asociadas en el mundo. Un pez gordo, en suma. Mientras Casteram hablaba, Pétit permaneció mudo, limpiándose el sudor de la calva con un pañuelo asqueroso. Era ese típico funcionario estatal de traje raído y corbata cuyo atuendo cuadraba tan bien con su carácter que parecía haber nacido con él puesto. La orden, caída como un meteorito en el centro de la oficina, me dejó perplejo.

Yo no tengo nada contra China. Al contrario, me atrae. Pero la verdad es que por estos días me viene un poco mal, pues se echa encima la carga del mes de septiembre, con la mitad de los periodistas aún en vacaciones. Además, y esto lo digo de modo estrictamente personal, estoy en medio de una dieta hipocalórica, y nada hay peor para una dieta que un viaje de trabajo, el cambio de rutina y la tensión que esto genera, situación que, por lo general, lo bota a uno de cabeza a los buffetes de los hoteles, cuando no a los restaurantes de comida rápida, lo que en términos alimenticios significa un aluvión de calorías, grasa y colesterol. Pero en fin. No es la primera vez que me envían, de la noche a la mañana, a lugares como Nairobi, Yakarta o Tegucigalpa, dándome apenas el tiempo de hacer la maleta. Mis jefes son caprichosos y a veces, por haber escuchado una emisión en las radios competidoras, por algún comentario de cóctel o, simplemente, porque sí, les entran estos afanes. Y ahí estamos nosotros, sus fichas, para salir al terreno de combate.

Lo primero que hice al saber que debía ir a Pekín

fue lo que haría cualquier francés, es decir sacar de la biblioteca esa vieja edición en Gallimard que todos tenemos de *Un bárbaro en Asia*, de Henri Michaux, para buscar las páginas relativas a China. Tras comprobar que el libro sí estaba en la biblioteca —lo que, dicho por mí, quiere decir sobre todo que *no* fue uno de los libros que Corinne, mi ex mujer, se llevó al irse— me dispuse a leerlo, teniendo a mano un sándwich de gérmenes de soja y una botella de agua Perrier con aroma a lima. Y leí, hasta que encontré algo que me llamó la atención. Una serie de descripciones de tipos chinos.

Citaré algunas:

«Modesto, o más bien agazapado, acolchado, se diría flemático, con ojos de detective, y pantuflas de fieltro, caminando en puntas de pies, las manos entre las mangas, jesuita, con una inocencia cosida con hilo blanco, pero dispuesto a todo.»

Pensé en los chinos del álbum *El Loto Azul*, de Tintín. Luego Michaux agrega:

«Cara de gelatina, y de pronto la gelatina se destapa y sale un precipitado ratón.»

Esto último, a decir verdad, no lo entendí muy bien. Así que releí, pero la impresión fue la misma.

«Con algo de borracho y de blando; con una especie de corteza entre el mundo y él.»

¿En qué año escribió Michaux esta estupidez? Todo el mundo ha visto un chino. En todas las ciudades grandes de Europa y de América hay chinos, y entonces, ¿qué sentido tiene describirlos? No lo entiendo. ¡Es un acto arrogante y burlón que no estoy dispuesto a tragar!

En desquite, decidí improvisar una descripción del francés:

«Ser temeroso, tacaño —a la tacañería la llama "sentido del ahorro"— y mezquino. Hábil para el trabajo. Disciplinado. Tiene miedo de que sus vecinos lo denuncien a la policía y por eso ve la televisión con el volumen bajo. No le gusta que los demás crean que es tonto, por eso evita sorprenderse, aun si lo que tiene delante son las pirámides de Egipto. Tiene dos obsesiones centrales: parecer más inteligente de lo que es y estar muy ocupado. Desde joven piensa en la pensión, pero cuando ésta llega, a los sesenta y cinco años, se deprime y a veces se suicida. Las jovencitas ponen mala cara si un varón les dice un piropo, y son capaces de negarse a hacer el amor si al día siguiente deben levantarse temprano. Les gusta la buena comida, pero casi nunca la comen porque es cara. Sus vinos son óptimos. Se dice que crearon los perfumes porque no se bañan, pero esto no es del todo cierto. Son rubios, de ojos saltones y piel acartonada. Creen que si Francia no existiera el mundo sería una leonera, y no les falta algo de razón. Inventaron, por error, el *champagne*.»

Al releer me invadió un cierto sentido de culpa, pero fue Michaux quien empezó. Luego regresé a la biblioteca y, con mano temblorosa, extraje la edición en La Pléiade de las *Obras Completas* de André Malraux. Es curioso. Otro apasionado de Asia y con un nombre tan parecido al de Michaux. Sólo tres letras los diferencian. Abrí *La tentación de Occidente* y releí la última frase: «Una de las leyes más fuertes de nuestro espíritu es que las tentaciones vencidas se transforman en conocimiento.» Mis ojos se llenaron de lágrimas, los vellos de mi antebrazo se levantaron como espinas de erizo. La lucidez de Malraux me emociona hasta las lágrimas; es algo un poco ridículo, lo sé, pero que no puedo controlar. ¿Y por qué me emociona tanto? Pues porque, en fin, modestamente, a mí me habría gustado ser como él. Sin duda me faltó el talento, claro, pero lo que yo me digo, y lo que les digo a mis pocos amigos, es que no tuve la oportunidad de hacerlo, pues la supervivencia me empujó a este trabajo y luego no me quedó tiempo libre. Yo sé, secretamente, que esto es falso; si uno quiere escribir, escribe, así deba levantarse por las noches, sacrificar horas de sueño, trabajar en buses y cafeterías. Lo que me faltó fue coraje, decisión, y esto es algo que mordisqueo de vez en cuando, desvelado, o cuando me paso de tragos y acabo echándole la culpa a mi país, que fue el primero en abandonarme, y lloro de rabia, y bebo, y acabo colgado del teléfono, llamando sin parar a Bogotá, sólo por sentir que no todo está perdido, que mi nombre, en esa ciudad, aún es capaz de despertar afecto.

El talento de Malraux y el de otros escritores que admiro es un dedo acusador, un incómodo espejo de mi cobardía. Pero en fin, no quiero desviar la historia.

Estaba por decir que si voy a ir a Hong Kong, y luego a Pekín, lo mejor sería releer también algunos pasajes de *Los Conquistadores* y de *La condición humana*. Así que, tras comer el sándwich de germen de soja —y de ir furtivamente a la nevera, lo confieso, y apurar tres bocados de fois gras y varios sorbos largos a una botella de Vouvray—, me dispuse a leer hasta quedar profunda, reparadoramente dormido.

A las siete de la mañana el timbre del teléfono me despertó y caí en la cuenta de que estaba en el sillón de la sala, con el libro de Malraux sobre las piernas. Caramba, me dije, ¿quién podrá ser a esta hora?

—Soy Pétit —escuché decir—. En quince minutos pasaré a recogerlo. Iremos a la embajada china y de ahí al aeropuerto. El vuelo es a las once. No olvide su pasaporte.

Dicho esto colgó; yo me quedé mirando el auricular sin comprender muy bien qué estaba sucediendo. ¿Quince minutos? De un salto fui al armario, saqué mi maleta y puse dentro todo lo que encontré. En otro maletín guardé la Sony Digital y varios casetes —hace ya tiempo que dejamos de usar las pesadas grabadoras Nagra, lo que mi espalda agradece a diario.

Del baño, tras darme una ducha rápida y pasarme una afeitadora eléctrica por las mejillas, recogí mis utensilios, dándole particular importancia a las pastillas Chitosano, un complejo orgánico que reduce en un 30% la absorción de las grasas. Todos estos cuidados, sobra decirlo, los sigo por estrictas razones médicas, ya que en mí la vanidad, además de ridícula, sería inútil. En la cocina tomé un par de sorbos de jugo de naranja, una manzana y un yogurt natural, 0% de grasa. Luego cerré la llave del gas y la del agua, justo en el instante en que otro timbre, esta vez el de la puerta de la calle, atravesaba el aire.

Pétit me esperaba en un Renault 21 de color negro, parqueado sobre el andén. Saludó con un gesto y, sin siquiera proponer ayudarme a subir la valija al maletero, volvió a sentarse al volante. Sé que de entrada este hombre me cayó mal, esto creo haberlo dejado claro, pero quisiera agregar que su pinta, esa mañana, era lo más ridículo que había visto en mi vida: sobre una desabrida camisa mil rayas llevaba un chaleco de fotógrafo Banana Republic, pero no original, sino una burda imitación comprada en algún puesto callejero de Belleville. Encima del chaleco lucía una chaqueta ligera, un pantalón de algodón color caqui y zapatillas de suela baja sin medias, con lo cual regalaba a los paseantes la espantosa imagen de sus tobillos regordetes, rosados y lampiños. Ése debía ser el atuendo de los funcionarios estatales en los «países cálidos», en las épocas coloniales de Francia. Pero en fin, ya dije que todo en Pétit era ridículo: su forma de sudar, su barriga fofa, su horrible papada, el olor a naftalina que exhalaban las costuras de su traje, el pelo de la coronilla, húmedo por la transpiración, dejando al aire las zonas baldías.

Al llegar a la embajada china, Pétit dejó el Renault 21 en doble fila, me pidió el pasaporte y me dijo que lo esperara. Tuve la tentación de bajar del carro y entrar a una brasserie a comer un croissant con café —ya empezaba a ponerme nervioso—, pero tuve miedo de que esto contrariara a mi compañero. Así que esperé, tamborileando con los dedos sobre la guantera y calculando si debía encender el radio, pues a esa hora ya habrían sucedido miles de cosas en el mundo y yo aún no había escuchado el sumario de France Info, algo que, a estas alturas de mi exilio voluntario, se había convertido en vicio.

Pétit volvió a los veinte minutos. Subió sin decir palabra, y, tras lanzarme de modo grosero el pasaporte, salimos hacia el aeropuerto de Roissy. Yo seguí tamborileando sobre la guantera hasta que en un semáforo se quedó mirando con odio mis dedos. Entonces los replegué y me mantuve en silencio. Qué tipo tan raro. Nunca había visto a un periodista actuar de este modo, aun si es cierto que el periodismo es un gremio capaz de contener todas las tendencias humanas, incluyendo taras, virtudes y defectos. En el aeropuerto sucedió algo curioso: en lugar de dejar el carro en el parqueadero, Pétit le entregó las llaves a un hombre de vestido gris que, al parecer, nos esperaba, pero que nadie me presentó. Luego empujamos las maletas hasta los mostradores de la aerolínea Cathay Pacific y, para mi frustración, comprobé que nuestros billetes eran de clase económica. Hubiera preferido un vuelo con Air France, para engordar mi programa de millas, pero Pétit dijo que la Cathay era la única que volaba a Hong Kong ese día. No hice más preguntas al ver el disgusto con el que me respondió, pero suspiré al pensar que no podría relajarme en el salón VIP del aeropuerto, comer algo de maní con jugo de naranja y leer los periódicos del día.

Entonces nos sentamos en una de las frías salas de espera y, en un lance de humanidad, le pregunté a Pétit si tenía hijos.

—No —dijo con sequedad—. ¿Por qué me lo pregunta?

—Es una forma educada de iniciar una conversación —repliqué—. Al fin y al cabo vamos a hacer un viaje juntos.

—Ya hablaremos cuando llegue el momento...

Dicho esto volvió a su silencio de antes; para justificarlo sacó unos documentos de su maletín y se sumergió en ellos como si se tratara de su acta de divorcio. Yo, desagradado y con ganas de maldecir, me levanté a dar una vuelta por el duty free pensando que, en realidad, Pétit no sólo era sucio, sino grosero y arrogante. Me pareció imposible que un ser así fuera capaz de dar a otros algún tipo de alegría, ni siquiera el día de su nacimiento. A lo mejor más tarde, con algunos tragos a bordo, o al llegar, algo de su personalidad profunda afloraba y la situación daba un vuelco. No creo ser una persona conflictiva. Si Pétit quería dárselas de duro era su problema.

Por lo pronto nuestro camino era largo. Había que atravesar todo Asia, viajando contra el sol, para llegar a Hong Kong a las siete de la mañana. Estas situaciones las conozco de memoria y por lo general leo mucho, de ahí la delicada elección de un buen libro, que no puede ser ni muy denso ni muy ligero: algo que interese sin cansar y que se sostenga durante muchas horas. Luego de la cena, abundantemente rociada con vino, bebo unos buenos tragos de whisky o ginebra, dependiendo del ánimo, haciendo coincidir la última copa con la película de turno que en todas las aerolíneas pasan después de la comida. Y ahí me voy quedando dormido, mecido por los tragos y el baileteo del avión —cuando hay, claro, y aquí debo confesar que me gustan las turbulencias, pues cuando no, cuando el viaje es rectilíneo y tranquilo, tengo la sensación de estar sentado en una inmensa, aburridísima sala de espera. ¡Ah, Hong Kong, qué lejos estás!

3

ALGUNOS PORMENORES SOBRE LA VIDA
DEL DOCTOR GISBERT KLAUSS, FILÓLOGO,
Y DE SU BÚSQUEDA ENLOQUECIDA

La vida del doctor Gisbert Klauss, como la de tantas almas destinadas a medrar en las ciencias del espíritu, dejó pocas huellas en la época de su infancia y primera adolescencia. Su juventud transcurrió en la Westfalia de los años cincuenta, más exactamente en un pueblecito llamado Bielefeld, y quienes dieron razón de él en los diarios —es decir, después de obtener una dramática notoriedad—, afirman que de niño siempre tuvo un balón de fútbol entre las piernas. Pero el destino, ese pájaro oscuro que revolotea sin que lo llamen y que mete el pico en todas partes, estaba harto de futbolistas, y para que no hubiera lugar a dudas lo castigó rompiendo un tendón de su pierna derecha. Con esto la existencia del joven dio un vuelco, y, de los campos deportivos, pasó al estudio. La madera de Gisbert era de la buena y el mismo destino, que se había portado mal en un principio, decidió compensar dándole otra gran pasión: la filología. Entonces ingresó a la Universidad de Colonia, o de Köln, como escriben los alemanes, dirigiendo su lúcida mente hacia la sinología, es decir el estudio de la lengua y la cultura chinas.

De su vida de estudiante en Köln también se sabe poco, apenas que la pasión sinológica fue tan fuerte que le impidió realizar cosas normales como cortejar mujeres, salir a fiestas y hacer vida bohemia. En realidad esto lo suponemos por el hecho de que Gisbert Klauss se casara muy tarde, ya viejo, con una empleada menor de la Universidad de Hamburgo, centro docente en el que impartía sus lúcidas clases. No hay que ser caracterólogo para imaginar que el de Gisbert y Jutta, Jutta Krugg, fue uno de esos matrimonios aceptados, de parte de la dama, por admiración y ascenso social, y de parte de él por la necesidad de resolver asuntos prácticos de la vida. Sobra decir que no tuvieron hijos.

El detonante de la pasión sinológica, sin embargo, tuvo que ver con el descubrimiento de un legendario sacerdote jesuita, el italiano Mateo Ricci, uno de los occidentales que, después de Marco Polo y del franciscano Juan de Piano, conoció mejor ese universo que en Occidente llamamos China, pero que en lengua nativa quiere decir «Nación Central».

Y es que la vida de Ricci, que llegó a las costas de Macao en 1582 —dos años después de la partida del fidalgo portugués Luis de Camões, autor de *Los Lusíadas*—, contiene todos los elementos necesarios para despertar la pasión de un filólogo. Lo más llamativo fue la rapidez con la que aprendió el idioma chino. Dicen las crónicas, en efecto, que Ricci tardó apenas un año en hablarlo con fluidez, una empresa cuya dificultad podría ser comparada, en términos de masas, con la construcción de la Gran Muralla. Por esta ilimitada capacidad de aprendizaje, Ricci se ganó los favores de los gobernadores imperiales, los cuales le permitieron instalarse en la provincia de Guandong, en el centro del país, e iniciar una serie de viajes pastorales por China que lo llevarían muy lentamente a Pekín —llegó en 1601 y allí permaneció hasta 1610, fecha de su muerte—, a la corte imperial, en donde obtuvo el beneplácito del Emperador, quien se interesó por su prodigiosa memoria.

¿Cuál era el método utilizado por Mateo Ricci para recordar? Él mismo lo llamó El Teatro de la Memoria, y consistía en una representación mental de ideas, abstracciones y esencias, organizadas por afinidad semántica o sonora en los diversos espacios del gran teatro. De este modo, cuando Ricci necesitaba acudir a cualquiera de sus múltiples conocimientos, sumergía su mente en ese espacio hasta dar con él, como un utilero que busca una prenda en una bodega, y lo increíble, lo que no ha podido ser jamás igualado, es que en este proceso tardaba sólo unos pocos segundos. No es de extrañar que gran parte de la instalación de los jesuitas en China haya tenido que ver con este prodigio, ya que el Emperador, interesado en conocer su método, le dio a Ricci todo su apoyo, a cambio de que, cada tanto, hiciera para él o sus invitados alguna circense demostración de su infinita memoria.

Se dice que Ricci, antes de viajar a Oriente, decidió *aprehender* todos los conocimientos que, hasta entonces, la cultura cristiana había atesorado, pues deseaba transmitirlos en China, pero que no contaba con espacio físico para transportarlos, pues se encontraban en enormes libros y tratados de los que, en muchos casos, no había más que una copia. De este modo, para poder viajar con una ligera mochila, optó por llevarlos en su memoria.

Fue con estos datos que Gisbert *nació* al legado de Mateo Ricci. Como el Emperador y tantos otros, Gisbert Klauss soñó con poder repetir el milagro de la memoria, aunque basado en presunciones filológicas. Un idioma, y esto lo saben los filólogos, no es otra cosa que una ordenación del universo enunciada a través de un sistema de lenguaje. Si bien éste se debe aprender, gran parte de la estructura que lo conforma responde a un método, a una columna vertebral que coincide con la visión del mundo de la sociedad que la produce. Ésta imprime su huella en el idioma, aun si en todos hay estructuras que se repiten, tales como las diferencias de género, número, los casos, las funciones pronominales, el plural y el singular, los tiempos verbales, etc.

Los idiomas derivados del latín tienen estructuras idénticas. Los distingue el particular recorrido de cada una en la «romanización», es decir, la transformación del latín en lenguas romances, con diferentes resoluciones regionales para un tronco común. Hay, claro, otras raíces igualmente sólidas, como las lenguas germánicas o las semíticas; están también las lenguas indígenas americanas, de las cuales sobreviven, según la Unesco, ciento sesenta y siete, y a las cuales no se les ha encontrado un tronco común, pero que tienen estructuras similares. Y en medio está el chino, el más importante de los idiomas sino-tibetanos, y que es, en sí mismo, un racimo de dialectos y lenguas derivadas como el mandarín, el cantonés y otros, los cuales tienen la inusitada particularidad de compartir la misma escritura, una de las más grandes creaciones, por cierto, de la historia humana, y que está en el origen de la grafía de otras lenguas de la región, caso del japonés o el coreano.

Y aquí venía la gran sospecha de Gisbert: si Mateo Ricci logró aprender esa lengua en tan poco tiempo, fue sin duda por haber encontrado un sistema que unía al idioma chino con las lenguas indoeuropeas. Con todas las lenguas, en suma, lo que equivaldría a un código universal de lenguaje, ese idioma bíblico perdido en la confusión de Babel, durante aquella aciaga tarde filológica en la que Dios decidió castigar la soberbia del hombre condenándolo a la incomprensión. Tal vez Ricci, en su Teatro de la Memoria, había encontrado el sistema perfecto, el lenguaje de las primeras esencias.

Era posible, pensó Gisbert, que este idioma fuera hijo, descendiente al menos, del supremo lenguaje con el que fue creado el universo. Ese que, según los evangelios, usó Dios para ir poblando el mundo, para inventar la Naturaleza, animal por animal, árbol por árbol, para generar el sabor de las cosas, el orden de la vida y de la muerte, los azares y el arrepentimiento, la injusticia y el triunfo, la derrota y el dolor. Todo, pensaba Gisbert, fue nombrado para que existiera, y esta lengua, aun siendo de índole divina, debió dejar su huella en algún lado. Enunciarla, para él, era acercarse a quién sabe qué misterios, a qué lejanías, pues se supone que al pronunciar una sola de esas palabras uno sería igual a Dios, *sería* Dios, pues podría crear.

Por su frenética preparación Gisbert Klauss ya sabía griego, español, inglés, francés, italiano y portugués. Tenía nociones de ruso y de otras lenguas eslavas como el polaco o el serbo-croata, y podía comprender el árabe, el turco y el hebreo. También había estudiado, aunque de forma puramente teórica, algunas lenguas malayas. Su gran reto sería la lengua china, entendiendo por «chino», como mínimo, el mandarín y el cantonés, y, en su proyecto mental de joven estudioso, abrasado por la sed del saber, pensaba seguir con el quechua, el swahili, el vasco y el húngaro —que al parecer tienen una raíz común—, el esquimal y el maorí. El hombre que más lejos llegó en el conocimiento de los idiomas fue un neozelandés llamado Harold Williams (1876-1928), corresponsal en las islas del Pacífico del periódico *Times*, quien llegó a hablar con corrección cincuenta y ocho, y aunque la vanidad de Gisbert no llegaba al punto de desear superarlo, supuso que estaría obligado a ello, tarde o temprano, al alcanzar, como Ricci, el resumen de las lenguas, necesario para enunciar el sistema universal, la caja negra de todos los idiomas, dando un aporte invaluable a la ciencia filológica. Otro caso, muy caro a Gisbert, era el de Richard Burton, pero no referido al célebre actor, eterno marido de Elizabeth Taylor, sino al legendario cónsul inglés en Trieste, allá por el año 1872, traductor de *Las Mil y Una Noches*, quien, según Borges, «soñaba en diecisiete idiomas y que llegó a dominar treinta y cinco, contando entre ellos lenguas dravidias, semitas, indoeuropeas y etiópicas». ¿Cuál es el límite de la memoria? A esta pregunta los científicos no han dado respuesta y por lo tanto Gisbert podía pensar que era infinita. Ricci era el ejemplo y él, modestamente, pensaba seguirlo.

Pero al iniciarse en la lengua china y al descubrir a

través de ella su poesía y sus novelas, Gisbert Klauss empezó a aplazar el proyecto multilingüe para demorarse, cada vez con mayor fruición, en los textos literarios. Algo nuevo tomaba forma en su mente y era la percepción de un nuevo sistema. Como es de rigor en cualquier espíritu que busca la perfección, Gisbert Klauss había dedicado mucho tiempo a la literatura. Había disfrutado con los poemas de Goethe y François Villon, conocía la obra de Dante Alighieri y de Cervantes, había leído a Eça de Queiroz y a Walt Whitman, a Milton y a San Juan de la Cruz, a Ibn Arabi y a William Blake, a Quevedo y a Omar Khayam, a Shakespeare y a Heine; en fin, la lista de sus lecturas sería tan larga como los húmedos pasillos de la biblioteca de la Universidad de Köln, pero al leer estos libros siempre había predominado la antena del filólogo, del investigador atento, ocultando la posible emisión de otras señales.

Y ese fue el gran cambio. Al adentrarse en la literatura china, la irradiación de algo nuevo hizo vibrar su corazón, opacando las ondas del intelecto. La limpia precisión de los versos de Li Po, por poner un ejemplo conocido, conmovieron sus fibras más íntimas sin que él llegara a saber por qué. «¿Cuál es este extraño sistema que desconozco y que me hace feliz?», llegó a preguntarse una noche, temblando de emoción, ante una página de Lin Hsú. El oscuro cielo alemán, entrevisto por una de las claraboyas de la biblioteca, no le dio respuesta. Esas páginas eran el envoltorio perfecto de su alma, más allá de la razón, frente a las cuales las armas de su oficio se quebraban como lanzas de cristal. «Ese sistema se llama Literatura», se dijo una noche, «toda mi vida lo he tenido delante de la nariz, sin llegar jamás a descubrirlo».

Desde un punto de vista filológico, era irracional que una selección de lenguaje provocara placer. Si una de las frases de Lin Hsú, por decir algo, se reprodujera reemplazando cada palabra por un sinónimo —es decir, sin alterar un ápice su sentido—, el perverso y placentero efecto desaparecería. Gisbert hizo esa prueba y muchas otras hasta determinar que el *sistema* escapaba a las reglas por él conocidas, y que si bien era posible explicar los efectos que producía un texto literario, e incluso saber cómo y por qué los producía, no se podía elaborar ninguna teoría, ya que el efecto era irrepetible. La explicación de un texto determinado no servía para entender otro, lo que significaba que no era un saber universal, verificable y comprobable, sino una impresión, palabra que a un científico como él producía urticaria. Y sin embargo ahí estaba, subyugado por ese ciego universo; feliz y al mismo tiempo aterrado de haber abierto esa oscura puerta que, supuso, ya no podría cerrar jamás.

Entonces decidió convivir con ambas pasiones, con la consecuencia de que su ímpetu de conocimiento filológico, al encontrar en la literatura un contrapeso, se hizo más tenue, se adecuó a la realidad. Ya no quería consagrar cada segundo de su tiempo al trabajo científico, pues ahora le era indispensable obtener cada tanto una dosis de ese placer recién descubierto, de esa lectura sin finalidad práctica que tanto hacía vibrar su espíritu. Y así, de los grandes sueños, Gisbert pasó a las grandes realidades, obteniendo un cargo de profesor supernumerario en la Facultad de Filología de la Universidad de Hamburgo, que, con el tiempo, pasó a ser de maestro de planta, y, años después, de catedrático.

La primera vez que Gisbert Klauss leyó la *Historia*

de los nombres cambiados, de Wang Mian, sintió golpear un oleaje placentero en las dársenas de su cerebro. Era un libro perfecto. Su deliciosa armonía y sus historias tenían esa envoltura de dificultad para la cual él, filólogo, estaba preparado, permitiéndole sumar al placer estético la comprensión del intelecto. Wang Mian parecía haber escrito para él y, sin embargo, qué vidas tan dispares: Wang Mian satirizó la Academia, y él, Klauss, formaba parte de ella. Mian era un derrochador irresponsable y Klauss un ciudadano serio, un dócil contribuyente con las cuentas al día. Wang Mian murió en la miseria, alcoholizado, mientras que Klauss, cotizando el seguro social hacía más de veinte años, tenía una pensión que le prometía, salvo catástrofe, guerra mundial o acceso al poder de los *skin-heads*, una vejez apacible. En suma: dos seres opuestos, pero con almas gemelas. «Sólo el mundo de las letras puede conciliar tales distancias», pensaba Gisbert. El único parecido entre ambos, eso sí, era el gusto por los destilados, ya que Gisbert, hijo de su región, mecido en la maternal espuma de la cerveza, tenía inoculado en su organismo, en su ADN, una cadena LDNG suplementaria que quería decir: «Ligera Dipsomanía Nada Grave», y que como su nombre indica nunca llegó a extremos censurables; más bien, ésta le daba una plusvalía espiritual que lo acercaba a sus congéneres, convirtiendo su frío empaque de hombre de ciencia en un caparazón cálido después del tercer vaso, sobre todo si había delante un buen partido de fútbol, y ya no digamos cada vez que el equipo de la Bundes Republik ganaba un torneo internacional. Si bien es cierto que todos sueñan con destacar, no hay nada más tranquilizador, a fin de cuentas, que saberse igual al resto de los mortales. La seguridad de ser alguien común y corriente.

De este modo, los artículos de Gisbert sobre la obra de Mian fueron saltando en varias publicaciones universitarias hasta darle cierta fama en el mundo académico. Y así fue un hombre feliz, pues a pesar de que sus mayores aportes a la sinología eran explicaciones del grafismo en los ideogramas chinos, lo que más orgullo le daba, lo que más halagaba su vanidad, eran los artículos sobre obras literarias por las que sentía pasión y, por qué no decirlo, que se habían convertido en una segunda escala de ascenso en la carrera docente. A punta de ideogramas, pero también de comentarios eruditos, Gisbert había logrado una jerarquía bastante alta en la Facultad de Filología de la Universidad de Hamburgo, con un salario que le permitía adoptar con calma ese aire de persona retraída, alzada del suelo, nefelibata que deambula en el mundo de las esencias y no por estas groseras trochas de la realidad, senderos de tierra por los que arrastran sus insulsas vidas la mayoría de los mortales.

La revelación le llegó a Gisbert durante una visita a París, en uno de los puestos de libros a la orilla del Sena —los célebres *bouquinistes*—: fue un libro sobre la China que no había leído y que, de inmediato, acaparó su atención. Era el *Diario* de Pierre Loti, viajero y escritor de la Academia Francesa, sobre sus experiencias de oficial en una expedición militar contra el Imperio en el año de 1900. «La guerra de los Bóxers», pensó Klauss, y sin pensarlo dos veces sacó del portafolio un billete de cincuenta francos, lo alargó al *bouquiniste* y se fue con el viejo ejemplar para el hotel.

Digamos aquí, para la anécdota, que el viaje a París fue una idea de Jutta, su mujer, algo que venía proponiendo sin éxito desde hacía más de siete años. Cada verano la paciente mujer se lo recordaba, obligando al obsesivo sinólogo a elaborar una disculpa: que París está llena de extranjeros por esta época; que debía trabajar en un artículo para la publicación trimestral de la facultad; que la conferencia sobre el proceso histórico del ideograma Tang. En fin, de todo. Pero este año la pasiva terquedad de la mujer lo dejó sin excusas, y al Herr Professor no le quedó más remedio que doblegarse, hacer maletas y subirse a un tren matutino, algo que le producía verdadero horror, pues él, como su querido Jules Verne, jamás había salido de su tierra. Los conocimientos lo llevaban lejos y eso le bastaba. Nada hasta ahora, ni siquiera su adorada cultura china, le había parecido suficiente justificación como para empujar su trasero a un asiento de avión y bajarlo en algún lugar perdido y lejano. París, al fin y al cabo, no estaba tan lejos.

Pero volvamos al libro, en cuyas páginas Gisbert Klauss se sumergió de inmediato.

Pierre Loti, joven oficial francés, desembarcó en las costas chinas por el Golfo de Petchilí, playa de Ning Hay, el 24 de septiembre del año 1900, tras un largo periplo a bordo del *Redoutable*, un navío de guerra francés que viajaba con refuerzos y pertrechos. Los Bóxers estaban ya muy diezmados y Pekín había sido tomada por las fuerzas aliadas, pero los combates continuaban en otras regiones. «De todo hay en esta playa —escribió Loti— entre los sacos de tierra que en ella se habían amontonado para una precipitada defensa. Hay cosacos, austríacos, alemanes, *midships* ingleses, al lado de nuestros marineros armados; soldaditos del Japón, sorprendentes de hermoso aspecto militar, con sus nuevos uniformes a la europea; rubias damas de la Cruz Roja de Rusia y *bersaglieri* de Nápoles, con las plumas de gallo colocadas sobre sus salacotes coloniales.» Gisbert, cada vez más contento con su hallazgo, disfrutó con la descripción de la primera pagoda encontrada por Loti: «Muy cerca, surge de entre los árboles una vieja construcción gris, retorcida, bicorne, erizada de dragones y de monstruos... Es una pagoda.» Ja, ja, se divirtió Gisbert.

Esa noche, rompiendo sus promesas, envió sola a Jutta a comprar algo de mortadela, pan de baguette, queso, jamones y cerveza, pues le anunció que pasaría la velada en el cuarto del hotel leyendo el libro. Como contrapartida, le dio varios billetes de cien francos para que fuera a ver un espectáculo que a él le parecía sórdido pero con el cual ella soñaba: el *Folies Bergère*. Y así todos contentos: él en un confortable sillón del Hotel de Buci, sumergido en el alucinado viaje de Loti, y ella muerta de risa, dándole gusto a esa pasión de la clase media alemana que, según Gisbert, consistía en ver, al llegar a París, las bailarinas del Lido —de esto no había podido escapar, el día anterior— y rematar con el ridículo escándalo del *Folies Bergère*.

Una vez solo, Gisbert destapó una cerveza König Pilsener, le pegó un mordisco de tiburón a uno de los sándwiches y volvió a sumergirse en el libro. Tras la sorpresa de la llegada, la narración adoptó un aspecto sombrío, pues lo que el joven oficial francés fue encontrando a medida que se acercaba a Pekín era sólo muerte, destrucción, tierra abrasada. Loti viajó en un junco, una pequeña embarcación, río Pei-Ho arriba, acompañado por cinco sirvientes chinos y dos soldados bien provistos de fusiles y munición. Las aguas estaban negras de sangre, y, cada tanto, aparecían cadáveres de vientres hinchados flotando a la deriva, miembros humanos enredados entre los cañaverales y buitres alzando el vuelo con trozos de carne humana.

Así fue el viaje. Así es. Cada tanto se detienen y pasan la noche en tiendas militares. Durante un crepúsculo, en un pueblo a orillas del río, Pierre Loti ve a unos soldados rusos sacando de las casas muebles antiguos, de madera tallada, para alimentar el fuego de una hoguera. Lentamente va llegando a Pekín, para encontrarse con un panorama aún más sombrío. «La rabia de destrucción, el frenesí del asesinato se encarnizaron contra esta desventurada Ciudad de la Pureza Celeste —escribe—, invadida por las tropas de ocho o diez naciones diversas. Ella ha sufrido los primeros embates de hereditarios odios. Primero pasaron sobre ella los Bóxers. Vinieron después los japoneses, chiquitos y heroicos soldados que yo me abstengo de calificar, pero que matan y destruyen como los ejércitos bárbaros de antaño. Menos aún quiero hablar mal de nuestros amigos rusos; éstos han enviado aquí cosacos vecinos de Tartaria, siberianos medio mongoles, hombres todos admirables en la lucha, pero que aún entienden las batallas al modo asiático. Han llegado crueles jinetes de la India, delegados por la Gran Bretaña. América ha arrojado aquí sus mercenarios. Y nada quedaba intacto ya cuando aquí llegaron, en la primera excitación de venganza contra las atrocidades chinas, los italianos, los alemanes, los austríacos y los franceses.»

Gisbert, con sorna, notó que Loti descargaba el peso

de la destrucción sobre los asiáticos, pero la verdad es que la saña de todos los soldados, y en particular de los alemanes, prefigura los horrores que vendrían en el recién inaugurado siglo. El libro de Loti era rico en detalles y Gisbert, destapando la cuarta König Pilsener —tenía dos paquetes de seis latas en el pequeño refrigerador del minibar, así que podía beber tranquilo—, se relamió al imaginar cada una de las escenas.

Al llegar a un palacete, Loti ve la mitad inferior de un cuerpo de mujer, y, buscando entre los rincones, encuentra la cabeza en una bolsa, junto a un gato muerto. Hay otro detalle y es que le repugna la costumbre de ciertos soldados occidentales (no dice de qué nación) de servirse carne y cortarla sobre las tablas de los ataúdes. Pero la imagen más aterradora es el macabro encuentro de los últimos defensores de Pekín. Dice Loti:

«En cuanto a descubrimientos, esta mañana hemos encontrado un montón de cadáveres; los últimos defensores de la Ciudad Imperial caídos aquí, en el fondo de su baluarte supremo, unos sobre otros, con sus contorsiones de agonía. Los cuervos y los perros, llegando hasta el fondo del agujero, les han vaciado el tórax y comido los intestinos y los ojos; es un revoltijo de miembros en los que apenas queda carne; se ven las espinas dorsales rojas, retorcidas entre jirones de vestidos. Casi todos conservan sus zapatos, pero no su cabellera. Con los perros y los cuervos, otros chinos han llegado hasta el agujero profundo y los han despojado de su pelo para hacer coletas postizas. Los añadidos para hombres están en boga en Pekín; todos los cadáveres que yacen a nuestro lado tienen la piel del cráneo arrancada con la trenza, dejando ver el hueso pelado.»

Estas revelaciones, ya iniciando el segundo envoltorio de seis latas, dejaron a Gisbert algo intrigado: ¿realmente Loti *vio* todo aquello? Él, poniendo por caso, sería incapaz de sobrevivir a una visión semejante. Y mucho menos escribirla. Le intrigaba la pasividad con la que Loti observaba el horror. Había algo que se le escapaba, que no llegaba a comprender, pues, según él, la contemplación de ciertos hechos atroces, cuando el ser humano procrea lo peor de sí mismo, es una experiencia intransferible, como las visiones místicas, los rasgos de ese impenetrable rostro divino del que hablan algunos poetas. Pero Gisbert tenía estas opiniones por sus lecturas, no por la experiencia. «¿Qué sabes tú de la vida, Herr Professor?», le dijo una voz, díscola, en su oído, que sin duda tenía que ver con el hecho de que ya sólo le quedaba una lata, y que en algún lugar de su mente tomaba cuerpo la idea de abrir el minibar y escanciarse uno de los diminutos botellines de whisky. Más que tomar cuerpo, la idea se convirtió en realidad, pues para alargar el benéfico y maternal sabor de la última König Pilsener, Gisbert se acurrucó, abrió la nevera, sacó un frasquito de Johnnie Walker etiqueta negra y lo sirvió en uno de los vasos de vidrio que la piedad del hotelero había dejado en el baño, sin duda para los cepillos de dientes. Él tenía una gran reverencia por los escritores, pero esto lo llenó de preguntas. Se trataba de un diario, lo que quería decir, en suma, que no tenía finalidad argumental; era la vida cotidiana, los hechos tal como sucedieron, inconexos a veces, repletos de imágenes. «La vida, Herr Professor, la vida», continuó diciéndole esa voz, y entonces levantó el auricular del teléfono, marcó el nueve de la recepción y pidió en un francés bastante limpio que le consiguieran cerveza alemana König Pilsener, que daría una buena propina y que por favor lo hicieran rápido, muy rápido.

El nuevo problema teórico, recién aterrizado en su mente, tenía que ver con la forma de expresar las vivencias. ¿Cuántos escritores han contado la verdad, entendiendo por *verdad* lo que han experimentado, olido, palpado? Gut, gut. Céline vivió dos guerras, fue soldado, médico, y estuvo preso por difundir panfletos antisemitas. Sus libros se alimentaron de su vida. Henry Miller, en la misma ciudad que se agitaba detrás de su ventana, padeció, fornicó, adquirió blenorragias —«purgaciones», las llama él—, y finalmente escribió. La vida, la vida. Lo mismo hicieron Proust y Thomas Mann. Un golpe seco en la puerta lo sacó de sus cavilaciones y Gisbert miró el reloj, contrariado, pensando que si era Jutta no le iba a quedar mucho tiempo para pensar. Pero no, era aún temprano; al abrir encontró a un mozo del hotel con dos paquetes de seis latas de su adorada cerveza. Destapó una, apuró lo que quedaba en el frasquito de whisky y volvió a sentarse, con la luz apagada, pues estaba convencido de que la penumbra era la mejor atmósfera para la reflexión.

El primer sorbo, helado y lleno de espuma, estimuló su cerebro. Entonces pensó en Salgari y en Jules Verne: ellos no vivieron, imaginaron. Lo que estaba en sus libros no provenía de hechos vividos, de experiencias concretas. Pero, ¿no es experiencia también lo que surge únicamente de nuestro intelecto, de nuestra imaginación? Ahí estaba el *quid* del asunto. Los sueños, las ideas, las elucubraciones a las que los hombres se entregan para sobrellevar la aridez de la vida, ¿no son acaso reales? Éste era su punto fuerte, pues su vida, al fin y al cabo, había transcurrido entre libros. Su columna vertebral, diezmada por la escoliosis, tenía la forma de un cuerpo inclinado sobre un libro. Sus ojos estaban acostumbrados a la luz de las lámparas y a la agradable penumbra de los salones de lectura. Vivía encerrado en su mente como en una casa sin puertas, con apenas dos balcones desde los cuales podía ver la calle, pero sin comunicación con ella. El golpe del abridor y el chisguete de espuma sobre la camisa, acompañaron su idea de que, tal vez, la vida mundana también merecía la pena. ¿Por qué no? Es raro, se dijo. Su pasión por el fútbol —un doloroso recuerdo de infancia— le producía enorme placer, lo que ratificaba, a sus ojos, que meter los pies en el fango de vez en cuando no era malo, por muy alta opinión que tuviera de sí mismo. También Camus jugó al fútbol, y en una ocasión declaró que lo más interesante que había hecho en su vida fue un gol de tiro libre. Tal vez, pensó Klauss, en el organigrama de su existencia faltaba una entrada mayor de realidad, ¿sería capaz, como Loti, de escribir un diario? Sobre este tema algo recordaba. Era una clasificación de los caracteres humanos hecha por un psicólogo francés, René Lésaine, en la que se dividía a las personas en tres tipos: nerviosos, sentimentales y apasionados, y a su vez, a cada uno de éstos en activos y pasivos. El diarista, según Lésaine, sería el producto natural del «nervioso pasivo». Nunca antes lo había pensado, pero supuso que un diario suyo acabaría por convertirse en bitácora de ideas, abstracciones y conceptos, al estilo del de Witold Gombrowicz. Podría ser interesante ponerse a prueba. Experimentar. Pero, ¿cómo? Las páginas de Loti, cuyas letras apenas distinguía en la penumbra, le quemaron las manos. Tal vez había llegado el momento, a sus sesenta y seis años, de darle un remezón a la vida. «La vida, la vida, Herr Professor, ¿qué sabes tú de la vida?», continuaba gritando en su cerebro, ensordecedor, un geniecillo, un Pepe Grillo dilemático que de vez en cuando aparecía cuando los efluvios del alcohol le abrían grietas en el intelecto.

Un rato más tarde la puerta se abrió y el chorro de luz produjo a Jutta en el centro del cuarto. Tenía las mejillas encendidas.

—Te perdiste un espectáculo muy divertido, Herr Professor —le dijo, respetuosamente—. Espero que no hayas bebido demasiado.

—Regresamos mañana a Hamburgo, querida —respondió él, sin mirarla—. Debo preparar un viaje.

Ella lo miró con ojos sorprendidos.

—¿Un viaje...?

—Sí, como lo oyes.

—Pero... ¿adónde?

—A Pekín.

4

UN HOMBRE ESCONDIDO EN UN GALPÓN (II)

Anoche escuché ruidos en la parte más oscura de la bodega, y, por ello, decidí esconder la bolsa debajo de mi atuendo. Sólo así logré conciliar un poco el sueño. El problema es que mi enemigo, según se me dijo, puede ser cualquier persona. No tiene un rostro especial . Tal vez sea ese, o aquel, o el de más allá —es una forma de hablar, entiéndase, pues desde aquí no veo a nadie—. Los miembros de la sociedad secreta —se llama el Lirio Blanco— a quienes se dio la consigna de encontrar a toda costa lo que yo escondo, son hombres y mujeres extremadamente comunes. Oficinistas, choferes de taxi, peluqueras, e, incluso, cuadros del partido comunista. Pudiendo ser cualquiera, mi enemigo se vuelve invisible. Y al serlo, se convierte en aire. Es como luchar contra un concepto. La idea del mal, por ejemplo. El mal que entra y sale de nosotros, que destruye y corroe lo que somos, lo que intentamos ser, y que a veces, sólo a veces, es un estímulo vil que nos da fuerza. ¿Por qué existe el mal? Yo, humilde sacerdote, respetuoso de los misterios, no puedo responder —soluciono, de paso, el enigma: soy un sacerdote y visto sotana—. Lo único que he podido hacer, en la soledad de mi encierro, es escribir esta plegaria:

PLEGARIA DEL SACERDOTE CAUTIVO

Dios, ahora que estoy aquí,
solo y en silencio
quiero hacerte una pregunta.
Una pregunta sencilla,
muy modesta,
como soy yo,
un hombre sumamente modesto.
Es la siguiente:
¿Para qué creaste el mal?
Quiero decir,
y perdona la ignorancia:
si estuvo en tus manos crearlo, o no,
¿por qué lo hiciste?
No estoy juzgando, no,
por dios, no podría.
Es sólo que se me escapan tus razones,
y he pensado, ya que estoy solo,
que es un buen momento
para preguntártelo.
Lo que me digas, por cierto,
quedará entre tú y yo.
Apreciaría mucho, de verdad,
una respuesta.
No tengo prisa, ninguna prisa.
Mis enemigos,
aún no me han encontrado.

Es, sin duda, por causa de la paranoia, pero he decidido llevar también durante el día el bolso escondido. Estará más cerca de mí y será carne de mi carne.

No sé quién es el autor, pero sí sé que ellos adoran el manuscrito. Forma parte, al lado de una serie de preceptos budistas y de algunos ejercicios físicos, del cuerpo central de su doctrina. Por eso lo buscan. Por eso lo quieren a toda costa. Lo perdieron hace cien años, cuando fueron diezmados y sus líderes cayeron de modo atroz. No conozco muy bien la historia, pues llevo poco tiempo aquí; sólo sé que en esa época se llamaban «Sociedad Secreta de los Puños Justos y Armoniosos», conocidos luego como Bóxers. No es raro que adoren los versos de un escritor, por cierto. Es algo muy común en este tipo de grupos. Los caodaístas, en Vietnam, adoran a Victor Hugo, y una sociedad secreta de Corea del Sur venera al economista y especulador George Soros.

Según oí decir, desean celebrar el paso del siglo recuperando el manuscrito, para poder, con él, darle nueva vida a su secta. Durante años creyeron que el texto había desaparecido, pero ahora saben que existe por una indiscreción. Una fatal indiscreción, de ésas que suceden por un leve azar y que luego la historia paga con catástrofes. El manuscrito dormía el sueño de los justos en la biblioteca de la Iglesia Católica Francesa, aquí en Pekín, adonde había ido a parar luego de que se construyera la nueva sede de la embajada de Francia. ¿Por qué estaba este texto en la antigua legación francesa? Eso ya no lo sé. Se me escapa. Sé sólo que allí estaba, en uno de sus empolvados archivos, y que de ahí fue transferido a una de las estancias de la iglesia. Pues bien, la indiscreción fue, como ya dije, algo de lo más sencillo: una jovencita, estudiante de letras, buscaba información sobre la historia de los misioneros, y para ello un ayudante la acompañó al archivo. Allí pasaron varias horas, y, al salir, fueron a tomarse un refresco al refectorio. Estando allí, la joven dijo que el archivo tenía cosas sorprendentes, y entre muchas, nombró el manuscrito —mi actual carcelero—, en el preciso instante en que un limpiador de suelos pasaba delante de su mesa. El joven repitió el nombre del manuscrito dando un grito, acusó al ayudante de poseer algo sagrado, que no le pertenecía, y se dio a la fuga.

Cuando supe lo que había pasado ya el ayudante había tenido la precaución de sacar el manuscrito del archivo; entonces llamé a las autoridades de la Iglesia, es decir a los reverendos Oslovski y Sun Chen, quienes, a su vez, se comunicaron con la embajada francesa, pues era ella, en realidad, la propietaria del manuscrito, e informaron lo que había ocurrido y el nombre del texto, cuya traducción, por cierto, quiere decir algo así como *Lejanas transparencias del aire*. Luego todo sucedió muy rápido: me pidieron guardarlo hasta que ellos llegaran, y, por seguridad, me trajeron aquí.

Esa misma noche empezó la catástrofe. Un grupo de encapuchados entró en la iglesia, forzó la puerta del archivo, maniató a los monjes vigías y buscó el manuscrito, para lo cual derribaron las estanterías y rompieron los casilleros. Al no encontrarlo fueron por el ayudante de la mañana, que duerme en la sacristía, y le dieron la orden de entregarlo o de informar dónde lo habíamos llevado. Él dijo que no sabía nada, aunque les confirmó que lo habíamos sacado del archivo. Lo torturaron con espinas debajo de las uñas. Le abrieron el ano con un embudo de latón y le vertieron agua hirviendo. Está vivo de milagro. El joven no habló porque, en realidad, no sabía nada. Para evitar más problemas, el reverendo Oslovski propuso la única cosa sensata, que era entregarle a la secta el dichoso manuscrito, y yo estuve de acuerdo y alcancé a decirlo, pero luego llegó la instrucción de París que decía: «No lo entreguen. Enviaremos a alguien que lo saque de Pekín. *Tenez bon!*»

5

PODRÁ NO HABER PERUANOS, PERO SIEMPRE HABRÁ POESÍA

La vida de Nelson Chouchén Otálora estaba llena de contradicciones: odiaba la academia literaria a la que él mismo pertenecía; detestaba a los críticos, a pesar de ser él uno de los más prestigiosos de la América Hispana, y desdeñaba la poesía, que era su fuerte entre las diversas disciplinas literarias que, de forma muy prolífica —sus detractores decían «verborreica»—, practicaba. Nacido hacia 45 años en la virreinal e incaica ciudad del Cuzco, Nelson había hecho un recorrido ejemplar: alumno destacado de Letras en la Universidad de San Marcos, con una monografía sobre las *Tradiciones peruanas*, de Ricardo Palma, doctorado en Austin con una tesis sobre el surrealismo peruano —*Salazar Bondy revisited*—, autor de infinidad de artículos de éxito, con especiales menciones por *South/Deep/Incarian Poetry* y, sobre todo, por *The «Cholo» and the «Blanquiñoso» in the Peruvian Contemporary Narrative*, estudio que le valió su entrada definitiva al Olimpo de la crítica hispana de Estados Unidos.

Hoy, hundido en su poltrona de catedrático en la Austin University, Nelson era un intelectual pausado, seguro de sí mismo, instalado con alivio en sus contradicciones, que para él eran más bien estímulos, más allá del bien y del mal, y, sobre todo, de ese mal andino tan pronunciado que se llama nostalgia. No le dolía el Perú, como a tantos peruanos —por ejemplo, a César Vallejo—, pues su único cordón umbilical con el «malhadado país», como le decía, era un obsesivo, irrefrenable consumo de gaseosa Inca Kola, de la que bebía tres litros diarios, poniendo sobre el último, el de por la noche, inofensivos chorritos de Gin Tanqueray, que así sabe más rico y convierte la vida en vals.

La obra literaria de Nelson Chouchén Otálora ya había logrado, como dijo Borges, «el arduo honor de la tipografía», aunque hasta ahora sólo en publicaciones pagadas por el autor —o sea, por él—, y en alguna que otra antología universitaria. Había ganado el premio de cuento corto de la revista *Caretas* con una narración de tema incario, *La última pluma de Atahualpa*, que le dio, entre sus compañeros de generación, la posibilidad de ser incluido en algunas antologías, pero luego, el resto de su obra literaria fue escrita en el exilio. Sus seis novelas, *Mirando hacia el poniente*, *Historia del carbonero Atahualpa*, *¿Otro pisco sour, patita?*, *Lima al alimón*, *El ruiseñor del Apurímac* y *Cuzco Blues*, habían obtenido algunas reseñas favorables en periódicos hispanos de Miami y Los Ángeles —escritas por conocidos y, en algún caso, por él mismo—. Su poesía, con siete títulos entre los que destacaban *Amanecer cusque-*

ño, *Piedras/Aguas/Lodos*, y *Candelaria Limón persiste y firma*, era leída en varios cursos de poesía latinoamericana —recomendadas por sus amigos profesores— y, más en secreto, le habían granjeado no pocos favores de baja entrepierna con jovencitas poetisas gringas y latinas, que además de admirar sus dotes de bardo y una voz parecida a la de Lucho Gatica, se dejaban seducir por su resplandeciente cara de cholo-chino.

Pero esto, como era de esperar, no le bastaba a Nelson. Él quería ser considerado un novelista del *boom* latinoamericano, ansiaba ver su nombre en letras doradas al lado de los grandes: Vargas Llosa, Cortázar, García Márquez, Cabrera Infante, Fuentes, ¡y Chouchén Otálora...! Si bien los tiempos del *boom* ya habían pasado y Julio Cortázar había muerto, él, sentado en su despacho o cabeceando en el tren que lo llevaba a la universidad, soñaba de forma retrospectiva y se veía a sí mismo celebrando algún premio importante en Barcelona, en la casa de Carlos Barral, con García Márquez, Vargas Llosa y Donoso, y se imaginaba las fotos con Neruda y Carlos Fuentes. A veces, con la complicidad de algunos pisco sours, tejía en su mente charlas telefónicas con Julio Cortázar en las que el autor de *Rayuela* lo invitaba a su casa:

—Nelson, ¿por qué no vienes a pasar Semana Santa en mi casita de Saignon? —decía Julio Cortázar—. Van a venir Octavio Paz y Marie José. Les he prometido que estarás. Se mueren de ganas de conocerte. Octavio quiere hablar contigo acerca de un ensayo que está escribiendo sobre tus novelas.

—No sé, Julio —respondía Nelson—. Debo asistir a un ciclo de conferencias sobre mi poesía en el Instituto de Cooperación Iberoamericana, en Madrid, y luego presentar en Copenhague la edición danesa de *Cuzco Blues*. Está algo difícil, como ves.

—Bueno, Nelson —insistía Julio Cortázar—, pues entonces ven sólo un par de días. Aquí podrás descansar, beber unos buenos burdeos y estar con amigos que te quieren, ¿no es eso suficiente para un buen cronopio como tú?

Claro, del *boom* Nelson saltaba a la literatura universal, y así, en su imaginación, recibía llamadas de William Styron, quien debía comentarle *Another pisco sour, buddy?*, recién salida en Viking Press, primera edición 100.000 ejemplares, aunque con el beneplácito de la crítica culta de Nueva York; el presidente François Mitterrand, impresionado por las respuestas de Chouchén Otálora en el programa literario *Apostrophes*, de Bernard Pivot, lo invitaba a un almuerzo privado en el Eliseo, y se rumoreaba que podría proponerle la Legión de Honor, para concedérsela al mismo tiempo que a Milan Kundera y a Julio Cortázar. Y luego, al llegar a su casa, encontraba un mensaje de Susan Sontag proponiéndole un almuerzo con Salman Rushdie para la semana siguiente en el Four Season's de Central Park, Nueva York. La Sontag le decía: «Salman cuenta con tu apoyo para América Latina, Nelson, por favor no falles.»

Mecido por estos sueños, Nelson se quedaba dormido en los trenes, o en su despacho, hasta que despertaba a la realidad y veía que sus novelas, de las que había mandado imprimir mil copias, estaban —la mayoría de ellas— envueltas en plástico en las bodegas de su casa, pues cada vez que pasaba por alguna de las tres librerías hispanas de Austin —que las habían recibido en consignación— para ver si debía reponer copias, le decían siempre lo mismo: «No, doctorcito, ahí tengo todavía las diez que me dejó.» Sólo una vez, en la librería *Cristóbal Colón*, el librero lo recibió con la buena noticia: «Esta mañana vendimos un *Cuzco Blues*, doctor. Vinieron a preguntar por él.» Nelson salió con el espíritu reconfortado, pero al llegar a su casa, esa tarde, el ensueño se desvaneció, pues su mujer lo recibió con estas palabras: «¿Dónde diablos pusiste tus libros? Imagínate que le quise regalar uno a la tía Gertrudis y como no los encontré me tocó ir a comprarlo, ¿pero qué era lo que me querías contar?» «Nada», respondió Nelson, «nada».

En lo que sí era igual a sus adorados —y odiados, a veces— autores del *boom*, era en lo relativo a la presencia en las bibliotecas de universidades norteamericanas. Las fichas bibliográficas con los títulos de todos sus libros estaban ahí, en la Ch, y algunas también en la O, y algunas en ambas, pues lo primero que hacía Nelson al recibir los ejemplares de sus libros recién impresos, era donar una buena cantidad, no sólo a las universidades de Estados Unidos, sino a las de muchos países en los que tenía conocidos. Esto, sumado a las recomendaciones que *sus* profesores hacían a los alumnos, le debería granjear, con el tiempo, algo de fama, y eso si la fortuna no le sonreía antes, ya que lo que sí hacía puntualmente era enviar sus manuscritos, cada año, a los más importantes premios de novela de España y, en segunda opción, a los de América Latina. Hoy las cosas eran igual que antes del *boom*, y si un escritor latinoamericano quería ser conocido debía pasar antes por España.

De este modo, al menos una vez por trimestre, se

encerraba con una botella de pisco a esperar las deliberaciones de jurados que, por desgracia, en los últimos quince años, no habían tenido a bien fijarse en sus libros. Nelson se bebía la botella a pico, soñando con las palabras que debía decir a la prensa, puliendo un discurso que sabía de memoria y que empezaba con las siguientes palabras:

«Un premio es un acto de generosidad que honra más a quien lo da que a quien lo recibe, por eso quiero esta noche felicitar y agradecer a los miembros del jurado, y de modo especial a la organización...»

Pero siempre ocurría lo mismo: nada. No sucedía nada. Nunca llegaba esa feliz llamada telefónica, la voz de larga distancia preguntando por él: «¿Nelson Chouchén, por favor? Es de parte de la editorial Tal, o Cual.» El teléfono, que él colocaba sobre sus piernas, no emitía ningún sonido; una vez timbró, por cierto, pero fue una equivocación, y a Nelson se le alcanzó a parar el corazón. Ofendido, envió a la mierda al interlocutor y lanzó el teléfono contra el muro.

Lo que sí atesoraba, con el secreto deseo de sacarlas a la luz cuando fuera famoso, y para herir con el mismo cuchillo, eran las cartas de rechazo que la totalidad de las editoriales españolas —y algunas latinoamericanas—, le habían enviado por cada uno de sus libros. «Estimado autor, aunque nuestros lectores nos recomiendan estar atentos a su trayectoria, éstos consideran que su obra no tiene cabida en una colección como la nuestra.» «Viendo en su texto evidentes aciertos y la búsqueda de un estilo propio, preferimos esperar un nuevo libro suyo.» La llegada de cada una de estas cartas era para él un gran acontecimiento. No las abría inmediatamente, sino que esperaba a reunirse en la noche con algunos profesores amigos —todos latinoamericanos y todos, como él, escritores o poetas inéditos—, para mostrar el sobre cerrado y fantasear un poco. El momento cumbre, ya con muchos tragos encima, era cuando Nelson elegía al amigo que debía tener el privilegio de leer el contenido de la carta:

—Te harás famoso, conchetumadre... —le decía—. Podrás contarle a tus nietos: «Yo le leí a Nelson Chouchén Otálora la carta en la que le compraban su primera novela.»

El elegido se echaba un trago para aclarar el gaznate, miraba a sus compañeros con solemnidad y leía en voz alta: «Agradeciendo el envío de éste, su tercer manuscrito, debemos sin embargo comunicarle que no ha sido seleccionado por nuestro comité lector, en razón de...»

Desde ese momento hasta el cierre del bar, la conversación de Chouchén Otálora y sus amigos versaba sobre el criterio mercantil de las casas editoriales, sobre el filisteísmo y la arrogancia de los editores, sobre la docilidad de los autores a los que publicaban, entregados como meretrices a los criterios del mercado, responsables de que la verdadera literatura —la que escribían ellos—, fuera menospreciada, vilipendiada, hasta que alguien, que podía ser Nelson, recordaba de memoria los últimos títulos publicados por la editorial en cuestión, y entonces la charla se enriquecía, pues esto les permitía pasar a cuchillo cada libro acusándolo de ser una «mortaja del lenguaje», «enlatado de historias» y otras adjetivaciones igual de implacables. De cierre, cuando ya Nelson había doblado cuidadosamente la carta y se disponía a guardarla para su archivo, el tema recalaba en Edgar Allan Poe, que, como ellos, nunca gozó del favor de las editoriales; en Baudelaire, que si no es porque era noble se habría muerto de hambre; en Malcolm Lowry, que duró diez años escribiendo un libro a pesar de las negativas de los editores; en el desdichado Kafka, y así, ya más tranquilos, Chouchén Otálora y sus amigos tomaban el camino de regreso a casa, a no ser que alguna alumna o señorita del bar, pescada a última hora, cayera en la tela de araña que, con mucho alcohol en el cerebro, desplegaba el resplandeciente rostro oriental de nuestro autor.

Y es precisamente por esto, por su cara achinada, que Nelson llega a esta historia. Chouchén, peruanización de Shou-shen, era el apellido de su abuelo, joven inmigrante chino llegado al Perú en febrero de 1901, a bordo de un barco mercante que partió de Cantón y que hizo la ruta de Hong Kong, Manila y Nueva Guinea, hasta llegar al limeño puerto del Callao. El abuelito, Hu, se puso de nombre Juan, Juan Chouchén, y al cabo de unos meses emigró de Lima al Cuzco, pues en la capital era muy poco lo que podía obtener un chino agricultor recién llegado de China. Había otra razón y era que Hu, o Juan, a pesar de haber pasado la adolescencia y parte de la edad adulta en Pekín, había nacido en Lijiang, una ciudad de la provincia del Hunan que está en lo alto de las montañas y cuya arquitectura, salvando las distancias, podía compararse a la del Cuzco por los techos de barro y el uso, en ciertas calles, de la piedra. Eso fue suficiente: Juan Chouchén se sintió bien en Cuzco porque le recordaba Lijiang y ahí se quedó, adquiriendo una parcela de tierra cerca de la ciudad y sembrando maíz.

Luego se casó con una india y tuvo a su hijo. Allá nació su nieto sesenta años después. Nelson sonreía de orgullo, acodado en la terraza de la biblioteca de la universidad, al ver el largo y espinoso camino de su estirpe. Un camino de perfección, decía él, pues qué iba a suponer ese pobre inmigrante, Hu Shou-shen, que su nieto, su único nieto, hijo de agricultores pobres, terminaría por conquistar América y, quién sabe, por entrar con paso firme a la historia de la Literatura. El recuerdo de esa gesta familiar era un cofre lleno de cartas y documentos del abuelo, que él conservaba como un tesoro, pero que jamás había analizado en detalle, a pesar de que cada una de las páginas, escritas la mayoría en chino, habían sido traducidas al español por Juan Chouchén, tal vez con el secreto deseo de que alguno de sus descendientes remontara el río e hiciera el camino a la inversa para buscar los orígenes de la familia.

«Vine a conquistar América y América me conquistó», decía Nelson en uno de sus poemas, parafraseando, y, casi rayando el plagio, un verso del poeta William Ospina que dice: «Yo vine a la conquista de la selva, y la selva me ha conquistado.» Pero Chouchén era un pragmático y no se fijaba en estas minucias. Ese verso cuasi suyo, en realidad, expresaba su profunda convicción de no regresar jamás al Perú, pues odiaba el racismo que allí campeaba, ese turbio flagelo que le había dejado de herencia una molesta paranoia que lo llevaba a creer que todo el que se reía, sobre todo si era blanco, se estaba burlando de él, sensación que se acentuaba cuando veía a un grupo de blanquitos, o de «blanquiñosos», como él decía, algo que ni siquiera ochenta horas de psicoanálisis habían logrado mitigar.

Como este mundo está lleno de envidiosos, Nelson Chouchén era objeto sistemático de ataques por parte de sus colegas en el medio universitario. Su más acérrimo enemigo se llamaba Norberto Flores Armiño, paraguayo, profesor de la Universidad de Cornell, y la inquina provenía de que ambos, Norberto y Nelson, se ocupaban de los mismos temas. Los dos habían estudiado a fondo la novela indigenista, ambos habían escrito sesudas interpretaciones socio-históricas sobre Alcides Arguedas, Ciro Alegría y Miguel Ángel Asturias; por los mismos años fueron lacanianos, y luego, por desgracia para ambos, evolucionaron hacia la psicocrítica y el hipertexto. Esto los enfrentó continuamente, pues las publicaciones universitarias de las cuales dependían para sumar puntos en sus respectivos curricula debían elegir: o el uno o el otro. Lo mismo sucedía con las invitaciones a congresos o seminarios dedicados al tema que ambos estudiaban.

Norberto Flores Armiño fue el primero en abrir hostilidades al descalificar un artículo de Nelson sobre Miguel Ángel Asturias, en los siguientes términos:

«Sólo puedo expresar mi sorpresa, y, en el mejor de los casos, suponer incomprensión ante el concepto «destierro cognitivo» que mi ilustre colega de Austin, Nelson Chouchén, deriva de su lectura de *Hombres de maíz*, y me apresuro a creer, dadas sus conocidas virtudes y potencia interpretativa, que se trata tan sólo de un descuido ante lo que, a todas luces, es una «paronomasia epitélica».

Cuando Nelson leyó esto entró en cólera:

—¿Qué se cree ese conchesumadre? —exclamó, encendiendo su computador con furia—. ¿Que me va a huevear? Ya vas a ver con quien te metiste, so cojudo. ¡Que arda Troya!

Y así empezó la guerra, pues en el artículo que estaba preparando sobre la poética del espacio en *Todas las sangres*, Chouchén se las arregló para escribir lo siguiente:

«Por más que algunos colegas, caso de mi admirado Flores Armiño, de Cornell, aquejados de una ya fortísima y, por desgracia, progresiva presbicia conceptual, pretendan ver "paronomasia epitélica" hasta en las solapas de los libros, es obvio que aquí, de lo que se trata, es de una notable...»

De este modo quedó trazado una especie de mapa de universidades de los Estados Unidos, divididas de un modo equitativo: las que invitaban en sus jornadas literarias a Chouchén Otálora, de un lado, y las que preferían a Flores Armiño, del otro. La desventaja de Chouchén era que, además, escribía ficción, lo que abría un flanco sin defensa a los ataques de Flores Armiño y su grupo de floresarmiñanos, joven corte de profesores, aspirantes a lumbreras, dispuestos a acuchillarse si fuera necesario con los chouchenotalorinos, pues ya habían comprendido que para medrar en la resbalosa escala jerárquica era necesario adscribirse a cualquiera de las milicias que, según el tema o la época literaria elegida, ofrecía el amplio mundo académico.

En una ocasión, uno de los más combativos floresarmiñanos, el ecuatoriano Lorenzo Pons Estévez, escribió la siguiente crítica sobre *Cuzco Blues*, la sexta novela de Chouchén Otálora:

«Ni aunque a José María Arguedas le hubiera dado por escribir durante un ataque de hipo, habría alcanzado el pertinaz, elaborado ridículo que el profesor Chouchén Otálora logra con eficacia en su texto, el cual, a pesar de todo y si se dejan de lado molestos y reiterados errores ortográficos, logra transmitir un decoroso clima de compadreo, sin duda típico de esa región que el profesor tanto conoce.»

La nota de Pons Estévez apareció en la revista trimestral de la Universidad de Chicago, y cuando el ejemplar llegó al despacho de Chouchén Otálora, éste llamó a sus acólitos, enfurecido, y urdió un plan de respuesta aún más violento.

—Vamos a sacarle la leche a esos cojudos.

El plan consistía en infiltrarse dentro del correo electrónico de Flores Armiño, en la Universidad de Cornell, y escribirle, desde ahí, una falsa nota a Pons Estévez que luego divulgarían, como si hubiera sido un error de manejo, en alguno de los forums universitarios On Line, con lo cual llegaría a todos los departamentos de Literatura de los Estados Unidos. Tres días después, tras contratar los anónimos servicios de un habilidoso *hacker*, lograron insertar el siguiente texto:

«De: floresarmiño@cornell.edu.com
A: ponsestevez@unichicago.edu.net

Querido Loló:
Estás muy esquivo últimamente. ¿Hice algo que te molestó? Ay, gordo bello, tú siempre tan susceptible. Quién sabe qué te habrán contado de mí y a lo mejor es cierto. Nooo, mentiras. Ven el fin de semana y lo verás. No seas malito, amor. Prometo dejarte el ojete rosado, como una amapola, y presentarte a un estudian-

tito que tengo, mariconcísimo y con una verga que parece pistón de buque mercante.

Dime que sí vienes. Porfa.

Love, Norby»

El escándalo fue mayúsculo. Norberto Flores Armiño fue llamado a la rectoría de Cornell y se le pidió una explicación por escrito de lo que había sucedido. Lo mismo le ocurrió a Lorenzo Pons Estévez, en Chicago, con el agravante de que Pons Estévez era supernumerario, y como esto ocurrió al final del trimestre el caso le valió saltar un contrato. El problema, desde el punto de vista de la rectoría, no eran las preferencias sexuales de ambos profesores, sino que éstas se practicaran con estudiantes. Por eso un tribunal disciplinario escuchó y tomó nota de las razones de ambos —Flores Armiño dijo que jamás en su vida había usado la palabra «ojete»—, y se pidió una intervención informática al WebMaster de la Universidad de Cornell para ver si era cierto, como alegaban los imputados, que un perverso *hacker* había escrito esas líneas. La comprobación duró varias semanas, tiempo que ambos vivieron en vilo, y cuando llegó no fue definitiva. No había manera de saberlo pues los códigos de acceso no parecían haber sido forzados. Sin embargo, explicó un especialista informático, sí era posible que un *hacker* invisible se hubiera infiltrado. Podría ser o no ser.

Fue esa duda la que los salvó ante la dirección de rectorías, pero aun así, ya absueltos —se hizo también una investigación entre el alumnado—, los corrillos de profesores y los estudiantes no pararon de fustigarlos con bromas y apodos. A Flores Armiño, en una ocasión, le gritaron «¡Norby!» en el hall académico, y centenares de personas soltaron una carcajada tan estruendosa que el profesor estuvo a punto de sufrir un colapso cardíaco. Lo peor ocurrió al iniciarse el nuevo trimestre, cuando un grupo de activistas de la asociación He-Men, defensores de los derechos de los estudiantes gays, se manifestó con pancartas frente al edificio de la rectoría de Cornell, apoyándolos: «Lorenzo y Norberto, ¡estamos con ustedes!», decía un cartel. Otro proclamaba: «Thelma & Louise / Loló & Norby. You are alive!»

Flores Armiño sabía que detrás de todo este lío estaba su rival, Nelson Chouchén, el «putrefacto chino-cholo», como lo llamaba en secreto. Pero no podía acusarlo de forma directa, pues esto sacaría a la luz sus propias maldades. Entonces se dedicó a planear, con tiempo, su venganza. No importaba si debía esperar varios meses. Algo se presentaría.

Nelson Chouchén, al ver que las aguas volvían a calmarse y que Flores Armiño no daba señales de vida, se olvidó del asunto y, con la llegada de la primavera, dedicó su tiempo libre a trabajar en una epopeya poética sobre el secuestro de Atahualpa, a jugar al solitario en su computador, y, sobre todo, a aprenderse de memoria poesías de Emily Dickinson y William Carlos Williams para recitárselas a una estudiante puertorriqueña llamada Darcy, una morocha de pelo eléctrico y culo redondo a la que le tenía echado el ojo.

Como siempre en la vida del catedrático, la pasión acabó por ganársela a la poesía, y una noche, después de un recital privado en la cervecería Harvey's, Nelson logró, aunque a medias, su cometido. Entre besuqueos y metidas de mano, ya bastante borrachos, logró que la puertorriqueña lo invitara a su casa, en realidad un cuarto en una oscura residencia para estudiantes. Mientras ella iba un momento al baño a hacer pipí y él escuchaba el chorro, observó de reojo, por pura curiosidad profesional, los libros que la joven tenía en la mesa de noche. Uno de ellos le llamó la atención: *Jugando con fuego*, de Wang Shuo. Lo abrió en la primera página y leyó, intentando contener el mareo, pero casi de inmediato la puertorriqueña salió del baño y se abalanzó sobre él. El libro, como en la historia de Dante, resbaló hacia la alfombra. Dieron vueltas. Ella subió y bajó sobre su cuerpo, le dio chupones, le gritó papi, hazme venir, papacito, sí, rico, ven, se lo mamó, le mordisqueó las pelotas, le agarró un dedo, lo ensalivó y se lo metió en el culo, le horadó la oreja con la lengua, le chupó las tetillas, los sobacos, le lamió los dedos de los pies, le mordió la barriga, le dijo perjudícame, profesorcito, soy tu esclava, hazme daño, papi rico, ajá, que me duela, cómeme, rájame que soy muy malita, culéame, mi amo, *put your load on me*, pero al rato, empapado de saliva y sudor, Nelson se dio por vencido y encendió un cigarrillo.

—Perdona —le dijo—. Es que tomé mucho.

—Ay, papi, ¿no será que no te gusto?

—No, tontita. Me pasa cuando bebo. Ya verás la próxima vez.

Darcy acabó por dormirse y Nelson levantó el libro de la alfombra. Wang Shuo era un novelista chino del que nunca había oído hablar, así que se dispuso a leerlo, pensando que, en realidad, jamás había leído una obra que viniera de ese país lejano, misterioso, que de algún modo era también el suyo. La historia transcurría en el Pekín de los años ochenta y el protagonista era un joven pícaro.

Nelson Chouchén leyó hasta las seis de la mañana poseído por un delirio que no experimentaba desde su juventud, en Lima, cuando leía los cuentos de Julio Ramón Ribeyro en los cafés de la Avenida Chiclayo. Luego se levantó en puntas de pie, recogió su ropa, la llevó al baño y se vistió procurando no hacer ruido. Antes de salir le echó un vistazo a Darcy, que roncaba sobre la colcha, desnuda. Al verle el trasero se le paró, por fin, pero ya no había tiempo. «Bribón», dijo, mirando hacia su cintura, «bonitas horas de aparecer, ¡me hiciste quedar como un cojudo!». Su esposa estaría a punto de llamarlo a la residencia de profesores, pues, aun si Nelson Chouchén jamás la nombraba ni salía con ella, estaba casado desde hacía diez y seis años.

Su esposa era peruana y se llamaba Elsa Paredes. En privado, cuando no había visitas, le decía «chinito» a Nelson, y él «cholita» a ella. Lo quería como se quiere en los matrimonios largos: sin saber muy bien por qué, sin hacerse muchas preguntas, sin acordarse de que ese hombre que rezonga y ronca, al que hay que darle aspirinas cada vez que se pasa de tragos y la llama chola de mierda, alguna vez fue un extraño que se acercó con amabilidad para invitarla a bailar. Ella vivía en la casa familiar, en un pueblito a cuarenta kilómetros de Austin, mientras que Nelson, durante la semana, usaba uno de los amplios y, casi podría decirse, lujosos apartamentos que la universidad reservaba a los profesores invitados. Él no tenía derecho a esto, pero el funcionario que los administraba, un tal Gary Russo, de origen italiano, era pata suyo y le hacía el favor a cambio de recomendaciones e invitaciones a congresos, pues Gary Russo era profesor interino de Literatura y tenía ideas propias sobre la obra de Marcuse, Steiner y Derrida.

Precisamente ese día, qué casualidad, Nelson Chouchén debía darle los últimos toques a la lista de profesores invitados que pensaba proponer a la dirección de rectorías, con motivo de un seminario sobre la obra de Jorge Icaza. Los ecuatorianos ya estaban decididos, y eran tres: el novelista Ramón Roncancio, para el tema de la influencia de Icaza en la novela moderna; Crispín Rocafuerte, decano de Literatura de la Universidad de Cuenca, y Aristides Chivitá, jefe de cultura del diario *El Comercio*, de Quito. Con los tres quedaría a pares, pues Roncancio le había recomendado *Cuzco Blues* a la editora El Conejo, de Quito, años atrás, y a pesar de que la cosa no cuajó, siempre estuvo en deuda con él —la edición de *Cuzco Blues*, por cierto, fue pagada de su bolsillo, aunque esto no se lo dijo a nadie, y salió con el sello Campodónico, de Lima—. En cuanto a Crispín Rocafuerte, éste era un viejo compadre que ya lo había invitado a participar en los Coloquios Literarios de la Universidad de Cuenca hacía dos años, con el tema «El universo andino y la lucha de clases en la obra de Manuel Scorza»; además le publicaba en el boletín de la facultad todo lo que le enviaba. Por último estaba Aristides Chivitá, a quien sólo conocía de lejos. No le debía nada, pero sí le interesaba tenerlo blandito para cuando se publicara en Ecuador alguno de sus libros. Sería cuestión de hablar con él.

Hasta ahí los que consideraba ya seguros, invitados con pasaje, hotel, estadía y honorarios —más la gloria de hablar en el paraninfo de una universidad americana—, pero quedaban seis casillas en blanco. Entonces Nelson abrió el cajón de su escritorio y extrajo su libreta de favores. Adelantó rápidamente las hojas con los nombres correspondientes al «Debe», y se detuvo en «Debo». Allí estudió varias posibilidades. Sería interesante acomodar a José Varela Reyes, de París IV, Sorbonne, se dijo, pues a ese bribón ya le debo dos, y eso sin contar las borracheras que me ha pagado y las idas donde las putas. Pero José Varela Reyes era medievalista. ¿Qué hacer? Un foco se iluminó en su cabeza, y, entonces, le escribió un mensaje electrónico:

«De: condorpasa@yahoo.com
A: varelarey@wanadoo.fr

Estimadísimo colega.
Querido pata,
Como tal vez ya sabes se nos viene encima la semana de estudios sobre la obra de Jorge Icaza, y a sabiendas de que, en principio, está algo lejos de tu tema, me pregunto si no podremos rastrear la influencia de algún romance medieval, transterrado a América, en *El chulla Romero y Flores*, o cualquier otra cojudez de ese tipo. Si se te ocurre algo, hermanito, avísame y te pongo en la lista.
Saludos,
Prof. Nelson Chouchén Otálora»

Había también en el «Debo» un tal Guillaume Dupont, de la Universidad de Lyon, pero como los profesores franceses no se fijaban en estas cosas prefirió no incluirlo, pues sería desperdiciar un lugar, sin contar con que eran aburridísimos, no chupaban ni farreaban y se pasaban el día hablando de Barthes y de la *Poética del espacio*, de Bachelard. Había también un crítico español, Jesús Elías Cadena, implacable opinador de varios cotidianos respetadísimos en América Latina y España, así como de algunas revistas especializadas. Con él podría hacer una bonita carambola a tres bandas, pues su colega Aristóteles Pacheco Triviño, de Boston, acababa de publicar un ensayo sobre la figura de la madre en los valsecitos criollos peruanos. Si Elías Cadena era benévolo con el profesor de Boston, vendría al seminario de Austin, y esto dejaría a Pacheco Triviño en la cuenta del «Debe», lugar donde le interesaba tenerlo ya que, según escuchó, preparaba otro libro sobre el «sentido del orgullo patrio» en la novela latinoamericana contemporánea, y, pensó Nelson Chouchén, muy bien podía dedicarle un capítulo a *Cuzco Blues*, a cualquiera de sus otros libros o a todos juntos.

Y así estuvo la mañana, sacando cuentas, anotando y borrando nombres, enviando correos hasta que, cerca del mediodía, pasó a limpio una lista final, con un par de signos de interrogación.

Tras almorzar y dormir una reparadora siesta en el sofá de su apartamento, Nelson Chouchén se dirigió a la biblioteca a buscar otros libros del novelista chino que lo había mantenido en vela. ¿Cómo se llamaba? Buscó un papelito en el bolsillo, era Wang Shuo. Al llegar tecleó el nombre, pero el computador le dio una sola respuesta, que era el libro que había leído. Entonces buscó por «Novela China Contemporánea» y aparecieron varios nombres. No conocía a ninguno y decidió al azar: Liu Yan, *La sombra del lirio azul*. Solicitó el libro y, un rato después, regresó con él a su despacho. Esa tarde no tenía clases, así que podía quitarse los zapatos, cerrar su puerta y tenderse en el sofá a leer. Por la ventana entraba un viento cálido. El sol, atenuado por los visillos, esparcía una luz óptima para la lectura.

Pero un rato después, el timbre del teléfono cortó el aire y Nelson Chouchén dio un salto en el sofá. «Maldita sea», masculló antes de contestar.

—¿Profesor Chouchén? Soy Ramón Roncancio.

Era el escritor ecuatoriano al que, esa misma mañana, había enviado un correo proponiéndole la invitación al congreso.

—Sí, ¿cómo me le va? Qué sorpresa —saludó Nelson.

—Espero no importunarlo a esta hora, profesor.

—Qué ocurrencia, nada más estaba por salir. Dígame —Nelson se sentó en su despacho y jugueteó con un lápiz.

—Es que recibí su amable invitación, profesor, que desde ya le acepto, y como usted me dice que lo llame o que me ponga en contacto, pues aquí me tiene.

—Ah, muy amable, muy amable —repitió Nelson—. Es que hay un asunto que quería tratar con usted.

—Soy todo oídos, profesor —respondió Roncancio.

—Un asunto confidencial, quiero decir.

—No se preocupe. Dígame, profesor.

—Es que en estos casos, ejemm, se acostumbra hacer un gesto de agradecimiento, ¿me entiende? Aquí habríamos podido invitar a una cantidad de personas, sin embargo lo elegimos a usted.

Nelson marcó un silencio hasta que Roncancio repuso:

—Cosa que me honra, pues, profesor. De veras.

—Fíjese, en un caso como el suyo, estaría muy bien visto, sobre todo de cara a futuras invitaciones a la Universidad, que tuviera un detalle, aunque fuera una modesta mención en su ponencia.

—¿Una mención a quién, profesor?

—Pues a alguien de aquí, de la facultad —respondió Nelson con delicadeza.

—Ah, ya entiendo, pero justamente, profesor —dijo Roncancio—. Si antes de llamarlo me estaba diciendo que debía agradecerle públicamente. Es telepatía, ¿no le parece?

—Ni más ni menos, aunque, comprenderá, una cosa son los agradecimientos protocolarios, y otra, tal vez, algo de mayor contenido. Usted conoce mis libros, ¿no es cierto?

—Bueno, profesor, usted sabe que hice hasta lo imposible porque le editaran *Cuzco Blues* en El Conejo. Lo que pasó fue que llegó la crisis del papel, luego la de la tinta, luego llegó Bucaram y el país se fue a la mierda, con perdón, y bueno, ya usted sabe cómo es eso.

—Claro, claro —tanteó Nelson—. No, pero yo me refiero a mis otros libros. Los anteriores.

Era una pregunta retórica, pues éstos habían tenido una difusión mínima en el Perú, y, en cuanto a Estados Unidos, sólo llegaron a los Departamentos de Literatura a los que él mismo decidió enviarlos.

—No, profesor —respondió Roncancio algo nervioso—, pues fíjese que ésos sí no he tenido el gusto de leerlos.

—Lástima, lástima, porque para mí no habría mejor detalle que escucharle a usted relacionarlos con esa influencia de Jorge Icaza de la que va a hablar en su ponencia, y me gustaría porque yo, le confieso, sin la lectura de *Huasipungo,* la verdad es que no puedo concebir mi propia obra literaria.

—Pero claro —dijo Roncancio—, si es que ya en *Cuzco Blues,* no más, es evidente esa relación.

—¿Usted la había notado?

—Pues claro, profesor.

—Bueno —concluyó Nelson—, entonces no le demos más vueltas. Mañana temprano le mando por correo rápido mis otros libros y usted se prepara una cosita sencilla, relacionándolos un poco a todos. Por cierto, dentro de unos quince días lo llamarán de la secretaría para hacerle llegar los pasajes y arreglar lo de los honorarios, ¿le parece bien?

—Claro que sí, profesor, y me quedo a la espera de esos libros. Me da pena que los mande por correo rápido, será carísimo.

—No se preocupe, Ramón —dijo Nelson—, que aquí en la Universidad tenemos un servicio especial. Entonces yo se los mando mañana y ya nos vemos en el congreso, ¿bueno?

—Sí, profesor. Y ya sabe, muy a su mandar.

Colgó el teléfono y observó por la ventana. Empezaba a atardecer. Había sido un buen día. Se merecía una cena en el chifa y, luego, a dormir temprano, con la novelita china que lo tenía atrapado. Que ni se le ocurriera a Darcy llamarlo esta noche. Lo mejor sería poner el contestador al primer timbre. Sin embargo, mientras caminaba hacia el restaurante, recordó algo que cambió por completo sus planes, algo en lo que hasta ahora no había reparado: ¡era dos de septiembre! «¡Por Dios!, ¿cómo me pude olvidar?» En unas horas, en España, un jurado concedería el Premio de Novela Ciudad de Úbeda, en el cual él participaba con tres manuscritos (usando un seudónimo diferente en cada uno), que en realidad eran: *¿Otro pisco sour, patita?*, *Cuzco Blues* y *Lima al alimón*, pues a pesar de que uno de los requisitos era ser inéditos, allá en España nunca sabrían que los había hecho imprimir en Lima. Entonces, con el corazón dando tumbos, se fue al Drugstore, compró una botella de pisco y corrió a su apartamento, pensando que a lo mejor habría algún mensaje en el contestador.

Tenía varios mensajes, pero ninguno era de España. Lo único interesante era uno de Darcy que decía: «Te llamo del celular, mi vida. Estoy en Pizza Hut, aburridísima. Tengo puesta una falda y no llevo pantys por el calor. Hace un rato entré al baño y me quité el *string*. Lo guardé en mi cartera. Si no entiendes eres un pendejo. Llámame p'atrás.» Nelson no estaba para líos esa noche, pues a lo mejor, quién sabe, tendría su ansiada cita con la fama, y a partir de entonces podría llamar a Darcy todos los días de su vida y habría miles de *strings* guardados en bolsos.

Con el contestador al primer timbre para poder filtrar llamadas, Nelson se puso unas pantuflas, su corbata voló hacia la cama y colocó en el lector un cd de Chabuca Granda que, según él, le traía buena suerte. Luego se dirigió a la cocina. Allí exprimió una docena de limones, vertió el jugo en el frasco de la licuadora y le agregó dos claras de huevo, azúcar en polvo y la botella entera de pisco. Acto seguido pulverizó veinticinco cubos de hielo e hizo la mezcla. Probó y le faltaba un poco de azúcar, sólo una cucharadita. ¿Y ahora? Perfecto, ahora sí. Se sirvió un vaso generoso y dejó la jarra en la nevera, para que el hielo no se derritiera tan rápido, y fue a la sala, haciendo algunos pasos de baile.

El timbre del teléfono le hizo crispar los nervios. De inmediato la cinta del contestador se puso en marcha y escuchó, con la oreja pegada a la rejilla y la mano sobre el auricular.

—Soy Elsa, cholito, ¿estás ahí? Llamo para que no te olvides de la fecha del premio ese...

Levantó el auricular y le dijo sí, chola, aquí estoy, gracias por acordarte, te cuelgo para no ocupar el teléfono. Chau.

La música de Chabuca Granda y los pisco sours lo fueron transportando, del puente a la alameda, mientras su imaginación, desatada, se entregaba a todo tipo de imágenes: veía un artículo de Gabriel García Márquez publicado simultáneamente en once periódicos del mundo, saludando la aparición de su novela premiada: «Un escritor cojonudo», era el título. Luego corregía, tomándose un buen trago de pisco, y ahora el artículo, esta vez escrito a cuatro manos, traía las firmas de Gabriel García Márquez y José Saramago: «Un escritor de verdad.» Luego una foto con el siguiente lema: «El novelista premiado, Chouchén Otálora, y los dos premios Nobel, caminando por una calle de Úbeda.»

De nuevo sonó el teléfono y Nelson tosió, pues se acababa de dar un trago. Del contestador emergieron las siguientes palabras:

«Hey, papi, soy Darcy. Sigo aburridísima, sentada en mi tesorito. *I wanna see you*, perverso. Llama cuando oigas esto. *Bye*.»

Decidió no levantar el auricular, y, más bien, se fue

a la nevera a llenarse el vaso. Pero el teléfono no volvió a sonar en muchas horas y Nelson, ebrio, se quedó dormido en el sofá, con la cabeza al lado del aparato.

Serían las ocho de la mañana cuando, por fin, el timbre sonó, y Nelson, que había desactivado el contestador, dio un salto.

—¿Diga?

—¿Profesor Chouchén Otálora?

—Sí, soy yo...

—Lo llamo de la dirección de rectorías de la Universidad. Tiene usted una cita con la comisión disciplinaria a las once de la mañana.

Se quedó de piedra. ¿Qué había podido pasar? Con la cabeza de cemento y un temblor en los huesos, comenzó a vestirse. Seguro que Flores Armiño se había tomado vendetta. A las once de la mañana fue a la rectoría y allí se encontró con un tribunal disciplinario que le hizo escuchar, delante de todos, su conversación del día anterior con el escritor ecuatoriano Ramón Roncancio. Lo acusaron de tráfico de influencias, le anularon el congreso sobre la obra de Jorge Icaza y lo invalidaron para organizar eventos similares en los próximos cinco años. La humillación peor fue que el fallo culpable, el bando con el delito y el castigo, debía ser expuesto en todas las carteleras de información universitaria durante quince días, con su firma, aceptando los cargos que se le imputaban. De lo contrario debería dejar la cátedra.

«Váyanse todos a la mierda», se dijo. Ya no le quedaban ánimos para responderle a Flores Armiño, y eso que en la mañana, antes de oír los cargos en su contra, se le ocurrió que podría distribuir centenares de afiches con la cara de Norby y de Loló envueltos en un corazón.

Pero no lo hizo. Tomó el tren y se fue a su casa, con la idea de pasar allí toda la semana, amparado por una excusa médica. Luego solicitó una licencia, alegando un shock nervioso, que la piedad de la rectoría aceptó —sin duda para atenuarle la humillación ante sus alumnos, pues al fin y al cabo era un catedrático con diez años de experiencia—, y cuando Elsa le preguntó qué diablos pensaba hacer con todo ese tiempo libre, Nelson le respondió:

—Me voy a Pekín, cholita, a buscar mis orígenes. ¡Llegó la hora de volver a las fuentes! Luego me voy a escribir una novela tan buena que se van a cagar los perros, y después, cuando ya sea famoso, vengo aquí, los mando a todos a la mierda y nos vamos tú y yo a vivir a París, ¿qué te parece mi idea, chola?

6

DE PARÍS A HONG KONG

El avión de la Cathay Pacific salió a tiempo. Tuve suerte, pues mi lugar daba a una de las puertas de emergencia, es decir que tendría más espacio para estirar los pies. A mi lado, Pétit se quitó los zapatos, se puso un horrible suéter de lana y desplegó sobre sus piernas el ejemplar del día de *Le Figaro*. Qué grosería, qué mal gusto. Por cierto que al final, como lectura para el avión, agarré el primer libro que se me cruzó por delante, pues ya referí el modo apresurado en que tuve que salir de mi casa. Por suerte fue *El fin de la aventura*, de Graham Greene, uno de mis autores favoritos. De cualquier modo, y por las dudas, tengo en la maleta las *Obras Completas* de Malraux, y también *René Leys*, una deliciosa novelita del excéntrico viajero francés Victor Segalen que leí hace años, y de la que recuerdo, entre otras cosas, una serie de pasajes en casas de placer pekinesas que me pueden ser de utilidad.

Pasó el tiempo, nos sirvieron unos aperitivos —yo

pedí una botellita de vino blanco—, y Pétit seguía leyendo su ejemplar de Le Figaro. No sabía que uno pudiera sacarle tanto provecho a un periódico. Las veces en que miré, de reojo, qué era lo que tanto leía, lo vi enfrascado en la página editorial, que versaba sobre los riesgos para Europa del conflicto en Kosovo; luego estaba sumergido en un análisis sobre la caída del euro, con el título ¿Para dónde va Duisenberg? Más tarde leía una sesuda interpretación sobre un partido de fútbol entre el Paris St. Germain y el Auxerre, en el que hubo empate a cero goles. Caramba, qué cosas tan aburridas lee este hombre. Lo más extraño era que cada tanto sacaba una libretita, una especie de agenda, y tomaba notas, como si la lectura del diario le sugiriera ideas.

Tras la cena, achispado por el vino y un par de whiskies de sobremesa, decidí iniciar una charla.

—Disculpe, señor Pétit —le dije—, ¿hace mucho que trabaja en la dirección de la radio?

—Sólo dos años. ¿Y usted? ¿Hace cuánto es periodista?

Milagro, pensé. Ya sabía yo que el licor y el cansancio acabarían por ablandarlo.

—Más de diez años —respondí, haciéndole señas a la azafata para que nos sirviera otros dos tragos.

—¿Y por qué se vino a vivir a Francia? —preguntó, limpiándose la grasa de la frente—. ¿Es que no hay radios en su país?

—Sí, sí hay.

—¿Y entonces?

—Muy sencillo: vivo en París y por eso trabajo en París. Si viviera en Colombia trabajaría allá.

—Todo el mundo quiere vivir en Francia —opinó—. Por eso estamos como estamos. No sé cómo vamos a terminar. O mejor dicho, sí sé: con la mierda hasta aquí —dijo, señalándose la calva—. ¿Me explico? Francia no puede seguir siendo el hospicio de todos los pobres del mundo.

—Yo vine a estudiar y luego me quedé —le dije—. No soy pobre, me quedé porque me gustaba.

—Ah, claro. ¿Y por qué no regresó a vivir a su país? ¿No le gusta?

—Me da un poco de rabia, pero voy cada vez que puedo. Hay franceses viviendo en Colombia, ¿sabía?

La azafata llegó con dos vasos de plástico, hielo y dos botellitas de Johnnie Walker. Pétit gruñó.

—Lo normal es que cada uno viva en su país. Así habría menos problemas.

Por fin apagaron las luces y empezó la película. Horror. Era *El Doctor T. y las mujeres*, de Robert Altman, con Richard Gere y Helen Hunt. Ella me gusta, pero a él no lo soporto. Así que decidí leer un poco más y luego dormir.

Llegamos a Hong Kong al amanecer. Desde la ventanilla se veía una espesa cortina de niebla, el agua espejeante del mar, varias islas. Al bajar del avión, Pétit empezó a maldecir.

—Qué mierda de calor.

Sudaba a chorros. Dos círculos de humedad adornaban su camisa debajo de las axilas.

El aeropuerto de Hong Kong se llama Kai-Tak y es muy moderno; el aire acondicionado estaba tan alto que debí ponerme la chaqueta.

Al salir de inmigración, Pétit se adelantó y, para mi sorpresa —yo supuse que buscaría un taxi—, alguien nos esperaba. Era un francés de unos cincuenta y cinco años, vestido de lino, camisa blanca y corbata. Al darle la mano masculló un nombre: «Jean-Pierre Gassot», y agregó: «Consulado de Francia.» Caramba, era la primera vez que un diplomático venía a recibirme al aeropuerto. Este Pétit debía de ser, en verdad, un tipo importante.

Luego nos adentramos en la ciudad.

Me impresionó la congestión, los gigantescos avisos con luces de neón colgando sobre las calles, la humedad. Altísimas torres, desconchadas por el viento salino, transmitían un fuerte desasosiego. Cualquier ciudad a la que uno llega por primera vez es inquietante.

—¿Qué tal el viaje? —preguntó Gassot.

—Sin novedad —respondió Pétit, seco, quitándome la posibilidad de hablar.

Un poco más adelante, Gassot se detuvo en una avenida bastante concurrida y descendimos a un centro comercial que resultó ser el lobby del hotel. Hotel Prince, se llamaba, y parecía bueno a juzgar por los mozos de la puerta, de librea y guante blanco, que recibieron solícitos nuestro equipaje. Frente a la recepción, Pétit me arrancó el pasaporte de las manos y se adelantó para cumplir con las formalidades de ingreso. Yo lo miré estupefacto. ¿Por qué lo hacía? Soy mayor de edad. Sé hablar inglés y no es mi primer viaje al extranjero. Pero en fin, ya había notado que debía hacer pocas preguntas.

—Suban a darse una ducha —propuso Gassot—. Los espero dentro de media hora en la cafetería.

La habitación era grande y, desde la ventana, se veía una parte de la ciudad. Al fondo había un brazo de mar y una hilera de rascacielos. Tampoco Gassot parecía ser el paradigma de la alegría, pero aprecié que nos dejara tiempo para una ducha. Fue un gesto humano. Observando el teléfono, en la habitación, pensé que habría sido agradable tener alguien a quien llamar. Alguien a quien decirle: «Llegué bien, el viaje fue tranquilo, no te preocupes». En ese momento extrañé a Corinne.

Bajé muy fresco, con una camisa limpia y un pantalón de lino, que era lo más ligero que había en mi maleta. Gassot bebía un café y leía un diario, el *South China Morning Post*. A su lado, Pétit mecía los pies, impaciente.

—¿Por qué tardó tanto? Habíamos dicho media hora.

—No me di cuenta, ¿es tarde? —según mi reloj, el retraso era de sólo tres minutos.

—Estaba a punto de llamarlo —se quejó Pétit—. Vamos a desayunar.

En el comedor había bandejas de plata repletas de comida: pollo al curry, verduras fritas, carne picante. ¿Son así los desayunos?

—Acostumbran hacer una comida fuerte por la mañana —explicó Gassot—. Sírvanse, les aseguro que vale la pena.

Un rato después salimos.

El consulado francés está en la isla de Hong Kong, al frente de Kowloon, es decir en la zona más exclusiva y costosa de la ciudad. Los rascacielos me dejaron con la boca abierta. Uno de ellos, el Banco de China, parecía hecho de hielo. Una gigantesca estalagmita. Tras varias vueltas, Gassot entró al parking de un edificio, estacionó el carro y nos condujo al ascensor, en el que subimos hasta el piso sesenta y seis. Debí tener cuidado de no acercarme a las ventanas para evitar el vértigo.

—Usted quédese aquí —me dijo Gassot señalando un sofá, en la sala de espera.

Al quedarme solo hice un rápido análisis del lugar: tres cuadros bastante feos que mostraban la Tour Eiffel, el Sacré Cœur y Nôtre Dame, un revistero con publicaciones turísticas sobre Francia, una mesa de centro con un cenicero, un televisor apagado, cuatro puertas cerradas, incluida la de entrada, y un corredor que, según mi apretado ángulo de visión, terminaba en otra puerta cerrada. Jugueteé con un lápiz, silbé, me levanté. Di tres vueltas en torno a la mesa.

Por fin se abrió la puerta y vi salir a Pétit.

—Venga.

Gassot estaba sentado del otro lado de un escritorio, con los pies en alto. Fue él quien habló:

—Bien, señor Suárez Salcedo, dígame: ¿es la primera vez que viene a China?

—Sí, primera vez —le dije—, aunque debe saber que soy un asiduo visitante del barrio chino de París, en especial del restaurante Tricotín, cuyas sopas de raviolis con langostinos considero óptimas.

Mi comentario no causó ninguna gracia. Más bien un cierto estupor, pues noté que Pétit y Gassot se miraron, perplejos.

—¿Para qué nos cuenta eso? —inquirió Pétit.

—Sólo quise romper el hielo —respondí—. A veces un apunte gracioso ayuda a distender el ambiente. Lo hacía Aristóteles Onassis con los banqueros. Está en su biografía.

—Bueno —dijo Gassot, bajando los zapatos de la

mesa—, es importante que ésta sea la primera vez. Lo habíamos comprobado, claro, pero quería preguntárselo. A veces la gente de radio o los profesionales del espectáculo cambian de nombre por razones artísticas.

—Nunca lo he cambiado —le dije—, aunque le confieso que he tenido la tentación de hacerlo.

—¿Y por qué? —preguntó Gassot.

—Me da un poco de vergüenza. Oiga, espero que no se esté haciendo una falsa idea de mí. No soy una celebridad ni nada por el estilo.

—Lo sé, lo sé —respondió Gassot, mientras que Pétit volvía a sumergirse en uno de sus gélidos silencios.

Y agregó:

—Supongo que usted ya está informado de qué es lo que debe hacer en Pekín.

—Sí —le dije—, un reportaje sobre los católicos en China, su situación, historia, costumbres, relación con las autoridades. En fin, un dossier lo más completo y objetivo posible. Conozco mi trabajo, señor cónsul.

—Me alegro, es la primera buena noticia del día —al decir esto le lanzó una pérfida sonrisa a Pétit—. Pero vamos al grano: usted debe saber que, a pesar de que el catolicismo es tolerado, la situación de muchos religiosos es bastante precaria. De ahí que su trabajo deba hacerse con sumo cuidado y que, por decirlo de algún modo, comporte un cierto riesgo.

—El ejercicio del periodismo siempre comporta riesgos —le dije—, y más cuando se trata de un país totalitario. No es la primera vez que se me confiere una misión delicada. Estoy preparado para lo que sea.

—Otra buena noticia —celebró Gassot—. Presiento que éste va a ser un gran día.

Pétit encendió un cigarrillo. Yo extraje mi paquete de Gitanes y lo imité, no sin antes ofrecerle a Gassot, quien lo rechazó.

—Hay otra cosa que debe saber —continuó el diplomático—. Una parte de su trabajo ya está hecho. Lo único que debe hacer es recogerlo. Se trata de testimonios que, por su sinceridad y, sin duda, dureza, no pueden ser detectados por las autoridades. Alguien de confianza los tiene en su poder. Usted debe reunirse con esa persona, colocar lo que le entregue en una maleta y regresar aquí, a esta oficina. Como ve, es muy sencillo.

—Pensé que debía hacer un reportaje —dije, sorprendido.

—Y es lo que va a hacer —reviró Gassot—, mientras establece los contactos que le permitirán llegar hasta la persona de la que le hablo.

Mi curiosidad comenzó a desplegar antenas.

—¿Por qué esa persona no envía el paquete en una valija diplomática? De este modo yo podría dedicarme al trabajo periodístico.

—No es tan sencillo. Todo lo que sale por valija debe ser sellado por las autoridades, y, aunque usted no lo crea, controlan muy a fondo. Es su país. Tienen miedo de que algo se les escape.

Iba a hacer otra pregunta, pero Pétit me interrumpió.

—El señor Gassot le preparó un primer contacto en Pekín para su reportaje. Esa persona lo llevará hasta nuestro hombre, que por razones que no podemos explicarle ahora no debe ser identificado. Jean-Pierre, por favor, entrégale el sobre.

Gassot abrió un cajón y tiró hacia mí un sobre de manila cerrado.

—Ahí dentro está todo, incluido dinero, pasajes de avión y reserva de hotel. Le sugiero que vaya a su habitación a leer con cuidado todo esto, y que descanse, pues viaja a Pekín mañana en el primer avión.

—Caramba —dije mirando a Pétit—, pensé que tendríamos más tiempo para recorrer Hong Kong.

Pétit me miró con sorna.

—Bueno, hay algo que no le he dicho: usted va solo a Pekín. Yo me quedo aquí, con Gassot.

—¿Y por qué? —pregunté.

—El periodista es usted, mi estimado. Yo, a fin de cuentas, no soy más que un burócrata. Se sentirá bien estando solo, créame. Hay ocasiones en las que la mejor compañía es uno mismo, y ésta es una de ellas. Ahora vaya a descansar, un automóvil lo está esperando abajo.

7

LAS MALETAS DE GISBERT KLAUSS
(FRANKFURT-PEKÍN)

Grabación hecha por Gisbert Klauss al inicio de su viaje, contenida en una microcasete-Corder M-529V marca Sony. Aeropuerto de Frankfurt. Salidas Intercontinentales. Sábado 26 de septiembre. 14:36 minutos.

«Soy Gisbert Klauss, profesor de cultura china en la Universidad de Hamburgo, departamento de Filología, sección Lenguas Extranjeras. Éste es el primer casete de un viaje que hago movido por un interés del todo anómalo en mi personalidad: el deseo de conocer, in situ, los escenarios de una historia que al parecer puede darle un vuelco a mi existencia en términos de estudio, vivencia, cambio de método, apertura a nuevos modos de *intelligere*. Jutta, mi mujer, me acaba de despedir con un beso en el inhóspito aeropuerto de Frankfurt, aún sorprendida por mi determinación de viajar a Pekín, solo y por tiempo indefinido. ¿Qué le sorprende? Sin duda el hecho de que, en diez y ocho años de matrimonio, ésta es la primera vez que me ausento por tanto tiempo y, sobre todo, dirigiéndome a un país extranjero. En realidad, jamás me he separado de ella de no ser por mi trabajo universitario o para ir a comprar a la esquina mis tabacos Schimellpennick. De ahí su sorpresa. Pero un hombre de ciencia, como yo, debe aceptar los requerimientos de su profesión, por contradictorios que parezcan, como si fueran mandatos de un dios en el que se ha depositado la fe. Quiero dejar consignado que Jutta, que es una santa, no disimuló un cierto regocijo al ver que yo, un hombre tan consolidado en mis principios, axiomas y métodos, fuera todavía capaz de experimentar algo nuevo. Yo mismo estoy sorprendido de este espíritu adolescente de aventura, pero es una sorpresa que me hace augurar buenos resultados, provechosos para mi carrera y mi obra, modestamente. De hecho, todo lo que veo es nuevo. Deposité mis maletas en un mostrador de la Lufthansa. La señorita de la aerolínea, una joven rubia, revisó el pasaporte con el visado chino, comprobó el peso de las maletas y me dio un pase a la sala VIP, pues a pesar de ser un hombre de recursos medios decidí comprar un billete en clase ejecutiva. ¿Por qué lo hice siendo un banal profesor universitario? Porque ante una experiencia de este tipo prefiero desplegar todos los medios. Por cierto que anoche, desvelado en mi estudio, escribí una nota al respecto que leo a continuación:

»Yo, exégeta alemán de la obra de Wang Mian, de Li Po, Lin Hsú y tantos otros;
autor de la edición crítica alemana de las obras completas

de Wu Jingzí,
pero también, en otros ámbitos,
crítico de Georg Luckács,
coleccionista de primeras ediciones de Kafka,
adorador de la prosa de Stevenson,
lector compulsivo de Joseph Roth,
amigo personal del hijo de Heinrich Böll,
lector de los diarios completos de Jünger,
conferencista sobre la obra de Mijos Zilaji...
Yo, Gisbert Klauss,
un hombre de mi tiempo,
catedrático de cultura china en la Universidad de Hamburgo,
¡sufro ante la idea de subir a ese horrible pájaro de metal!
¿No son éstas razones suficientes para pagar un extra en clase ejecutiva?»

Salón VIP del aeropuerto de Frankfurt. 15:08 minutos.

«Qué ambiente más cómodo. Sillones de cuero. Saloncitos cerrados. Zonas para dormir, para fumadores, para ver televisión. Hay una barra en la que se pueden pedir licores, café y refrescos. Neveras con agua mineral, jugos y sándwiches. Un escaparate contiene periódicos de Europa y Estados Unidos, lo mismo que revistas como *Newsweek, Harper's Bazaar, Bild.* Caray, cómo se cuidan los viajeros. La mayoría son hombres de negocios. Señores muy serios de vestido y corbata. ¿Cómo se puede hacer un viaje tan largo con un atuendo tan incómodo? Hay que ser estúpido, con perdón. Si alguien importante los espera del otro lado tienen tiempo de sobra para cambiarse en la última hora de vuelo. Para matar el tiempo mientras me llaman al embarque, elaboré una teoría. Al tratarse de personas que, por razones obvias, no pueden reconocerse con su trabajo, pues nadie que sea humano puede sentirse reconocido con actividades como la venta de activos, la colocación de títulos en Bolsa o los portafolios de inversión, entonces, buscan reconocerse con una imagen: la del ejecutivo exitoso. Esta imagen es intercambiable y sirve para cualquiera de ellos, el agente de Bolsa del Crédit Lyonnais o el jefe de ventas para Asia de la Bayer. Y esa imagen, cómo no, es una forma de vestir, un tipo de maletín, una actitud de desgano hacia lo que no tenga que ver con su trabajo. La importancia de lo que son no radica en cada uno, sino en el capital social de la empresa que representan. Siento pena por ellos.

»Pero al fin y al cabo, ¿qué me importa? No más ideas ociosas. Regreso a mis lecturas. Tengo el diario de Pierre Loti lleno de subrayados, pero ahora lo que más me atrae, si debo ser sincero, es una lectura ligera. ¿Qué pensaría Jutta si viera este librillo que compré en el quiosco del aeropuerto? No sé si consignarlo en esta grabación. En fin, por qué no. Es *El Sastre de Panamá*, de John Le Carré. Llevo un rato largo leyéndolo, devorado por la trama. Claro, traigo también una edición original de *Il Milione*, de Marco Polo, para consultar algunas referencias, pero creo que lo haré más adelante, pues esta historia de Le Carré, está divertidísima.»

Vuelo Frankfurt-Pekín de la Lufthansa. Asiento 3A. 19:18 minutos

«Llevamos ya un rato volando sobre tierras roturadas que para mí son sólo puntos lejanos de luz. El escáner muestra en detalle dónde vamos, el tiempo de vuelo y lo que falta para llegar al destino. Qué orden, qué descanso, qué paz. La información es un remanso en medio de esta incertidumbre, deliciosa por momentos, claro, pero que en general me inquieta. ¿Qué encontraré al llegar? Sé, por lo que he podido leer, que el aeropuerto está a diez y seis kilómetros de la ciudad, y que el Hotel Kempinsky, en el que tengo reservada una habitación, está en la calle Dongsanghuan Beilu, cerca del Parque Chaoyang y del Centro Nacional de Exhibiciones Agrícolas. Según mis informes, el precio del taxi del aeropuerto al hotel no debe superar los ciento sesenta yuanes, que al cambio de hoy son alrededor de veinte dólares norteamericanos. El trayecto, según mis cálculos, podrá durar entre treinta y cincuenta minutos, dependiendo del tráfico, variante que no puedo precisar de antemano, pero que, de cualquier modo, según informes a la hora de mi llegada, es decir a las 12:25 minutos del mediodía, puede generar un retraso máximo del sesenta por ciento del tiempo estimado. He calculado que mi conocimiento del chino me permitirá una comunicación cercana al cuarenta y cinco por ciento, teniendo en cuenta que mi práctica ha sido sobre todo «pasiva», es decir de lectura y gramática.

»El chino literario que creo dominar jamás ha experimentado el contraste con el real, lo que produce este porcentaje de error, pues la lengua, un ser vivo, sufre continuas mutaciones de síntesis, préstamo, influencias de lenguas cercanas, giros coloquiales y de jerga local, que, claro, hacen de ella un instrumento de estudio fascinante, pero que complican enormemente su manejo. Ahora bien: las conversaciones en chino que escucho en restaurantes, o los filmes chinos que he visto en lengua original, me permiten establecer un porcentaje de comprensión más elevado. Mi primer interlocutor será el taxista que habrá de llevarme al hotel. Y ahora que lo pienso: ¿quién será? ¿qué estará haciendo en este momento? En algún lugar de Pekín hay alguien que en estos instantes duerme —con las variantes: bebe, conversa, intima con una mujer, divaga sobre la felicidad—, pero que mañana asistirá a mi primera conversación en chino mandarín. Él será más importante para mí de lo que yo seré para él, aunque algo recordará. Yo sé algo que él, quien quiera que sea, aún no sabe: que nuestros destinos se encontrarán por cerca de una hora a la una de la tarde de mañana, día 13 de septiembre. Tal vez ese hombre, pues presumo que la mayoría de los taxistas chinos, como sucede en las ciudades que conozco, son hombres, tal vez ese hombre, decía, llegará mañana en la noche a su casa y le dirá a su mujer que llevó a un profesor alemán y que sostuvo una conversación vacilante pero amena. Ojalá ése sea su veredicto, por el amor de dios. ¿Sí? ¿Disculpe...? (se escucha otra voz en la grabación, seguramente se trata de la azafata). Vino blanco, por favor, sí, blanco.»

8

TAN LEJOS DEL PERÚ, TAN CERCA
DE SÍ MISMO. UN VIAJE POÉTICO
DE LOS ÁNGELES A PEKÍN

Al despedirse de Elsa, en el aeropuerto de Austin, y tras haber guardado en su bolso de mano el cofrecito con los documentos del abuelo —los cuales le permitirían, en Pekín, llevar a cabo su pesquisa—, el profesor Nelson Chouchén Otálora se sintió poeta: «Me voy a Oriente, cholita, allá donde dicen que nace el sol.» Luego se dieron un beso y él le anunció que ese viaje era el primer escalón de lo que sería su nueva vida, el renacer de ambos. Unos minutos después, al entrar al embarque, Nelson garabateó la frase en un cuaderno y la continuó con el siguiente verso: «Volveré, como vuelven las oscuras golondrinas.» Estas palabras le sonaban, pero supuso que si ya estaban en otro poema sería de modo distinto. Así que continuó, dándole forma a su escrito:

Me voy a Oriente, allá donde dicen que nace el sol.
Pero volveré, como vuelven las oscuras golondrinas.
Oscurecidas por la sombra que proyectan.

La coincidencia de avión en Los Ángeles lo obligó a estar un par de horas en el Kentucky Fried Chicken de la zona internacional, observando los aterrizajes. Allí pudo continuar con su labor poética.

Esas sombras son mis deseos más sinceros.
Que vuelan sobre ti, te sobrevuelan.

Caramba, se dijo, la cosa promete. No había llegado a China y ya sus papilas creativas estaban al máximo. No quería ni acordarse de la sucia jugarreta de Norberto Flores Armiño, pero se preguntó qué diablos le habría ofrecido a Roncancio para que se atreviera a traicionarlo de ese modo. Conchudos. ¿Luego no hacían eso mismo en todos los congresos? La hora de la traición sonó, pero ya sonaría, también, la de la venganza. Como Aquiles, la cólera del chouchénida Nelson regresaría puntual, con su lanza y su adarga, para castigar a los traidores. Pensando en esto regresó a su poema, que tomó un curioso giro:

Y entonces el aire que respiras se tornará en fuego
y el agua en azufre, y el volcán de mi cólera
volcará sobre ti su lava.
Y tal vez entonces, quién sabe,
Surgirá de tu boca la palabra «perdón».

A la hora en punto hizo la fila en el mostrador de American Airlines, obtuvo la tarjeta de embarque, y, un rato después, ya dentro del avión, se acomodó en su silla tranquilo, desahogada su furia a la *manière poétique*. Ojalá me toque una chinita bien rica de compañera, se dijo, y empezó a mirar la gente que entraba. Vio venir una que no estaba mal, pero pasó de largo. Luego apareció una rubia en jeans, con el ombligo al aire, y él pensó: «Dios de los ejércitos, concédemela.» Pero Dios no lo escuchó. Al final, su compañero de silla fue un simpático gordito, de corbata y maletín, que se presentó de forma ceremonial:

—Doctor Rubens Serafín Smith, proctólogo.

—Profesor Nelson Chouchén Otálora, catedrático de Literatura —respondió Nelson, dudando en darle la mano.

Una vez que el hombre se acomodó, Nelson, curioso, se atrevió a preguntarle:

—Permítame una curiosidad, doctor, ¿qué va a hacer un proctólogo a Pekín?

—Voy a un congreso internacional de proctología, profesor —respondió el doctor Rubens Serafín Smith—. Déjeme decirle que las técnicas de la medicina tradicional china, unidas a las occidentales, prometen ser de gran alivio para nuestros pacientes. ¿Ha sufrido alguna vez este tipo de dolencias?

—Hace años, fíjese —respondió Nelson—. El problema es que en mi país se come muy picante. Soy peruano.

—Ah, sí, muchos de mis pacientes son compatriotas suyos. Yo soy de origen brasileño, aunque nacido en L. A.

Poco después el avión despegó y Nelson, viendo que el doctor Rubens Serafín Smith sacaba una revista —*Science and Proctology in America*—, decidió empezar a leer una de las novelas chinas que había preparado para su viaje, *Rebeldes y soñadores*, de Liu Yan.

Abrió las tapas y, un minuto después, ya no estaba en su asiento 38A, clase económica, con vista al océano Pacífico, sino en una estrecha callejuela de Hong Kong, con un grupo de jóvenes estudiantes que planeaba publicar una revista de noticias culturales y políticas para introducirla clandestinamente en Shangai, Nankín y Pekín.

La negrura de la noche los alcanzó muy pronto y Nelson dejó de leer. La emoción, el arrobo, la hipnosis que le producían las novelas de autores chinos le hacía suponer que la llegada a ese mundo sería el disparador definitivo de su creación literaria. No había lugar a dudas, había acertado. Le daba risa pensar que los floresarmiñanos, queriendo acabar con él, habían terminado por hacerle un favor.

Y es que sólo con pensar en su viaje, la cabeza se le llenaba de frases. Entonces sacó su cuaderno de apuntes y, con la idea de una novela, escribió: «Vine a Pekín porque me dijeron que aquí vivió mi abuelo, un tal Juan Chouchén.» Se parecía un poco a Rulfo, pero qué importa, se dijo, ¿quién es dueño de las palabras?

Un segundo después llegó el sobrecargo con el carrito de las bebidas. Nelson ordenó una Coca-Cola.

—Sé que no me ha pedido ningún consejo y no quiero parecerle inoportuno o desagradable —le dijo, de pronto, el doctor Rubens Serafín Smith—, pero la deontología de mi profesión me obliga a advertirle que la ingestión de bebidas con gas, caso de la Coca-Cola, sumado al largo período de tiempo que tendrá que permanecer sentado, puede ser una bomba para su colon, máxime si ya ha tenido antecedentes inflamatorios.

—Gracias, doctor —respondió Nelson, algo sorprendido—. La tomaré cuando se le haya ido el gas.

—Sabia decisión, mi amigo. Lo que yo recomiendo, y esto se lo digo sin ánimo de influenciar sus gustos, es el jugo de tomate. Es excelente, pues deshace las fibras. Yo lo llamo, en jerga profesional, «líquido propiciatorio».

—¿Y sobre qué versará su ponencia en el congreso, doctor?

—Bueno, fíjese, tengo varios temas posibles —alargó la mano hasta su maletín, debajo de la silla, lo abrió y extrajo algunos documentos—. Uno es sobre la importancia de la levadura y los glúcidos en el tratamiento de la «almorrana testigo», tema que trato en un artículo publicado en el *Science and Proctology in America* de este mes, y otros dos sobre los diferentes modos de intervenir en la obstrucción de los tejidos venosos aplicando ondas de sonido a alta frecuencia. Es un método supremamente innovador en el que trabajo desde hace años.

—Caray, qué interesante —dijo Nelson y agregó—: Bueno, supongo que tampoco me dejará probar el alcohol hasta que lleguemos a Pekín.

—No crea, estimado profesor, no crea —dijo Rubens Serafín Smith—. Yo, en esta ciencia, pertenezco a la rama espiritualista. Nosotros creemos que la digestión, como todo lo humano, tiene un aspecto irracional, intangible, al que no se puede llegar con la teoría médica. ¿Por qué? Porque todo lo que se ingiere provoca emociones, sentimientos de aceptación o rechazo, odios, y éstos, por accidentado que sea el camino alimenticio, son definitivos a la hora de evaluar los resultados finales.

—Me alegro de que sea espiritualista, doctor —dijo Nelson—, pues pensaba proponerle que me acompañara a un trago.

Brindaron con ginebra Beefeater y una lata de tónica Schweppes —la cual, de común acuerdo, decidieron tomar sin gas—, seguidos de otro par, mientras Nelson le contaba las razones de su viaje, que para la charla se convirtieron en estrictamente familiares, así como de algunos pormenores de su trabajo universitario.

—Lo vi tomando algunas notas, profesor —dijo el doctor Rubens Serafín Smith, ya algo achispado—. ¿Sobre qué está trabajando?

—Verá, es que debo confesarle que mi verdadera vocación es la literatura —respondió Nelson, algo turbado.

—No me diga, eso sí que es maravilloso —se entusiasmó el doctor—. Fíjese, en eso nos parecemos. A mí me encanta leer, y de vez en cuando hasta me escribo mis poemitas. Nada del otro mundo, pecadillos de adolescente. ¿Pero dígame, usted ya ha publicado?

—Sí, varias novelas y libros de poesía.

—¿Y cuáles son los títulos? —preguntó el doctor Rubens Serafín Smith—. Yo leo mucho, a lo mejor...

—Mi obra más conocida se llama *Cuzco Blues*, una novela de costumbres sobre el Ande peruano. Ha sido editada en varios países.

—Caramba, pues no la he leído, pero ya mismo escribo el nombre para comprarla a mi regreso. ¿Usted cree que la conseguiré en Los Ángeles?

—Por supuesto que sí —respondió Nelson—. Claro que si me deja sus datos tendré mucho gusto en enviarle una copia autografiada.

—Pues eso sí que sería un honor —dijo el doctor Rubens Serafín Smith, abriendo su maletín para extraer una tarjeta de visita.

9

UN HOMBRE ESCONDIDO EN UN GALPÓN (III)

Tengo su foto. Es un periodista colombiano el que viene a sacarme de aquí. Estos de la Sûreté —creo que ahora se llama *Renseignements Généraux*— son gente realmente insondable... ¡Un colombiano! Veamos. Es un tipo alto, de aspecto lunático. Se le notan los esfuerzos por no engordar. Espero que logre llegar hasta aquí si es que Dios, a cambio de ese triste aspecto, le concedió algo de sentido común. ¿Con qué disculpa lo habrán reclutado? Según me informan en una carta, traída por mi contacto —cartas que, por cierto, debo leer y destruir, lo que hago de inmediato—, tengo que quedarme aquí más tiempo del previsto y redoblar las medidas de seguridad, por lo cual sólo habrá comunicación cada tres días. La piedad de mis superiores es grande, pues me hacen partícipe de sus zozobras. Yo soy sólo un soldado de Dios. No sé si merezco tal deferencia. Me dicen que la Iglesia ha sido visitada otras dos veces, y que una de éstas fue de la policía, lo que les hace pensar que las autoridades ya están informadas acerca del manuscrito. Algunos altos jerarcas del partido pertenecen, en secreto, a diversas sectas, lo que hace las cosas más difíciles.

Me dicen que la embajada está bajo vigilancia al milímetro por hombres de civil, y que un funcionario francés que debía viajar ayer a París fue detenido en el aeropuerto y requisado de arriba abajo, con la disculpa de un control de rutina. Temen, además, que las líneas de teléfono estén intervenidas, por lo que me informan que de ahora en adelante llamarán al manuscrito con el nombre clave de «Los anteojos de sol del embajador», y que, si bien esta consigna ya había sido dada, por ningún caso me comunique telefónicamente.

Y aquí estoy, una vez más, solo. Solo de soledad y sólo de solamente. Ya dije que soy sacerdote. No quise hacerlo desde el principio porque me habían recomendado no revelar mi identidad. Pero pensando, llegué a la conclusión de que si mis enemigos encuentran este escrito, será porque antes me han encontrado a mí, con lo cual ya nada importa. En fin, soy novato en esto de andar escondido, aunque debo decir que me hace bien, pues permite experimentar en carne propia lo que vivieron los primeros cristianos. Mi bodega dista de ser lo que fueron sus húmedas catacumbas, pero corren otros tiempos. Más por aburrimiento que por vanidad, diré —o escribiré, en rigor—, que nací en Estrasburgo, que hice el noviciado en Saint-Denis y que presenté allí mismo mis votos. Tengo 42 años. La decisión de venir a China, como misionero, obedeció a un largo proceso de descarte (no Descartes). Primero quise ir a Guatemala, pero mi petición no fue escuchada; mi candidatura resultó ser algo débil por el hecho de que mi español no era —no es— lo suficientemente fluido. Entonces quedó el África, pero la verdad no le puse mucho entusiasmo ya que me aterrorizan las guerras, y cuando por fin tuve que decidir me inscribí en las misiones de Asia, con especial interés en China. Aquí no es tan grave desconocer el idioma, pues se da por descontado que un sacerdote europeo no lo habla ni tiene por qué hablarlo. Llevo ya dos años, aprendiendo y evangelizando, lo que, dicho sea de paso, no es fácil.

¿Cómo llegará hasta mí? La pregunta golpea en mi cerebro una y otra vez, y no tengo respuesta, pues el camino que conduce a esta especie de gruta parece haberse perdido. Yo, al menos, ya no lo recuerdo con precisión. Sé que se deben cruzar varios *hutongs*, o callejuelas, atravesar una pared por un orificio, cruzar un pequeño descampado y entrar por la parte trasera, empujando una puerta herrumbrosa. El lugar en el que me encuentro, como ya dije, parece una vieja bodega de carga. Hay apilados materiales de construcción y muchas cajas de madera cerradas con clavos oxidados. En medio de esas cajas está mi escondite, lo que quiere decir que si alguien logra llegar hasta acá, aún deberá encontrarme. Y si ese alguien, además, quiere llevarse el manuscrito sin dar el nombre clave, tendrá que quitármelo, lo que no será fácil. A pesar de ser un sacerdote, soy robusto. En mi juventud practiqué deportes y, por haber llevado siempre una dieta frugal, soy delgado y ágil. También he podido estudiar el lugar y ya tengo un plan de fuga en caso de que los acontecimientos se precipiten. Consiste en saltar sobre una de las cajas y huir hacia arriba. En lo alto he reunido una buena cantidad de ladrillos, cascotes y herramientas en desuso para, desde allí, lanzarlas a quien pretenda seguirme. Si esto no logra detener a mis enemigos, debo saltar hasta el riel central del techo y, haciendo una pirueta circense, alcanzar las claraboyas, en especial una que no está del todo sujeta a la lámina de zinc y que se puede retirar, dejando un boquete por el que puedo pasar sin mucho esfuerzo. Luego debo correr por el techo hasta una vieja chimenea de ladrillos, la cual tiene una serie de ojales de hierro en forma de escalera que permiten alcanzar el techo de otro edificio. A partir de ahí puedo correr de nuevo y, aunque nunca me aventuré hasta el fondo, creo que se llega a una avenida. Esa será mi vía de salida. La única que podré usar cuando lleguen por mí. Mientras tanto, las preguntas siguen atenazando mi cerebro: ¿Ya habrá llegado a Pekín mi salvador? ¿Estará informado de la difícil tarea que le espera? ¿Cómo será nuestro primer encuentro? A causa del manuscrito, su vida y la mía estarán unidas, e incluso serán indisolubles, como la del cazador y el animal acosado.

10

AEROPUERTO DE NUNYUÁN PEKÍN. 12:30 A.M.

Tras un recorrido entre corredores, escaleras eléctricas y paneles de vidrio, los viajeros desembocan a un enorme salón en el que están alineados, en especies de cubículos, los policías de inmigración. Ellos revisan los visados y comprueban que la cara de la foto, en el pasaporte, coincida con la del viajero que tienen delante; luego, si no hay nada anómalo, estampan el sello de entrada y pueden agregar un «*Welcome to China*», aunque esto último no es obligatorio. Al llegar a ese salón, con más de cuarenta filas, el recién llegado debe rellenar una hojita con sus datos, que se entrega a las autoridades en el momento en que éstas la requieran. Detrás de los guardias, un mural de dimensiones apoteósicas ilustra las riquezas del patrimonio nacional a las que se tiene acceso estando en Pekín, empezando por la Gran Muralla —en el sitio de Badaling—, los palacios de la Ciudad Prohibida, el Templo del Cielo, el lago del Palacio de Verano, un osito panda, la cara de Mao, la Plaza de Tiananmen y varios personajes de la Ópera de Pekín.

Superado este control, y dejando atrás el vestíbulo de inmigración, una cascada de escaleras eléctricas deposita a los viajeros en el primer piso, pasando bajo un segundo mural con imágenes de la ciudad y aros de colores en el que se lee Beijing 2008, pues la capital es candidata a albergar los Juegos Olímpicos de ese año.

Las cintas de las maletas ya están girando. En un tablón digital, al frente del número de cada una, están los nombres de las ciudades de proveniencia. La cinta catorce escupe las maletas de tres aviones recién llegados de lugares muy distantes en el globo: Los Ángeles, Frankfurt y Hong Kong. Los pasajeros, previamente dotados de un carrito, tienen la esperanza de ver aparecer muy pronto sus maletas y salir de ahí, cansados como están por el viaje, para llegar a su hotel, si son extranjeros, estirarse un poco y darse una buena ducha.

El periodista Suárez Salcedo, bostezando, revisa sus documentos de viaje y comprueba que los agentes de inmigración le hayan devuelto todo debidamente sellado, pues teme verse metido en algún problema, sentimiento que está muy relacionado con su nacionalidad y con el nerviosismo que ésta suele generar en los policías de frontera. De vez en cuando se soba los antebrazos con ambas manos, señal de que tiene frío. Sin duda calculó mal la temperatura, ya que viene de Hong Kong. Si allí el calor era tropical, en Pekín el termómetro está un poco más bajo. Y eso sin contar con el aire acondicionado de la sala, que es el que en realidad lo está enfriando en este momento.

Muy cerca, de espaldas, está el sinólogo alemán Gisbert Klauss. Él sí acertó en la indumentaria, pues lleva una camisa de manga larga y una franela. El profesor Klauss, como buen previsor, había estudiado el cuadro de temperaturas de la semana y, con esos datos, establecido una media antes de elegir el atuendo del viaje. No está preocupado. En su mano derecha tiene un libro de bolsillo que lee compulsivamente. Es *El sastre de Panamá*, de John Le Carré. No parece tener prisa.

Más allá, casi pegado a la cinta móvil, un hombre de aspecto chino, aunque de tez oscura —podrían tomarlo por filipino—, se tambalea mientras observa a los demás, con esa melancolía que en ocasiones proporciona el alcohol, pero que alguien con cierta formación poética habría podido calificar de «vallejiana». Es el escritor Nelson Chouchén Otálora. Se ve que no paró de beber durante el viaje, o, al menos, que bebió más de la cuenta. Murmura entre dientes y de vez en cuando levanta su dedo índice y lo mueve con gesto rápido, como si estuviera haciéndole a alguien una importante recomendación, o como si le estuviera prohibiendo algo a un niño. A su lado, mecido como un péndulo y con las manos unidas sobre la barriga en actitud de arrepentimiento, un hombrecillo de ojos pequeños e incipiente calva también espera. De vez en cuando su cuerpo se agita, pues tiene hipo. Es el proctólogo brasileño Rubens Serafín Smith. Se le notaría menos la ebriedad si no fuera porque en cada estertor exhala un inconfundible aroma a ginebra.

Un poco después, todos se dirigen a la salida empujando sus carritos. Al proctólogo Rubens Serafín Smith lo están esperando. Un sonriente conductor levanta una tablita con su nombre y el siguiente encabezado: «International Health Association.» El doctor va al Hotel

Kempinsky, pero ofrece llevar a su compañero de viaje, profesor Nelson Chouchén Otálora, que va al Holiday Inn del Lido. El conductor asiente diciendo que no hay problema, pues está en el camino. En la fila de los taxis vemos al sinólogo Gisbert Klauss. Cuando llega su turno, cuando uno de los rojos taxis pekineses lo acoge, le dice al chofer en chino que va al Hotel Kempinsky, y hace, a continuación, un gesto de agrado al comprobar que el chofer entiende su frase. Tras él, en el siguiente taxi, el periodista Suárez Salcedo muestra la reserva de su hotel al conductor, el cual reconoce de inmediato la escritura: Hotel China World.

    El sol brilla en lo alto del cielo y el aire está limpio. Todo indica que será una agradable jornada.

SEGUNDA PARTE

En Pekín todo parece grande. Y lo que no es grande es extremadamente pequeño; pequeños son los entreverados *hutongs*, las callejuelas de los barrios antiguos que serpentean entre las casas de ladrillo gris y techos de pagoda; pequeños, muy finos, son los talles de las jóvenes chinas, envueltos en púdicos vestidos; pequeñas son las casas y los comercios, al menos por cuanto puede verse desde afuera, en brusco contraste con los edificios públicos, los palacios del poder, las plazas y los parques. Tal vez la desproporción provenga de algo dramático, y es que Pekín ha sido reconstruida muchas veces sobre sus propias ruinas. Fue esto, al menos, lo que pensó el profesor Gisbert Klauss mientras caminaba por el antiguo barrio de las Legaciones Diplomáticas, al frente del Hotel Beijing, el mismo sector que fue cercado, incendiado y asolado por la furia de los Bóxers. Hoy las calles de este barrio, que se llama Zhengylu, están sombreadas por frondosos árboles; pocas cosas recuerdan el horror que se vivió allí hace exactamente un siglo.

De camino hacia el hotel, saliendo del aeropuerto, Gisbert había observado las imponentes avenidas y los colosales edificios del nuevo Pekín. A pesar de ser frías construcciones llevaban impresas, de algún modo, el sello de Oriente: en la forma de los techos, en los colores, en su estructura. «El Oriente es rojo», se dijo Gisbert, recordando una canción popular de la época del presidente Mao. Estaba satisfecho de su primer encuentro con el idioma. El taxista, un joven del Hunan, lo miró con sorpresa al escucharlo, y poco después lograron regularizar una charla en la que se habló del tiempo, del tráfico, de la polución, de los vientos arenosos que provienen del Gobi y que, cada tanto, cubren la ciudad con una capa de polvo que le da un aire de objeto en desuso.

Pero a medida que el taxi avanzaba en el dédalo de la ciudad, Gisbert fue sintiendo leves destellos de angustia. Estaba lejos de su terreno y debía sobreponerse. «No pasa nada», se dijo, a modo de terapia, «todos los hombres, cada tanto, se encuentran solos. Yo soy sólo uno más, uno de ellos». Él era nuevo, ése era su problema.

La llegada al hotel fue como un bálsamo, pues todo estaba en orden. Tenían lista su reserva, lo esperaban, reconocieron su nombre. Un botones lo acompañó hasta su habitación, que era espaciosa y cómoda, en el piso catorce del edificio, y le enseñó a utilizar los servicios, incluyendo una caja fuerte de combinación electrónica y un minibar, de cuya llave colgaba un abrelatas. Desde la ventana de su cuarto veía una calle repleta de restaurantes y bares. Pero la forma de la ciudad, en esa zona, le provocó inquietud. Parecía estar lejos del centro. Nada de lo que veía era reconocible. Las construcciones que tenía al frente, y, sobre todo, la proliferación de grúas y terrenos baldíos, lo llevaron a creer que estaba en un barrio de la periferia. No era así, según el mapa. Aún no comprendía la ciudad.

La excitación del viaje le impidió tenderse en la cama al llegar, así que se dio una ducha, vistió una ropa ligera —a pesar de ser septiembre aún hacía calor— y salió a la calle. «Al Hotel Beijing», le dijo al conductor, ya muy seguro de su chino, y éste ni siquiera lo miró con sorpresa. Todo iba bien. Por la tarde, a eso de las cinco, llamaría a Jutta para contarle los pormenores de su llegada. Habían acordado una llamada cada tres días y mensajes diarios por e-mail, pues previamente se había informado de que el hotel prestaba ese servicio.

Ahora paseaba por el barrio de las Legaciones, con el librito de Loti debajo del brazo, intentando encontrar alguno de los edificios a los que éste hacía referencia, y preguntándose si no debería hacer él lo mismo, es decir escribir un diario. La idea era atractiva, pero le supondría un compromiso que aún no estaba seguro de poder asumir. Si bien quería aprovechar a fondo su experiencia, tampoco quería sentir la obligación diaria de vivir grandes sucesos. Tenía ganas de conocer Pekín a un ritmo lento y, casi podría decir, caprichoso. «El carácter de esta ciudad me es totalmente extraño», pensó, así que debía acceder a ella despacio, como si fuera una persona silenciosa con la que debía convivir.

De ahí que en su primer paseo, Gisbert se dejara llevar por el antojo y la curiosidad, yendo de una calle a otra, hasta acabar comiéndose un helado en las escalinatas del Palacio del Pueblo, frente a la Plaza de Tiananmen, observando los ríos humanos que iban y venían, y diciéndose que al día siguiente visitaría la Ciudad Prohibida, pues hoy la fatiga le impediría disfrutar plenamente de ella.

Curiosos, vigilantes, parapetados detrás de las páginas de un periódico, muy cerca de él, unos ojillos oblicuos lo seguían sin perder uno solo de sus gestos.

Nelson Chouchén Otálora abrió un ojo a mitad de la tarde y se dijo: «¿Dónde chucha estoy?» El alcohol ingerido en el viaje, unido al *jet lag*, le pasaba factura; sentía el peso de un elefante oprimiéndole el cerebro. Tardó un segundo en comprender que ya estaba en su hotel, el Holiday Inn del Lido, pues su compañero de travesía, el doctor Rubens Serafín Smith, lo había dejado allí luego de una calurosa despedida en la que él sentenció, entre vaharadas de alcohol: «Te nombro mi proctólogo de cabecera, hermanito, pero si intentas tocarme el culo te mato.» A lo que el doctor respondió: «Tú, definitivamente, tienes el don de la palabra.» Recordaba también, aunque vagamente, que le había propuesto seguirla en el hotel tomándose la última, pero Serafín Smith, en un acceso de culpa y utilizando la que debía ser su última neurona lúcida, le dijo:

—Tengo que preparar la charla, hip, mi estimado, pero ya habrá tiempo, salú, obrigado, hip, chau.

También recordó haberle propuesto matrimonio de rodillas, durante el vuelo, a una de las azafatas, cantándole «Déjame que te cuente, limeña», pero ésta lo mandó a sentarse con cajas destempladas, sobre todo cuando intentó pellizcarle una nalga. Una vaga sensación de ridículo se apoderó de él, y, como le sucedía desde muy joven cada vez que bebía, un devorador remordimiento de conciencia le carcomió el ánimo, agravado por una fuerte opresión en el pecho.

Abrió las cortinas de la ventana y el panorama lo

dejó estupefacto. Delante de él se extendía un campo que parecía infinito, enmarcado por abetos empolvados. Vio lejanas, improbables construcciones. Un camión cargaba escombros en una obra vecina. Una cuadrilla de peones trabajaba con palas, a torso desnudo, bajo un sol inclemente. Se acordó de la empleada de la agencia de viajes de Austin, quien le aseguró que se trataba de un hotel muy céntrico, y juró que, a su regreso, lo escucharía. No se iba a burlar de él tan fácil esa cojuda. Luego sacó el mapa y vio que, en efecto, estaba bastante al norte, cerca de la vía al aeropuerto.

Junto a sus documentos encontró una tarjeta del Hotel Kempinsky, que era donde se alojaba el doctor Serafín Smith. Abrió su maleta, sacó un tubo de pastillas Tylenol y se tragó dos, masticándolas, antes de meterse a la ducha y dejar que el agua purificara su doliente humanidad golpeada por el dolor de cabeza, la falta de sueño y trece vasos de ginebra con tónica.

Una hora después, sintiéndose algo mejor, abrió el cofre con los documentos de su abuelo y comenzó a estudiarlos. Curioso: en todos estos años nunca se había interesado por ellos, aunque siempre los guardó como un preciado tesoro. Esto le pareció un símbolo. De inmediato agarró un lápiz y escribió en su cuaderno:

Estas páginas esconden lo que fui, lo que pude ser, lo que soy.

Bebió un sorbo de Fanta, encendió un cigarrillo y continuó, entusiasmado:

Los trazos de esta caligrafía son las líneas de un mapa que prefigura mi rostro.

Y remató:

Mi vida está cifrada en este oscuro signo que quiere decir: Poema.

Es un haikú, pensó. Un poco largo, pero al fin y al cabo haikú. Caray, volvió a decirse, ¿cómo dejó pasar tanto tiempo antes de hacer este viaje? Jamás, en toda su vida de escritor, se había sentido tan inspirado. Pekín era su *madeleine* proustiana, su Rosebud, su Lara.

La mayoría de los documentos estaban en chino —las cartas habían sido traducidas a mano por el abuelo con ortografía vacilante—, así que eligió uno de los que estaba en español: era el certificado de ingreso al Perú por el puerto del Callao, el 1 de febrero de 1901. Al abuelito Hu le habían pedido una dirección en Pekín y él había dado la siguiente: Zhinlu Bajie, 7, Houhai, Beijing. Luego ojeó algunas de las cartas pero vio que no tenían remite. La mayoría estaban firmadas por Xen, el hermano menor del abuelo.

La emicrania lo disuadió de intentar descifrar lo que el abuelo había traducido, y pensó que ya tendría tiempo para hacerlo en la noche. «Hoy me dedicaré a conocer.» Pero al salir del hotel volvió a maldecir. En ese preciso instante un taladro perforaba el asfalto, al otro lado de la calle.

—Están construyendo un gran centro comercial —le dijo el botones, sonriente, en un inglés aproximativo—. Va a ser uno de los más grandes de Asia. ¿Adónde se dirige el señor?

—Al centro.

—¿A cuál, señor? —insistió el botones.

—Pues al centro de Pekín, ¿a cuál va a ser? —respondió Nelson, malhumorado.

—Es que en Pekín hay muchos centros, señor.

—¿Ah, sí?

—Sí —dijo el botones, sin perder la sonrisa.

—Pues voy al centro que queda más al centro, ¿me entiende?

—Creo que no, señor. ¿No tiene el nombre del centro?

Nelson creyó entender.

—No voy a un centro comercial, joven —le explicó—. Voy al centro de la ciudad.

—Ah, ya. Usted quiere decir al centro.

—Eso es.

—Ya mismo le llamo un taxi, señor.

El botones levantó un brazo y de inmediato un carro rojo se acercó. Le explicó al conductor para dónde iba Nelson y enseguida le abrió la puerta.

—Le deseo que disfrute de su estadía, señor. El conductor lo llevará a la Plaza de Tiananmen. ¿Le parece bien?

—Gracias.

Al salir a una de las avenidas, vio una ciudad de edificios altos, construcciones de ladrillo, cemento y vidrios sucios; un panorama opaco que le recordó las ciudades del este de Europa —Nelson no las conocía, pero las había visto en cine—: moles descoloridas, multifamiliares tristes, la abominable mezcla de suciedad y escritos en spray.

Uno poco más allá, bordeando otra avenida llamada Dongzhimen, vio un bellísimo templo lama y varios palacios al estilo tradicional, es decir de ladrillo gris, madera lacada en rojo y techos en forma de pagoda, con sus dragones retorcidos de finas garras, en lo alto, sus leones de porcelana y sus serpientes.

Vio carros viejos, destartalados, y se preguntó cómo harían esos armatostes de hierro y goma —algunos parecían «instalaciones» de artistas conceptuales— para producir el milagro del movimiento; vio un océano de bicicletas, triciclos, *rickshaws*, motonetas, moto-triciclos y motos con sidecar. Era el reino de las dos y las tres ruedas, evolucionando sin complejos en medio del tráfico de las avenidas, sorteando camiones y buses, arriesgando y retando, avanzando en los atascos, cruzando en rojo, invadiendo los pasos de cebra y los andenes, ocupando con peligro los carriles centrales y, muchos de ellos, convertidos en carretones para transportar cualquier cosa, desde muebles y electrodomésticos hasta materiales de construcción, todo en movimiento por la tracción de un solo hombre. El taxista, como si condujera por la sabana africana, aceleraba y frenaba de forma abrupta, daba golpes de cabrilla, hundía el pito con las dos manos.

De repente, Nelson se dio cuenta de que llevaba más de cuarenta y cinco minutos por las calles y observó, de reojo, su mapa. No creyó posible que la distancia, entre el hotel y el centro, fuera tan larga. ¿Se habrá querido vengar el botones de su tono irónico enviándolo a algún lugar perdido? De ser así ya se las verían. Se iba a acordar ese conchesumadre. Tal vez a la vista de su piel oscura y achinada —la sangre india confluyendo en el torrente sinológico—, creyó que era un filipino, o un vietnamita, y se quiso burlar. Y el chofer, ¿habrá comprendido bien adónde iba? Como no podía comunicarse, prefirió callar. Aún tenía dolor de cabeza y mareos; no era el momento de hacer reclamos. «Me cogieron cansado estos cojudos», se dijo. El tráfico era una pesadilla. Cada vez que llegaban a un cruce de avenidas Nelson tenía la impresión de atravesar por el centro de una plaza de mercado.

Un frenazo le hizo notar que se había dormido. Entonces levantó la vista y vio la gigantesca plaza. Y se quedó sin habla. «¡Estoy en Pekín, carajo!», gritó, emocionado, al tiempo que bajaba del taxi caminando lento, y habría seguido su marcha si no fuera porque el chofer se le interpuso, sonriente, con el precio de la carrera impreso en un papel. «Siempre hay un ser vulgar que interfiere en los momentos de gloria», se dijo, enfurecido, mientras pagaba. Había pensado discutirle, pero al ver la ridícula cantidad decidió ahorrar fuerzas. Luego siguió caminando, con los ojos húmedos. De esa ciudad había salido su abuelo cien años antes y ahora él estaba ahí. Con cuántas dudas y preguntas, con qué miedos habría partido ese joven de treinta años, Hu, que hizo posible su vida; y qué cerca estuvo, además, de cambiar el rumbo, de no embarcarse al Perú sino hacia Estados Unidos, o hacia Brasil, pues el origen de su familia no fue el resultado de una elección, sino que la dictó el destino del barco en el que Hu Shou-shen fue recibido como grumete. El que iba al puerto del Callao fue el único al que pudo subir, y por esa razón, hoy, él era peruano y su obra latinoamericana. Qué peripecias.

En estas mismas calles, en torno a la Ciudad Prohibida, cuando en ella aún habitaba un emperador, Hu debió cavilar, buscar consejo sobre qué hacer y adónde ir. Pero ahora que lo pensaba, nunca había sabido realmente por qué su abuelo se fue de China. Su padre —del que tenía pocos recuerdos por una muerte prematura, a sus doce años—, no le habló nunca de eso; del abuelo tenía una imagen que ya no sabía si provenía de un recuerdo propio o de una foto vista años atrás, en el Cuzco, en casa de la abuela, que era mucho más joven que Hu y que él sí conoció. Por cierto que la abuela, cuando se lo preguntaba, decía: «Tu abuelito siempre dijo que había venido al Perú para casarse conmigo.» Caramba: ¿por qué su abuelo emigró? Buena pregunta. Ésa era, sin duda, la primera respuesta que debía buscar.

El Hotel China World me dejó perplejo. Una enorme bóveda de fondo esmaltado brillaba en lo alto del lobby, y abajo, sederías amarillas, sillones cuadrados al estilo antiguo, multitud de objetos preciosos protegidos por fanales de cristal, espejos, arcadas de ébano esculpidas y caladas, un jardín interior con animales heráldicos en bronce.

Arrastrando el maletín de mano en el que guardo mi equipo, llegué hasta la recepción, acezante, y, tras regularizar mi entrada, subí al cuarto sintiendo una inmensa alegría, pues el hotel, además de muy elegante, contaba con una deliciosa zona deportiva que incluye baños turcos y sauna. Ya habrá tiempo para eso. En los viajes de trabajo suelo ser muy disciplinado y sigo un método riguroso que me evita perder tiempo y, sobre todo, estar sujeto a azares. Lo primero que hago al llegar a mi cuarto —éste es amplio y tiene una vista imponente de la ciudad, pues está en el piso 32—, es cambiar la disposición de los muebles, ya que, por lo general, no han sido distribuidos pensando en la gente que trabaja, o, al menos, en la gente que trabaja como yo, soldadito raso, sino en ejecutivos que no deben, como decimos en la profesión, «ensuciarse los dedos de tinta».

Por cierto que la información que me dio Pétit en Hong Kong no es la panacea de la claridad. El dichoso dossier del que habló consiste en una serie de mapas de la ciudad con publicidad de hoteles, restaurantes y night clubs, iguales a los que había en el quiosco de información del aeropuerto, más un folleto de información turística sobre viajes organizados a la Gran Muralla y el Palacio de Verano. Había también un cuadernillo publicado en el *South China Morning Post* sobre la gastronomía local, con atención a los platos cantoneses, en el que se afirma que el plato chino más conocido en Occidente, el *chop suey*, fue inventado en un restaurante de San Francisco.

Lo único claro, en realidad, fue una nota escrita a mano, cuidadosamente guardada junto al billete de avión, que decía lo siguiente: «Al llegar a Pekín no se mueva del hotel. Alguien vendrá a buscarlo. Pétit.» Qué misterios y qué urgencia. Pero así era mejor. Cuando estoy en misión de trabajo no hago turismo; si hay tiempo, prefiero hacerlo cuando el material está listo. Es que igual no lo disfruto. Por eso lo correcto era esperar el contacto descansando, y qué mejor lugar para hacerlo que la sala del Fitness Club, subsección Health Center.

En esto de la comodidad y el lujo, la verdad es que

los asiáticos son insuperables —recuérdese, si no, la expresión «lujo asiático»—. El lugar era perfecto; sauna, cámara de vapor, piscina de inmersión con chorros de agua al estilo jacuzzi, sala de reposo en penumbra con sillones reclinados, mullidas toallas, y, al fondo, una piscina cubierta, sillas para recostarse y palmeras.

Había hecho tres entradas a la sauna y me encontraba deliciosamente recostado en una poltrona, leyendo a Malraux, cuando escuché mi nombre por los altavoces: «*Phone call for Mister Sueires Salseidou.*» Salí como un bólido y agarré el auricular.

—¿Aló?

—Señor Suárez Salcedo —una voz desconocida me habló en francés, con un lejano acento oriental—. Lo espero abajo. Estamos retrasados, así que, por favor, apúrese.

—Oiga, espere un momento, ¿quién es usted? —dije, molesto por el tono autoritario de mi interlocutor.

—Apúrese, por favor, ya le explicaré en el camino. Estaré en el bar. Tengo un diario en la mano y soy una persona de estatura baja.

—¿Baja? Déme más datos, aquí todos son bajitos y el vestíbulo está repleto de gente —lo conminé, mientras me frotaba los antebrazos y la barriga con la toalla.

—Ese dato es suficiente. Soy una persona extremadamente baja. Apúrese. Clic...

Fui corriendo a mi habitación, cogí el equipo y me precipité hacia el ascensor. La verdad, empezaba a cansarme de tanto misterio.

Al llegar al bar miré hacia las mesas y lo reconocí de inmediato. Era, en efecto, alguien extremadamente bajito. Era un enano.

—Me llamo Chow Zhencai. Vamos.

Chow se escabulló entre la gente; me costó trabajo seguirlo y sólo lo alcancé en la puerta. Allí lo esperaba un taxi en el que, colegí, había venido, pues tenía muy avanzado el contador. Le dijo algo al chofer y nos pusimos en marcha.

—Tengo enanismo hipertiroidal —explicó Chow—. Mi estatura es de un metro y trece centímetros. Si hubiera nacido en un país más moderno me lo habrían curado, pues no es de origen genético. Pero nací en la China de la Revolución Cultural. Qué le vamos a hacer.

Supuse que le hacía bien hablar, así que lo escuché en silencio, reprimiendo el caudal de preguntas que hacían fila en mi mente y que nada tenían que ver con su enfermedad.

—No vaya a creer, por lo que acabo de decir, que no me siento orgulloso de ser chino —continuó exaltado—. No se equivoque conmigo, señor Suárez Salcedo. Me siento orgullosísimo de mi patria, y si tuviera que volver a nacer, preferiría ser igual si ése fuera el costo de ser chino. Además, ser enano tiene sus ventajas. ¿Le digo una?

—Dígamela, por favor —asentí.

—Las mujeres —dijo, picando el ojo—. ¿Me entiende? Puedo mirar debajo de la falda con poco esfuerzo, sobre todo si son alemanas. Son muy altas.

Supuse que al acabar su terapia el enano empezaría a decirme cosas importantes. ¿Para dónde íbamos? ¿Quién diablos era él? ¿Qué era todo este misterio? ¿Por qué era un chino y no un francés el que venía a buscarme al hotel?

—Las mujeres de Mongolia Interior no me gustan demasiado —continuó Chow—, pero son las más fáciles. Bajitas, piernas gordas y tetas anchas. No hay nada más fácil en este mundo que acostarse con una mongola. Dígame, ¿por qué le estoy diciendo todo esto?

—No lo sé, señor Chow, usted hablaba de las ventajas de ser bajito...

—Ah, sí, pero me va a tener que perdonar —reviró—. En este momento no tengo tiempo para explayarme en detalles. Luego, cuando todo se calme, vuelva a preguntarme y ya veremos.

¿Estaba loco el señor Chow? La verdad es que los contactos de Pétit eran un verdadero lujo.

Permanecí en silencio mientras el taxi avanzaba por calles infinitas, sorteando bicicletas y «rickshaws», y si no me atreví a hablar fue sólo por temor a que mi «compañero» retomara el hilo de sus devaneos. Recordé, observándolo, el inicio de una novela de Julio Ramón Ribeyro: «Como todo hombre bajito y por lo tanto presuntuoso, el doctor Carlos Almenara consideraba...» Chow no sólo era presuntuoso. Era, además, autoritario. ¿Dónde habrá aprendido el francés? ¿Qué tendrá que ver con mi trabajo?

El taxi se detuvo en un barrio bastante feo e inhóspito. Chow pagó, saltó del carro y me invitó a seguirlo.

—Le agradezco que no haya hecho ninguna pregunta durante el viaje, y espero que ésta sea la tónica general durante su estadía —me dijo—. Esta ciudad tiene oídos. Olvidé decírselo antes de subir al taxi. Pero vamos, nos están esperando.

Subimos por unas escaleras de paredes húmedas. Olía a cebolla y a fritura. Por un momento tuve la sensación de que, en lugar de Pekín, estaba en la antigua Roma, y que debíamos buscar a los católicos en un escondite insalubre. Soy una persona confiada y creo en la gente hasta prueba contraria, pero a estas alturas ya era consciente de que en esta extraña misión había gato encerrado. Olía a gato encerrado.

Una puerta se abrió y entramos a un apartamento estrecho, decorado con muebles viejos.

—Usted espere aquí, por favor —dijo Chow, dejándome en una habitación en penumbra en la que había un pequeño sofá, una jarra de agua y tres vasos.

Pensé en salir de ahí y regresar al hotel en un taxi, pues empezaba a estar harto de tener que esperar a todo el mundo. Pero al pensarlo una puerta se abrió y entraron dos personas. No pude ver muy bien sus caras, pero noté que uno era chino y el otro occidental.

—Bienvenido a Pekín, señor Suárez Salcedo —dijo el occidental alargando una mano—. Mi nombre es Peter Oslovski. Reverendo Peter Oslovski. Él es Sun Chen, mi superior.

Estreché sus manos algo más calmado.

—Supongo, reverendo —dije—, que usted me dirá qué es exactamente lo que vine a hacer aquí.

—Sí, claro que sí. ¿Desea un poco de agua fría? Hace calor por esta época.

—Gracias.

Bebí un trago. La verdad es que estaba cansado. Muy cansado.

—Contamos con su ayuda —dijo el reverendo— para encontrar a un sacerdote de nuestra congregación que está en peligro; por causa de un, digamos, fatídico pero interesantísimo hallazgo, él se encuentra temporalmente desaparecido. Usted debe llegar hasta él y ayudarle a sacar de China un documento.

—¿Qué documento? —pregunté—. ¿Por qué es importante y por qué está en peligro ese sacerdote?

—Demasiados interrogantes, estimado amigo. Hay que proceder despacio y usted, por desgracia, tendrá que ser muy paciente.

Yo, la verdad, no estaba para lecciones de comportamiento.

—Quiero saber exactamente cuál es el enredo de ese cura y por qué me trajeron hasta acá —dije con brío, levantándome—. Yo vine a hacer un reportaje, no a salvar a nadie. Cuando conteste a mis preguntas, reverendo, le diré si estoy dispuesto a ayudar. Ya sabe en qué hotel estoy.

Dicho esto salí de la habitación. Bajé las escaleras, llegué a la calle, me alejé y empecé a buscar un taxi. Pero había pocos carros por esa zona. Entonces caminé hasta la esquina y vi, a lo lejos, una hilera de edificios. Seguí caminando con la esperanza de encontrar una zona más concurrida, pero en lugar de eso llegué a un terreno baldío. La parte trasera de los edificios era aún más inhóspita.

De pronto vi venir un carro. Se aproximó despacio, y, al estar a mi altura, se abrió una de sus puertas traseras. Dentro estaban Chow, Sun Chen y el reverendo Oslovski.

—Debe usted aprender la paciencia —dijo el reverendo—. Venga, suba. Lo llevaremos a su hotel. Por el camino le explicaré qué es lo que pasa.

Sentado en las escalinatas del Palacio del Pueblo, el profesor Gisbert Klauss extrajo su grabadora y empezó a hablar. Pekín. Primer día. Horas 15:45:

«Mis primeras impresiones de la ciudad sólo pueden ser de admiración. Lo que tanto he estudiado y entrevisto de lejos, ahora toma cuerpo. Pero hay, de cualquier modo, una distancia: la que suele haber entre los libros y la realidad, entre la teoría y la práctica. El país literario es otro. De algún modo, todo lo que está escrito es irreal, aunque haya existido. Lo que es verdadero, en cambio, es la Historia. Aquí, delante mío, está el mausoleo de Mao Zedong. Nunca antes otro ser humano tuvo bajo su mando la vida de tantas almas. Su cuerpo se puede ver.

Lo nuevo y lo tradicional conviven. Los rascacielos y los restos de la vieja muralla, la pobre muralla de la ciudad. Su destrucción supuso un gravísimo atentado contra el patrimonio, y no fue el único. Siento júbilo. Grandes personajes estuvieron aquí antes que yo; además de Loti, debo pensar en mi admirado Mateo Ricci. La plaza no existía en su época, pero sí la Ciudad Imperial y la populosa Ciudad Tártara.

Los emperadores y las autoridades comunistas comprendieron algo que en Occidente también se practica: la relación entre la grandeza arquitectónica y la grandeza del Estado. La primera es el símbolo de la segunda. No hay segunda sin primera. Lo sabemos nosotros, en Alemania. El Estado es un concepto que no se ve y sólo los grandes palacios lo hacen visible. La veneración no existiría sin palacios. La gente camina erguida, orgullosa de sus símbolos.»

Terminada su grabación, Gisbert Klauss guardó el aparato, revisó su mapa y cruzó de nuevo la plaza, con la intención de visitar una librería. Según su guía turística, el mejor lugar para ello estaba muy cerca, en la arteria comercial de Wangfujing, y para allá se fue, sin notar que alguien se levantaba tras él, y, a prudente distancia, se disponía a seguirlo, al tiempo que extraía del bolsillo un teléfono móvil y decía algo de forma apresurada.

Al llegar a Wangfujing se quedó sorprendido, pues, en efecto, parecía la avenida más moderna y animada de la ciudad. Enmarcada por gigantescos centros comerciales de techos curvos, Gisbert vio ríos de gente entrando y saliendo de sus mil almacenes de baratijas; objetos en jade y ágata, pequeños ídolos de alabastro, marfiles tallados, sedas y brocados, pero también tiendas de imitaciones, farmacias tradicionales, cafeterías con amplias terrazas, bares y restaurantes de moda. Más adelante, Gisbert eligió una enorme librería de varios pisos y buscó la sección de literatura china. Para su enorme sorpresa, no tenían ediciones recientes de la obra de Wang Mian. Entonces se dirigió a uno de los dependientes.

—Buenas tardes —dijo en chino, ya muy seguro—, ¿podría decirme dónde se encuentran las obras de Wang Mian?

El empleado lo miró con curiosidad.

—¿Puede repetirme el nombre?

—Wang Mian.

—Espere un momento, por favor.

Desde el fondo de la sala, escondidos detrás de un anaquel, los vigilantes ojillos no dejaban de mirarlo.

El dependiente fue a la caja y parlamentó con un empleado que, por su uniforme, parecía ser un superior jerárquico, el cual, a su vez, llamó por teléfono a otro dependiente. Reunidos los tres, el primero señaló a Gisbert, que continuaba ojeando las estanterías.

—Disculpe, señor —dijo el de más rango, acercándose a Gisbert—. ¿Es usted quien busca las obras de Wang Mian?

—Sí, soy yo.

—Es que, verá, debo decirle que por el momento están agotadas. ¿Buscaba algún título en especial?

—Bueno, sí. Quisiera una edición facsímil de *Historia de los nombres cambiados*, a ser posible aquella basada en la versión de la Cabaña del Reposo Yacente, Pekín, 1975, Editorial de Literatura Popular.

—Si tiene usted un poco de paciencia, señor —dijo el empleado—, tomaré los datos. Tal vez logre conseguirla en un par de días.

—Es muy amable.

El dependiente tomó nota y le dio a Gisbert una tarjeta.

—Llámeme al final de la semana, señor. Ahí tiene mi nombre y el número directo de esta sección de la librería.

Gisbert agradeció, pero antes de retirarse el dependiente volvió a hablarle.

—Si le interesan las ediciones antiguas, señor, le aconsejo dar un paseo por las librerías de viejo de Dongsi Nandajie. No está lejos de aquí. Si me permite se lo señalo en su mapa.

Gisbert lo desplegó y el empleado trazó varios círculos.

—También puede buscar en los anticuarios del parque Houhai. A veces se consiguen cosas valiosas. Veo que el señor es un especialista.

—Soy estudioso de la cultura china, joven —dijo el profesor—. Le agradezco mucho sus consejos.

La curiosidad y el afán filológico de Gisbert se erizaron de antenas, y volvió a la calle olvidando el cansancio. También olvidó la promesa de llamar a Jutta.

Efectivamente, la calle Dongsi estaba muy cerca y, en el lugar indicado, encontró una de las librerías. Era un salón bastante profundo y algo oscuro, con los muros repletos de volúmenes. Varios dependientes de bata blanca evolucionaban entre los libros, algunos de los cuales estaban expuestos en canastos. Gisbert empezó a buscar, emocionado, y al cabo de varias horas, tras haber encontrado una primera edición en español de José María Arguedas (*Canciones y cuentos del pueblo Quechua*, Ed. Huascarán, Lima, 1949), y algunos libros en inglés de viajeros a China, se dio por vencido, mareado por la tormenta de títulos, pero sin encontrar uno solo de su admirado Wang Mian.

El propietario se acercó a él y le ofreció ayuda.

—Veo que usted se interesa por los libros chinos, señor —dijo—. Supongo por ello que conoce nuestro idioma.

—Sí, aunque de modo aproximativo —respondió Gisbert Klauss—. Soy profesor de la Universidad de Hamburgo y me ocupo de Sinología.

—¿Busca algún título en especial?

Gisbert Klauss repitió la petición y el propietario, un apacible anciano de pelo cano y cara sonriente, le dijo que lo acompañara.

—Venga, venga conmigo —dijo abriendo una puerta—. Tengo otra sala de libros especiales. O mejor: para clientes especiales, como, presumo, es usted.

—Amable presunción —correspondió Gisbert.

Era un espacio más pequeño y mejor iluminado que daba a un patio central. Los libros estaban cuidadosamente expuestos en anaqueles y pudo reconocer, a primera vista, algunos de los títulos que tenía en su biblioteca de Hamburgo, como el *Libro de los cambios*, en la edición facsimilar de la Editorial de Libros Antiguos, de Shanghai, o el *Diccionario de leyendas chinas (Zhongguo Shenhua Chuanshuo Cidian)*, de la Editorial Ci Shu. El propietario, pasando el dedo por los lomos —algunos de ellos encuadernados en piel—, sacó varios volúmenes y los colocó en la mesa.

—Esto es todo lo que puedo ofrecerle de Wang Mian.

Gisbert, con los nervios tensos, vio el *Libro de los nombres cambiados* en la edición que buscaba, más otros que también conocía en ediciones apreciables, todas facsímiles de las viejas impresiones del siglo XVIII: *El lirio y la espuma, Los días de Oriente, Canción de otoño al mediodía, Numéricas*. Antes de hacer la pregunta siguiente, es decir ¿cuánto valen?, Gisbert hizo un rápido cálculo de lo que podría pagar; convino, en íntima consulta con su contador, no más de cien dólares por volumen, lo que equivalía, tratándose de cinco libros, a cuatro mil yuanes. Con esta cifra en la cabeza se atrevió a preguntar.

—¿Y qué precio tiene éste? —dijo con el *Libro de los nombres cambiados* en la mano, sabiendo que le sería más fácil negociar uno por uno.

—Dos mil yuanes y son suyos, señor —respondió el propietario, uniendo las dos manos sobre la barriga.

—¿Dos mil yuanes por éste? —preguntó Gisbert.

—No, por todos.

El corazón le dio un golpe en el pecho, pues era una

verdadera ganga. Entonces esperó un segundo, en silencio, hasta que el hombre volvió a hablar.

—Usted me cae bien, profesor. Llévelos por mil quinientos yuanes. ¿Le hago un paquete?

—Sí, por favor.

Un vago sentimiento de culpa se apoderó de él, pero apretó las mandíbulas y dejó que pasara. Luego preguntó:

—¿Y cree usted que sea posible encontrar otras obras de Wang Mian?

—Bueno, siempre se puede intentar —respondió el librero—. Por supuesto que no le puedo prometer *Lejanas transparencias del aire*, pero sí otros volúmenes de poesía como *Agosto en brumas* o *El pez dorado*.

Gisbert lo observó con curiosidad.

—¿Qué título dijo?

—*Agosto en brumas* —respondió el librero—. O *El pez dorado*, depende de sus preferencias.

—No, me refiero al otro...

—Ah, *Lejanas transparencias del aire* —el librero habló en voz baja, se acercó a la ventana y la cerró—. Discúlpeme, si desea hablar de ese libro es mejor que nadie nos oiga. Trae mala suerte.

—¿*Lejanas transparencias del aire*? —preguntó Gisbert Klauss—. Qué raro. Nunca lo escuché nombrar. ¿Por qué trae mala suerte?

—Bueno, es un libro que hoy pocos conocen. Fue lo último que escribió antes de morir, alcoholizado. Al parecer trata el tema del viaje místico, de los diferentes estados de perfección a partir de una serie de iluminaciones. Se publicó tarde, pues el manuscrito no apareció hasta 1880. De él se hicieron cien copias.

—Qué interesante —Gisbert sacó una libretita y escribió el título—. No sabía nada al respecto. ¿Por qué dice que trae mala suerte?

El viejo librero invitó a Gisbert a sentarse. Le ofreció una taza, colocó dentro unas hojas de té y vertió agua hirviendo de un termo metálico.

—Verá, ese libro fue adoptado como doctrina sagrada por la Sociedad Secreta de los Yi Ho Tuan.

—¿Los Bóxers? —preguntó Gisbert Klauss.

—Bueno, ése es el modo erróneo en que se les llama en Occidente —dijo el librero—. Pero sí. Ellos.

—Y por eso trae mala suerte... —coligió Gisbert.

—Como usted sabe, esa aventura acabó muy mal. Supuso la destrucción de Pekín y el inicio de un largo período de oprobio para nosotros, de rodillas ante las potencias extranjeras.

—Lo sé —dijo Gisbert—, y sepa que me avergüenzo del oscuro papel jugado por mi país.

—Pues bien —continuó el librero—, se dice que en ese texto, que como le dije proviene de un sueño místico de Mian, se habla de la destrucción de los «enemigos de la cruz», que es el modo en que él llama a los cristianos, como paso previo a la instalación definitiva del paraíso. Ésa fue una de las razones por las cuales los Bóxers decidieron acabar con los sacerdotes, y por extensión con todos los occidentales, que fueron quienes trajeron la cruz. Debe usted recordar que China ya había sido humillada muchas veces en los años anteriores, sobre todo por Gran Bretaña y Francia. En esas condiciones, cualquier doctrina de venganza, bien estructurada y con la promesa de un paraíso, sería acogida por centenares de miles de personas que sufrían hambre, desempleo y falta de futuro.

Se escuchó un ruido del otro lado de la puerta y el librero, nervioso, se levantó. Luego abrió la puerta muy despacio. Un enorme gato pomerania le saltó a los brazos.

—¡Xiu! —exclamó, aliviado—. Es un gato muy curioso. Tan pronto ve una puerta cerrada quiere saber lo que sucede detrás.

Dejó el gato en el suelo, regresó al sofá y continuó hablando.

—Todos los ejemplares de *Lejanas transparencias del aire* se quemaron en la destrucción de Pekín, en 1900, pero existe el mito de que el manuscrito se salvó. La copia original, ¿me entiende?

—Sí, perfectamente —respondió Gisbert.

—Por eso le decía que trae mala suerte —explicó el librero—. Durante los días posteriores a la toma de Pekín por los aliados, cualquiera al que se le encontrara un libro de Wang Mian era decapitado y su cuerpo tirado a los perros. Las cien copias de *Lejanas transparencias del aire* desaparecieron entre las llamas, durante el incendio del cuartel general de los Bóxers, pues ellos los habían reunido en una especie de Biblioteca Sacra que sólo podía ser consultada de rodillas. Ese edificio estaba situado en el Tiantadongmen, cerca del Templo del Cielo, y dicen las historias que muchos Púgiles Sacros murieron quemados abrazando copias del libro. El manuscrito original, en cambio, parece haberse salvado. Se dice que un monje lo sacó de la biblioteca antes del ataque. Claro, nadie sabe dónde está, y, para serle sincero, ojalá que nunca aparezca. Hoy existe un grupo que lo busca, una sociedad secreta que se formó en plena República Popular y que espera con ello ganar más adeptos de los que ya tiene. El comunismo cambió la vida de todos y nos permitió construir esta gran nación, pero las tradiciones no se olvidan. China es un viejo país con buena memoria, profesor.

Dos golpecitos tímidos en la puerta marcaron el final del diálogo del librero. Era uno de sus colaboradores. Debía atender el teléfono para la compra de una biblioteca.

—Me va a tener que disculpar, profesor —dijo, levantándose—. El trabajo me llama. Vuelva por acá, intentaré conseguirle ediciones de los otros libros de poemas.

—Gracias —dijo Gisbert—. Y permítame felicitarlo. Más que un librero, que ya es un oficio noble, es usted un hombre muy culto. Me gustaría retribuirle de algún modo lo que me ha enseñado hoy.

—Los conocimientos no se ejercen, profesor —respondió el anciano—. Sólo se transmiten. Soy yo el que le agradece por haberme escuchado. Si lo desea, vuelva mañana a la hora del cierre, es decir a las seis de la tarde. Tendré mucho gusto en ofrecerle otro té.

—Seré puntual —respondió Gisbert, devolviendo la atención con una venia.

Al salir a la calle, con el intelecto bullendo de curiosidad, Gisbert pasó frente a un hombre recostado en el muro de la librería. Si se hubiera fijado en él le habría calculado cuarenta años, y por su vestido de dril y su corbata le habría supuesto un cargo medio en alguna oficina pública. Pero no lo hizo. El hombre, en cambio, escupió la colilla de un cigarro y se puso en marcha, tras él.

Después de caminar por los alrededores de la Puerta del Sur y de comprar algunas baratijas en los mercados populares en torno a Dazhalan Jie, Nelson Chouchén Otálora regresó a su hotel. Allí, sintiéndose aún algo mareado por los excesos del viaje, extrajo el cofre de las cartas y sacó un cuaderno de notas. Había llegado el momento de pasarlas a limpio corrigiendo la ortografía —el español del abuelito Hu, ya lo dijimos, era muy variopinto—, y adecuándolas a su estilo literario, pues pensaba utilizarlas en su gran novela china. Para ello eligió la de fecha más antigua, encendió un cigarrillo y se dispuso a trabajar.

«Querido Hermano,
Hemos terminado de levantar el muro trasero de la casa. Cuando llueve y el canal se desborda ya no entra el agua. Tampoco entran las ratas. Anoche debí matar dos perros hambrientos que merodeaban por el patio y que intentaron atacar a Xiu Lin. Los perros se acostumbraron al sabor de nuestra carne y ahora la quieren arrancar de los vivos. Por eso hay que matarlos. Los perros ya no son nuestros amigos. Sun Jie está bien, crece robusto y llora sólo de hambre. No hay comida y el olor del humo se quedó metido en los muros. La semana pasada matamos un caballo herido en Xiajing y pude traer carne. Estaba dulce, pero buena. Ya casi no nos persiguen. El mes pasado fue diferente. Estaba en la casa de Bin Liao, cerca de la Estación de Trenes, y alguien nos denunció, pues, en la noche, está prohibido detenerse a hablar en la calle. Vinieron los guardias con armas. Yo escapé por el techo y al saltar me clavé en el muslo una punta de madera. Cogieron a tres de nosotros y ahí mismo les cortaron el cuello. Las autoridades dicen que ya no nos fusilarán para no gastar munición y no inquie-

tar a los vecinos. Estuve escondido en el caño trasero de la casa porque los soldados no se iban. Por fin, la segunda noche, pude salir. Me vendé la herida. Ya no sangraba, pero tenía muchas astillas dentro. Por el camino encontré a Chen y salimos juntos, arrastrándonos entre las sombras. Cerca del lago Xihai dos soldados japoneses nos vieron. Estrangulé a uno, pero mientras lo hacía me mordió la mano tan fuerte que volví a perder sangre. Chen lanzó su cuchillo sobre el otro antes de que hiciera fuego. Le erró al corazón, pero el filo le destrozó los pulmones y no pudo gritar. Les quitamos las armas y los uniformes. Los tiramos al lago con el estómago lleno de piedras. La lluvia se llevó la sangre. Le dimos sus vísceras a los perros.

»Ahora, en Beijing, somos muy pocos. Gao Shen dice que debemos esperar y organizarnos de nuevo. El bambú se agacha cuando llega la tormenta, pero luego vuelve a levantarse. Así dice Gao Shen. Organizarse. ¿Qué piensas de esto, hermano? Muchos preguntan por ti. Yo no he dicho que te fuiste. Digo que estás escondido. Que aparecerás un día. Que una mañana va a abrirse la puerta y tú entrarás. Así debe ser. Podrían buscarte o hacer que te capturen. No se lo diré a nadie. Lo que no debe saber tu enemigo, no se lo cuentes a tu amigo. Le tienen miedo a tu nombre. Degollaron a dos vecinos de Zhen sólo por llamarse como tú. Sigues peleando entre nosotros sin estar, hermano, porque aún infundes miedo. Escribe donde ya sabes.

Xen.»

El corazón de Nelson bombeó la totalidad de su sangre en un segundo: ¡Esto era dinamita pura! Su abuelo había luchado en alguna facción clandestina, y, por lo que creía comprender, era uno de los cabecillas. Lamentó el durísimo esfuerzo que le costaba desentrañar el significado de cada carta, pero supuso que era mejor así. «Sólo lo difícil es estimulante», había escrito Lezama Lima —Nelson nunca lo había leído, pero conocía su obra a través de sesudos escritos críticos—. El destino le enviaba señales muy claras. La historia de su vida, intuyó, había estado esperándolo en la gaveta de su escritorio, disimulada en las brumas de ese español inexacto, de esa caligrafía vacilante.

A pesar del picor en los ojos, abrió el cuaderno de poemas y escribió:

Soy el último de una larga y heroica estirpe de guerreros.
Nuestras armas están húmedas de victoria y de lluvia.
Los perros, ardorosos,
llevan el corazón del enemigo en sus fauces,
y al fondo del lago Xihai reposan sus cuerpos.
Si aceptas combatirme,
es porque no temes morir.
Es porque eres valiente.

Fue al vestíbulo central del hotel y preguntó si había restaurantes por allí cerca. Le dijeron que sí, pero que debía ir en taxi. Entonces se asomó a la calle y comprobó, horrorizado, que los taladros continuaban, que los trabajos en la obra del frente no paraban. Filas de camiones subían y bajaban. Centenares de obreros deambulaban entre la arena y el polvo. De vez en cuando, la oscuridad se iluminaba con el destello de un soldador.

—¿A qué hora terminan? —preguntó Nelson al botones de la puerta.

—Trabajan veinticuatro horas, señor. La construcción del nuevo Pekín no admite demoras. China es hoy un país moderno gracias al...

—¿Quiere usted decir que tendré que soportar este ruidajo toda la noche?

—Me temo que sí, señor. En la recepción podemos ofrecerle tapones para los oídos.

Nelson pateó al aire, enfurecido. Usaría dinamita contra la agencia de viajes de Austin. La demandaría ante la Corte Suprema de Justicia. Le enviaría a la empleada, en empaque transparente, una guía para la práctica del sexo anal con animales. «Se habrá querido burlar de mí al verme la cara», pensó, con odio, «y ahora se estará riendo, pero ya verá». Como escribió en su poema —y esto valía también para Norberto Flores Armiño—: «Si aceptas combatirme / es porque no temes morir.»

Frustrado, volvió a entrar y fue a sentarse a una mesa en el restaurante. No podía cambiar de hotel en los próximos quince días, pues había pagado por adelantado; al tratarse de un precio con descuento, no tenía reembolso. Cenó en el buffet y, luego, eligiendo otra de las cartas de su abuelo, decidió pedir un taxi.

—Al Hotel Kempinsky, por favor.

Pensó que podría preguntar los precios, beber algo en el bar y trabajar un poco. A lo mejor se encontraba con el brasileño del avión, el simpático proctólogo.

Pero al llegar al Kempinsky sus sueños se desvanecieron. Era un hotel de cinco estrellas, con un lujoso lobby de suelos relucientes. «Mierda», pensó, «éste es el hotel que debí elegir; si lo hubiera hecho desde Austin el precio habría sido accesible». De cualquier modo bebería el trago en el bar con la esperanza de ver a Serafín Smith. Había pagado de su bolsillo los tragos del avión y ahora el médico podría invitarlo. Se lo había prometido.

El proctólogo no estaba por ningún lado, así que pidió una cerveza y se sentó en la barra, carta y libreta en mano. Había mucha gente. Ejecutivos y turistas ricos evolucionaban entre las mesas, atendidos por bellas señoritas. Pero ése, por desgracia, no era su mundo. Podría serlo, se dijo, si sus libros se vendieran en varios países, si fuera un escritor exitoso, si recibiera premios internacionales y las universidades se lo disputaran para dar ciclos de conferencias, siempre con jugosos cheques en marcos, francos franceses o suizos. «Ya llegará todo aquello», pensó, «cuando regrese de China y escriba mi gran obra. El mundo va a tener que parar y abrirme un espacio. La Literatura Universal tendrá Chouchén Otálora para rato. La madre que sí».

En ésas estaba, bebiendo su cerveza y soñando, cuando le llamó la atención un hombre bajito, de aspecto delicado y facciones nórdicas. Tenía a su lado una pila de libros y notó que uno de ellos era en español: *Canciones y cuentos del pueblo Quechua*, de su compatriota José María Arguedas. Entonces aguzó la vista. ¿Estaba soñando? ¡Era la primera edición!

—Disculpe mi atrevimiento —le dijo—, pero supongo por este libro que habla usted español.

—Hablo una poquito, solamente, aunque puede leer sin problemas —dijo el hombre—. Me llamo Gisbert Klauss. Estoy alemán.

—Nelson Chouchén Otálora, peruano.

Gisbert bebía cerveza con whisky. Nelson acercó su vaso, guardó la carta del abuelito Hu y arrimó su silla.

—Le decía que me llamó la atención por ser un libro en español —dijo Nelson—, por tratarse de un autor peruano, y, sobre todo, por ser una primera edición.

Gisbert Klauss alejó hacia la derecha los libros de Wang Mian y extrajo el de Arguedas.

—Pues fíjese qué casualidad más afortunada la mía —dijo—. Estaba yo buscando libros y lo encontré durante la tarde, aquí, en una librería de Pekín, ¿no es fabuloso?

—Sí —dijo Nelson—. Realmente fabuloso. ¿Es usted coleccionista?

—No, no. Soy catedrático de Sinología en la Universidad de Hamburgo.

—Entonces somos cuasi colegas —celebró Nelson—. Yo soy profesor de Literatura Latinoamericana en la Universidad de Austin. En la biblioteca tenemos una copia idéntica a ésta. Por eso la reconocí.

—Ah, pues lo lamento —dijo Gisbert Klauss—. Tal vez usted debería haberlo encontrado y no yo.

—Al revés, profesor —concedió Nelson—. Si usted lo tiene estará al alcance de más gente. Debe haber pocos ejemplares como éste en Alemania.

Nelson lo ojeó, acercó su nariz a la costura, revisó el colofón. Estaba en muy buen estado.

La conversación, de inmediato, versó sobre el tema del que hablan todos los viajeros. ¿Qué hace en la ciudad? Nelson explicó que estaba de vacaciones, que era escritor y que había venido a recopilar material para una novela.

Este último dato hizo que Gisbert Klauss abriera los ojos con admiración.

—¿Y tiene algún libro publicado en Alemania? —preguntó.

Bebió un trago de cerveza que le supo amargo.

—No, no, pero mi agente está en negociaciones. No recuerdo el nombre de las editoriales que se han interesado.

—Entonces será usted un autor con trayectoria, ¿puede repetirme su nombre, por favor?

Nelson odiaba esa pregunta, pues sabía de memoria lo que venía después: el interlocutor repetía su nombre mirando hacia lo alto y luego decía no, no lo conozco, pero la verdad es que no estoy muy al día en literatura contemporánea.

—Nelson Chouchén Otálora.

Gisbert Klauss repitió su nombre mirando hacia lo alto y arrugó los ojos, buscando en su memoria.

—No, no. Pero no haga caso de lo que le digo, la verdad es que no estoy muy al día en literatura contemporánea.

Para la segunda ronda, Nelson se animó a acompañar su cerveza con un whisky.

Hablaron de literatura. Gisbert le confesó su pasión por los autores chinos y le explicó que estaba especializado en ellos, sobre todo en la obra de Wang Mian, novelista del siglo XVIII, que Nelson confesó no conocer, y luego pasaron a la revisión de los autores de sus respectivos países: Gisbert le dijo que había leído con placer a Vargas Llosa, Julio Ramón Ribeyro y Bryce Echenique, mientras que Nelson se explayó en fórmulas admirativas hacia Heinrich Böll, Günter Grass, y, sobre todo,

Thomas Mann, de quien, confesó, había leído toda la obra, y siete veces *Muerte en Venecia*.

—¿Tanto le gusta Thomas Mann? —preguntó Gisbert.

—Es que su vida de escritor es para mí un cuento de hadas —dijo Nelson, intercalando sorbos de cerveza con tiros de Jameson—. Fíjese. *Los Buddenbrooks* a los veintitrés años. El *Tonio Kröger* a los veintisiete. Y luego el gran éxito internacional. *La montaña mágica*, *José y sus hermanos*, y, si me permite, mi preferida, *Confesiones del estafador Félix Krull*, su nóvela más moderna. El premio Nobel, su huida de la Alemania nazi, sus diarios. Él es, para mí, el ejemplo de la vida literaria perfecta.

—Bueno, pero sólo literariamente —opinó Gisbert—. Dos de sus hijos se suicidaron y tres fueron drogadictos. Siempre estuvo ser un viejito, aun cuando tenía treinta años ya era un viejito.

—Cuando se dedica toda la fuerza a las letras y se obtienen esos resultados —intervino Nelson—, lo demás son minucias.

Gisbert Klauss bebió con lentitud un trago de cerveza y miró a su interlocutor. Charlar con un desconocido, de ese modo, era también una experiencia nueva. Antes, cuando lo vio acercarse, su reacción fue esconder los libros de Wang Mian, pero ahora esa actitud le parecía ridícula, reflejo de su vida de encierro. El viaje lo estaba cambiando. ¿Por qué había tardado tanto en hacerlo?

—Usted que es escritor —preguntó Gisbert—, ¿estaría dispuesto a vivir una vida trágica si ése fuera ser el costo de escribir un gran obra?

Nelson paladeó un sorbo de whisky, encendió un cigarrillo y sentenció:

—Para un verdadero artista, lo trágico es no producir una gran obra. La vida cotidiana no tiene ninguna importancia.

—Pero, si se trata de un verdadero artista —reviró Gisbert—, ¿cómo podría no producir una gran obra? Quiero decir: antes de producirla, el artista está una persona común y corriente. Se convierte en artista después de la obra, no antes.

—Buen punto, profesor —concedió Nelson—. Lo que pasa es que hay artistas que tienen la obra por dentro y no logran sacarla. Es lo que yo llamo «temperamento artístico».

Hábil respuesta, se dijo Gisbert. ¿Sería ése su caso? A lo mejor, como decía el peruano, su espíritu atesoraba una gran obra que pugnaba por salir, pero que al no disponer de un terreno donde germinar se había transformado en algo distinto: adoración por los libros y pasión filológica. Como un sacerdote que está lleno de amor pero que no puede realizarlo, así se sentía él con la escritura.

—Tendría mucho placer en leer un novela suya —dijo Gisbert—. Espero que tenga éxito y se publique en Alemania.

—Si me da usted una dirección —intervino Nelson—, tendré mucho gusto en enviarle una copia autografiada de mi último libro.

—¿Aquí, al hotel? —Gisbert Klauss no había comprendido bien la frase.

—Bueno, si lo desea sí —dijo Nelson—. Mañana mismo puedo dejarle una copia en la recepción.

—Es muy amable por parte de usted —dijo—. Estoy en habitación número 902.

—Mañana se la traigo —dijo Nelson—, será un honor ser leído por un profesor de tanto prestigio. Quisiera pedirle, si no es molestia, la dirección de la librería en la que encontró este libro. ¿Recuerda que tuvieran otros títulos en español?

—Sí, sí —respondió Gisbert—. Era una sección bastante grande. También algunos libros en inglés y francés.

Quien los observaba, de lejos, vio cómo Nelson extraía un bolígrafo y copiaba una dirección. Luego esperó un rato a que bebieran otras tres rondas, y, al fin, hacia las doce de la noche, comprobó que el hombre viejo se despedía y subía a su cuarto. Entonces se levantó y siguió a Nelson Chouchén Otálora hasta la puerta del hotel. Al salir, el peruano intercambió unas palabras con una mujer joven, presumiblemente una prostituta rusa, y tras una negociación no muy exitosa decidió continuar solo. En la avenida tomó un taxi que se alejó hacia la salida norte de la ciudad. Tras él, en un pequeño automóvil desvencijado con placas de Pekín, otro hombrecillo le seguía de cerca el paso.

«Uno siempre acaba por obtener lo que busca», dice el narrador de *Apocalypse Now*, y eso fue exactamente lo que sucedió: yo quería una explicación y la obtuve. Debo confesar que cuando subí al auto del reverendo Oslovski estaba muy nervioso, a punto de enviarlos a todos al carajo y con la absoluta convicción de que al llegar al hotel haría mis maletas y regresaría a París. Ya se sabe cómo somos los tímidos cuando estallamos: irascibles, fieros, agresivos. Pero dicen ciertas escuelas psicológicas que si uno no sigue sus impulsos de manera ciega es porque, en el fondo, no cree en ellos; otros opinan —los gurúes frecuentados por Corinne, mi ex mujer— que al no hacerlo uno pierde el círculo energético que genera cada acto, y que para reconstruirlo se necesitan meses de vida positiva. ¿Quién puede saberlo? Yo vivo de manera irresponsable y cuando me equivoco soy el primero en saber las razones de mi fracaso, pues mis problemas, por lo general, son de tres tipos: a) Los que se solucionan solos, b) Los que no tienen solución, y c) Los problemas económicos, que a su vez pueden ser de tipo a) o b).

Todo esto pensé, en silencio, con los ojos fijos en la calle, mientras cruzábamos la interminable ciudad, agradeciendo que los demás ocupantes del vehículo, es decir el reverendo Oslovski, su asistente Chow, al volante, y el silencioso Sun Chen, que hasta ahora no había modulado palabra, no sé si por no hablar el francés, por subrayar su jerarquía o, simplemente, por no tener nada que decir, agradeciendo que ellos, decía, respetaran mi recogimiento y no forzaran una charla, pues dado el nerviosismo lo único que podía salir de mi boca eran sapos y culebras. Mi curiosidad, en ese instante de helada cólera, rondaba la siguiente pregunta: ¿en qué tipo de problema estoy metido? Una cosa sí tenía clara, pues no soy idiota, y es que no me trajeron a Pekín a hacer un trabajo periodístico. Por eso Pétit fue tan misterioso desde el principio y, por qué no decirlo, tan desagradable. Uno se reconoce. Entre periodistas nos medimos el tiro, y Pétit tiene tanto de profesional de la comunicación como yo de bailarín clásico. ¿Y Casteram? En cuanto a mi jefe de París, había dos posibilidades: que estuviera al corriente de todo, o que no. Sencillo análisis, por cierto. Pero en fin, que lo supiera o no es irrelevante, pues su papel era el de otorgarles un agente, un periodista del cual ellos pudieran servirse aquí en China.

Llegado a este punto la pregunta era obvia: ¿quién era ese «ellos» para el cual trabajaba Pétit? Lo primero que me vino a la mente fueron las autoridades francesas, ya que, de haber sido un particular, no habrían buscado a un periodista en los medios estatales. Además estaba Gassot, del consulado de Francia en Hong Kong. Esa posibilidad me hizo sentir alivio, sobre todo de cara a Casteram, pues de ser así nadie me pediría, al regreso, el dichoso informe sobre los católicos de China. Hechas estas consideraciones, y sintiendo que la cólera bajaba, decidí extraer los ojos de la ventana y dirigirlos hacia ellos.

—¿Se siente usted mejor? —me dijo el reverendo Oslovski.

—Sí, mejor —respondí—. Ahora estoy listo para escucharlos. Mi primera pregunta es sencilla: ¿qué relación tienen ustedes con Pétit?

—Pétit es un ex diplomático que trabaja para la oficina de Informaciones Generales —dijo el reverendo—. Cuando se nos presentó el problema con el sacerdote perdido y los documentos que le dije, naturalmente acudimos a él. No es la primera vez que Pétit, cuya especialidad es el Lejano Oriente, nos echa una mano.

—¿Su especialidad? —dije sorprendido—. Por lo que pude ver, detesta Asia.

—Usted sabe, estimado periodista —agregó Oslovski—. Los seres humanos no siempre logran lo que quieren de forma completa. Es una de las grandes paradojas. Si lo obtuviéramos todo la vida sería chata y, a la larga, insoportable. ¿Ha leído *La piel de zapa*, de Balzac? La imperfección nos mantiene vivos. Pero disculpe, me salgo del tema.

—No se preocupe —me apresuré a decir—. Yo también soy muy propenso a la reflexión y estos temas me interesan. Aunque, para serle sincero, en este momento tengo urgencia de saber otras cosas. Por ejemplo: ¿quién es ese dichoso sacerdote perdido y qué tipo de documento es el que usted menciona?

Un atasco en las proximidades de un mercado detuvo el automóvil. Chow sacó la cabeza con la vana pretensión de ver a la distancia. Con la ventana abierta, el aire se llenó de un olor fuerte. Flores secas. Picante. Especias.

—Es un sacerdote francés común y corriente —dijo el reverendo—. Su nombre y apellido, en realidad, no son relevantes. Lo que importa es que desapareció. Nosotros, que somos sus superiores, deberíamos conocer su paradero, pero debido a una serie de descuidos y, digamos, negligencias, lo perdimos de vista. Le soy sincero: no sé bien qué fue lo que sucedió. Yo, personalmente, le di orden de esconderse y de no hacer ningún movimiento hasta que llegara el agente de Pétit, es decir usted. Pero algo pasó y ahora no sabemos dónde está. Dicho de un modo grosero: alguien nos lo quitó.

El tráfico volvió a ser fluido y Chow regresó a su posición normal. El puesto del conductor había sido adaptado para enanos y parecía la sillita de un bebé. El padre Sun Chen, a su lado, observaba la calle con expresión petrificada; una expresión que no correspondía con la charla que en el puesto de atrás manteníamos Oslovski y yo.

—Y en cuanto al documento —continuó el reverendo—, se trata de algo sumamente delicado. Es el manuscrito original de una colección de poemas de un escritor chino del siglo XVIII, Wang Mian, un autor bastante conocido aquí. Este libro en particular tiene una historia trágica, pues fue tomado como texto sagrado por una secta que quiso acabar con los cristianos. Le ahorro detalles escabrosos, pero sepa que las persecuciones en la antigua Roma serían juego de niños al lado de lo que ocurrió en China. ¿Ha oído hablar de los Bóxers?

—Sí —le dije—, fue una de las rebeliones que acabó con el Imperio. Vi una película.

—Exacto —asintió Oslovski—. La secta fue vencida militarmente, pero por una serie de azares el manuscrito fue a parar a una caja fuerte de la Legación Francesa, y todo el mundo se olvidó de él. Hace dos décadas, por una reestructuración, la embajada entregó parte de su archivo muerto a nuestra iglesia, que es la sede de los católicos de Francia. Fue transportado allí, sin que nadie supiera de qué se trataba, y hace unas semanas, por casualidad, alguien lo encontró.

—Disculpe que lo interrumpa, padre —dije—, pero, hoy, ¿por qué sigue siendo peligroso ese manuscrito?

—Ahí está el quid del asunto —dijo, al tiempo que carraspeaba, como tomando fuerzas para lo que debía decir—. La secta de la que hablamos fue vencida, pero no desapareció. Sus herederos desean revivirla y para ello necesitan el manuscrito. Por eso pedimos ayuda. Los tiempos han cambiado, pero comprenderá si le digo que nosotros, los católicos, tenemos ciertos reparos en aceptar a una secta que, hace cien años, degolló a más de veinticinco mil creyentes. ¿Comprende? Por eso alertamos a las autoridades, recomendando sacar de aquí ese peligroso documento.

—¿Y por qué no lo destruyen, padre? —pregunté.

—No podemos hacerlo —dijo Oslovski—, pues a la larga sería peor. Por adverso que sea, ese manuscrito forma parte de un patrimonio histórico ajeno y debe ser respetado. Nos basta con sacarlo de aquí y colocarlo en buenas manos, listo para ser restituido cuando la situación cambie.

Al escuchar esto, Chow asintió tan fuerte que se meció en su sillita.

—¿Cómo se enteró la secta de que el manuscrito estaba en sus manos? —volví a preguntar.

—Por una extraordinaria casualidad —dijo Oslovski—. Un limpiador de nuestra cafetería, que resultó ser de la secta, lo vio. Esa misma noche vinieron a buscarlo, a la fuerza. Un joven que colabora en el archivo está en el hospital. Y ahora estamos así, con el sacerdote perdido y el manuscrito en el aire. ¿Entiende la gravedad de la situación?

Hacía rato que los desvencijados edificios, soplados de humedad y grietas, habían dado paso a modernas construcciones de vidrio. Estábamos en la zona centro, cerca de mi hotel. Muy pronto tendría que dar una respuesta.

—Entiendo, padre, claro que sí —dije—. Pero, en medio de todo, ¿qué es lo que esperan de mí? Si debía sacar del país un documento que ya no tienen, o que perdieron, ¿qué es lo que debo hacer?

En ese momento, y por primera vez, el padre Sun Chen giró su cabeza hacia nosotros. En realidad, lo hizo para mirar a Oslovski. Fue un instante en que los ojos fríos de los dos ancianos estuvieron anclados. No sé que diálogo hubo. No sé qué se dijeron. Luego Sun Chen volvió a su posición inicial y Oslovski me dijo:

—Usted debe ayudarnos a encontrarlos. Al sacerdote y al documento. Y luego sacarlo de China.

Me quedé mirándolo, sorprendido por la determinación de sus palabras.

—Yo no vine para eso, reverendo —le dije—. ¿Por qué tendría que hacerlo?

—Porque es lo que haría una persona buena. Uno puede actuar sin saber, y actuar mal. Pero cuando se sabe qué es lo correcto, entonces lo difícil es no hacerlo. Usted nos ayudará a cambio de nada, porque es lo correcto. Es lo que haría una persona buena.

Me quedé de piedra. Su argumento tenía la solidez de la roca; mi cerebro, confundido y cansado, no fue capaz de rechazarlo. Así que callé. Pero al ver a lo lejos el hotel, comprendí que el tiempo apremiaba.

—Hay algo que quisiera saber, padre —dije—. Cuando usted define el asunto como «peligroso», ¿a qué niveles de peligro se refiere exactamente?

—Bueno, verá —dijo, algo incómodo—. No lo voy a engañar. A nuestro ayudante de archivo le introdujeron un embudo en el ano y le vertieron agua hirviendo.

—Ah, comprendo —dije.

El automóvil subió una rampa, giró en torno a una plaza y se detuvo frente a la puerta del hotel.

Creí que debía darles una respuesta, pero Oslovski, para mi tranquilidad, dijo:

—Vaya a su habitación, descanse y reflexione. Y luego duerma. Mañana por la mañana vendré a tomar el desayuno con usted y hablaremos. Buenas noches.

Chow, como un conductor solícito, abrió mi puerta haciendo una venia. Luego se marcharon.

Estaba cansado, así que decidí cenar en el restaurante del hotel: raviolis al vapor, humedecidos en soja y puré de ají. Un bol de arroz blanco y tres platillos: pato lacado, verduras a la parrilla y carne encebollada. Té verde, para la digestión, y sobre todo por el gusto de verlo servir con una extrañísima tetera de pico largo. Estos sacerdotes, me dije, son realmente unos tipos especiales. Ayudarles a encontrar un cura perdido y sacar un documento de China. ¿Por qué habría de hacerlo? Al fin y al cabo ese libro pertenece a los chinos. Bueno o malo, es de ellos. ¿Qué habría hecho mi admirado Malraux en un caso así? Malraux era un hombre de acción y, sin duda, no habría vacilado. Los Bóxers. Recordé *55 días en Pekín*, con Charlton Heston y Ava Gardner. Es curioso ver cómo la historia se repite.

Era una aventura interesante y la verdad es que mi vida, salvo dos o tres asuntos románticos que ya conté, andaba un poco escasa de acción. Ésta parecía una aventura real, diferente a todo lo que había hecho hasta ahora. ¡Pétit un ex diplomático reciclado a agente secreto! Qué divertido. La vida, de algún modo, parecía decirme lo siguiente: «Te hemos visto y hemos decidido darte la oportunidad de ser algo más que un exiliado adiposo y tristón; si recortar programas grabados en la radio y pelear con tus periodistas cumple con tus expectativas espirituales, regresa a París en el primer avión; si no, si aún queda algo de sangre en tus venas, ayúdales, acepta esta aventura. Ya escuchaste al sacerdote: cuando uno sabe qué es lo correcto, lo difícil es no hacerlo.»

Tras beber unos tragos con el simpático profesor peruano, Gisbert subió a su habitación, abrió el minibar y extrajo una cerveza fría. Luego organizó los libros adquiridos y comenzó a ojearlos con delectación, saltando de uno a otro, celebrando su buena suerte e imaginando un artículo muy personal, una especie de narración de viajes, en el que contaría cómo encontró esos volúmenes y, por supuesto, la historia del librero sobre el texto perdido de Wang Mian, que bien valía una investigación. Al pensar en ello, Gisbert abrió el libro de Loti y empezó a releer los párrafos que había señalado, sin encontrar nada que no supiera ya, hasta que algo lo detuvo: «Viendo los restos carbonizados del edificio y la estela de cadáveres diseminados en torno, me pregunté si alguna vez, en la historia de la humanidad, tantas personas murieron de un modo tan atroz por la defensa de un libro. Valdría la pena buscarlo, saber qué decían sus páginas. No hay antecedentes para semejante horror.» El párrafo lo electrizó. ¡Loti sabía del manuscrito! ¿Cómo fue posible que esa mención, en su primera lectura, no hubiera despertado su curiosidad? La verdad es que había pasado por ella sin escribir ninguna nota, lo que, en términos científicos, podía considerarse una falta grave. Intentó comprenderlo para salvaguardar su autoestima, pero lo único que pudo decirse fue que lo había leído en un rapto de pasión, fijándose sobre todo en la espinosa relación entre escritura y experiencia.

Lo importante, al fin y al cabo, era que ahora lo tenía. De algún modo, el profesor Klauss percibió una línea invisible entre el librero parisino, quien le dio la historia, y el de Pekín, que le reveló lo más importante de su contenido. Lo único seguro era que se había movido bien, que había tomado el rumbo correcto. Loti se interesó por *ese* manuscrito. No podía ser otro. Con esta seguridad, y una nueva antena en su cerebro, empezó a releer el diario.

Entonces fue más adelante y comprobó, sorprendido, que había una parte del libro que aún no había leído, y que correspondía a un segundo viaje a Pekín hecho por Loti a partir del 18 de abril de 1901. En su primera lectura, Gisbert se había detenido al regreso de Loti, hacia noviembre del año 1900, y ahí lo había dejado suponiendo que el resto sería la narración de su viaje a Francia. Pero a pesar de haberse ido de Pekín, Loti no se fue de China, y unos meses después regresó a la capital, pues ocurrió un hecho insólito: el Palacio de la Emperatriz, ocupado por el mariscal de campo alemán de Waldersee, fue destruido por un incendio, y, consecuencia de ello, el jefe del Estado Mayor, el general Schwarzhof, pereció. Ante la noticia, el almirante francés le pidió a Pierre Loti que regresara a Pekín para dar el pésame del gobierno francés y estar presente en los funerales.

Y así regresó, esta vez en tren, pues las vías férreas, destruidas por los Bóxers, ya habían sido restablecidas, y asistió a la ceremonia fúnebre de un soldado alemán que, como él mismo escribe en su diario, «fue uno de los grandes enemigos de Francia».

Tras el funeral, Loti decidió quedarse un tiempo en Pekín, para lo cual obtuvo un permiso del almirantazgo francés. Ya instalado en una estancia del Palacio de Verano, su primera visita fue a monseñor Favier, uno de los obispos de la concesión católica francesa, a quien encontró dirigiendo la restauración de la catedral, «que, de arriba abajo, está ceñida por andamiajes de bambú». El mismo obispo dijo a Loti, con una sonrisa retadora, que los trabajadores chinos encargados de la obra eran casi todos antiguos Bóxers.

En este punto, Gisbert sintió confluir la sangre a su cerebro, pues pronto encontró la siguiente mención: «Todas las copias del famoso libro se quemaron, pero, al parecer, el manuscrito está a salvo. Es lo que dice mi guía, el joven que puso a mi disposición la Legación Francesa. Dice que escuchó hablar de él y que está tratando de informarse con una cuadrilla de obreros chinos, los cuales intentan devolverle el brillo a los techos de porcelana del Palacio del Cielo, ese bello lugar que, por causa de los combates, tiene su fachada ennegrecida de humo y metralla. Algunos de estos jóvenes son ex combatientes rebeldes, qué duda cabe. Muchos se reconocen mirándose a los ojos, en silencio, pero nadie quiere más muertos. Tal vez mi curiosidad sea superflua, pero me extraña que nadie, entre la maraña de gritos, órdenes y pelotones de ejecución, se haya detenido a pensar en el manuscrito.» La última mención de Loti le pareció prometedora e intrigante: «El guía, solícito, realizó un contacto. Alguien quiere verme con respecto a aquello que tanta curiosidad ha despertado en mí.» Loti no menciona el manuscrito en la última cita, y de hecho no vuelve a hablar de él, pero Gisbert, botellín de Ballantine's en mano, estuvo seguro de que se trataba del texto de Wang Mian.

A pesar de la exuberancia de la narración, de la cantidad de detalles y de personajes que desfilan por sus páginas, el profesor creyó notar que Loti adoptaba una atmósfera especial de escritura cuando se refería al manuscrito. Al fin y al cabo era un hombre de letras, sensible a estos asuntos. Luego Loti se fue de Pekín, la capital destruida, al lado del coronel Marchand, un oficial francés. Juntos cruzaron el Puente de Mármol, el mismo que Marco Polo describió con entusiasmo en su crónica, y luego se marchó, seguro de haber asistido, como dice, al «derrumbamiento de un mundo».

En este punto las elucubraciones de Gisbert Klauss se desataron: ¿Por qué Loti no volvió a mencionar el manuscrito? Dos hipótesis surgieron en su mente: porque no supo nada más de él, y, ante la cantidad de experiencias a las que se vio sometido, éste quedó relegado a un segundo plano. O porque, habiéndolo encontrado, decidió no dejar testimonio escrito, pues sabía que tarde o temprano publicaría sus diarios y temía que el asunto le trajera complicaciones. La segunda hipótesis era la más interesante.

Entonces accionó su minigrabadora y empezó a hablar:

Hotel Kempinsky. Pekín. Dos de la madrugada.

«Hoy recibí varias lecciones. La primera fue de orden histórico y, casi diría, literario. Desconocía, a pesar de haber realizado profundos estudios sobre la obra de Wang Mian, la existencia de un volumen poético llamado *Lejanas transparencias del aire*, y, aún más, desconocía la relación directa que ese texto tuvo con la rebelión Bóxer de 1900. A pesar de que no soy una persona supersticiosa sino todo lo contrario, un hombre de ciencia, es difícil no rendirse ante las casualidades, pues fue precisamente el libro de Loti sobre dicha rebelión el que me empujó a la aventura. Creo que el impulso que nació en París se está llenando de sentido. No hay que ser muy perspicaz para notar que estoy detrás de algo grande. Mi idea es que Loti obtuvo de alguien ese manuscrito, y que sin duda lo estudió —ignoro si conocía el chino, pero en cualquier caso pudo disponer de intérpretes de confianza en la Legación Francesa—. Lo que pasó después entra en el terreno de la hipótesis: ¿Se lo llevó para Francia y lo entregó a las autoridades? ¿Lo conservó? ¿Lo dejó escondido en Pekín, con la idea de regresar por él, o de hacérselo enviar cuando las aguas estuvieran más tranquilas? Si existe el mito de que el manuscrito se salvó, tal como dijo el librero de Dongsi Dajie, es posible que éste jamás haya salido de China, o que haya regresado. Este asunto será, a partir de hoy, el objetivo central de mi viaje.»

Hacia las ocho de la mañana, un golpe sacó del sueño al escritor Nelson Chouchén Otálora. Alguien había abierto su puerta y, súbitamente, vuelto a cerrarla. «¿Quién es?», gritó, aún entre sueños, pero no obtuvo respuesta. Con el corazón agitado saltó de la cama y alcanzó a ver, en mitad del corredor, dos empleadas empujando un enorme carrito con sábanas limpias, toallas y fundas. «Sorry, Sir», le dijeron a coro.

Cerró la puerta y las maldijo, pues con el estruendo de los taladros jamás podría volver a conciliar el sueño. Agradeció la precaución, la noche anterior, de tomar una aspirina antes de dormir, pues a pesar de sentir una gran pesadez en todo el cuerpo no tenía dolor de cabeza. Luego bebió un jugo de naranja y se metió a la ducha con la idea de adormilarse debajo del chorro, único lugar al que no llegaba el ruido infernal de las obras.

A eso de las nueve salió muy limpio, recién afeitado y oliendo a agua de colonia, y fue a una de las terrazas del jardín interior para desayunar. Allí también se escuchaba el ruido, y algo peor: el aire estaba impregnado de polvo. Pensó, muerto de rabia, que no sería mala idea llamar desde su habitación a la oficina turística de Austin para realizar un anónimo anuncio de bomba, pero luego pensó que en los hoteles el teléfono es carísimo, y decidió guardarse su odio, intacto, hasta el regreso.

De vuelta a su habitación, reanudó el trabajo sobre las cartas. La siguiente, en el orden en el que el abuelo las había catalogado, decía así:

«Querido Hermano,
Los días de esplendor nos han abandonado, pero estamos vivos. La sangre de los combatientes está al fondo de la tierra y en su superficie sólo quedan escombros, huesos y metralla. Pero la sangre podrá renacer, pues lo más sagrado está aún en nuestras manos. Las palabras que animaron nuestra lucha, al lado de los preceptos, están a salvo. Ellos perderán, pues no saben por qué vencieron. Nosotros, en cambio, comprendemos las razones de nuestra derrota. Somos superiores. Hemos sufrido y eso nos da valor. El texto está a salvo. Yo mismo, con estas manos en las que tanta sangre se ha secado, lo saqué del palacio en llamas. Tres impactos estallaron en mi cuerpo, pero no flaqueé, pues el contacto con él me dio fuerzas. Mi cuerpo estaba herido, pero no

el ánimo, y corrí, combatí, volví a correr. Al llegar al refugio sangraba por siete orificios, pero las páginas estaban limpias. Ellas engendrarán, con los soles futuros, nuestra victoria.

»La ciudad está llena de soldados y cada vez es más difícil salir. Es fácil reconocernos, pues tenemos cicatrices. La semana pasada cuatro hombres fueron detenidos en Xianmen. Les pidieron mostrar el cuerpo, y, al verles las rasgaduras en la piel, decidieron fusilarlos. Se acercan. Observan y buscan debajo de cada piedra. Nosotros seremos sombras. Ayer un hermano nos propuso poner a salvo el libro. Habló de un extranjero. Dice que es un hombre distinto, que está con nosotros, pues se entristece y llora al ver nuestros palacios derruidos. Dice que ayudó a una mujer a la que iban a violar antes de fusilarla. Él no lo permitió y habló de dignidad. Es el primer extranjero que habla de dignidad. Si él nos ayuda tendremos más posibilidades de salvarlo. Nos están acorralando. La vida de cada uno de nosotros es como una hoja seca. Retoñará, pero hoy está seca. Tal vez podamos confiar en él. Lo han visto llorar ante el mármol pisoteado por los caballos y las efigies devastadas de nuestros dioses. Lo han visto. Tal vez pueda salvarnos. Hablaré con él mañana y después decidiremos.

»Te extrañamos,

Xu.»

Era casi mediodía y Nelson, agotado, confirmó que aquella historia era un diamante en bruto, precisamente lo que buscaba para su gran obra. Entonces pensó en darle forma: sería una novela, eso seguro, y ésta, por fuerza, debería ocurrir en dos tiempos. Entusiasmado, sacó su libreta de notas y empezó a trazar un esquema. 1) Historia del abuelito Hu, de la rebelión y de su fuga. Tercera persona. 2) Cartas de Xu, el hermano, en las que narra los hechos posteriores a la rebelión. 3) Su propia historia en presente, investigando, cien años después. Primera persona.

El plan de trabajo parecía razonable. Luego repasó sus otros apuntes y encontró la frase inicial del libro: «Vine a Pekín porque me dijeron que aquí vivió mi abuelo, un tal Hu Shou-shen.» La frase era buena, pero lo obligaba a hacer un largo flash-back explicando al lector quién era la voz que narraba. Todo estaba listo para empezar a trabajar, excepto por un detalle técnico: no tenía computador. No imaginó que iba a encontrar tan rápido el tema, y por eso no tomó la precaución de traer su Compaq portátil. Le disgustaba la idea de escribir a mano cuando la escritura iba a ser larga. ¿Qué hacer? Podría preguntar en la recepción del hotel. Tal vez pudieran prestarle uno. Sería un modo de paliar las incomodidades a las cuales lo estaban sometiendo.

En la recepción, el empleado lo recibió con una sonrisa amplia.

—Disculpe, necesito pedirle un favor —dijo Nelson.

—Dígame en qué puedo serle útil —respondió el joven, solícito—, ¿quiere más tapones para los oídos?

—No, es algo más complicado. Necesito un computador.

—Ningún problema, señor. Tenemos un pequeño salón, nuestro Bussiness Center, en donde puede escribir lo que quiera. Cuesta sólo cien yuanes la hora.

Nelson levantó la nariz, como un galgo oteando el aire, y realizó una rápida conversión.

—¿Doce dólares? —gritó, aterrado—. No lo puedo creer, ¿incluye el almuerzo?

—No, señor, pero puede pedir lo que quiera al servicio de restaurante y le será servido allí mismo, sin recargo alguno sobre el precio. ¿Quiere verlo?

Nelson dijo que sí y el hombre lo llevó hasta una puerta en la que, efectivamente, decía «Bussiness Center». Adentro olía a humedad. Era obvio que nadie lo usaba desde hacía mucho.

—Puede también, si lo desea, conectarse a Internet —agregó el botones.

—¿Por el mismo precio? —dijo Nelson.

—Sí, mismo precio. ¿Desea usarlo ahora?

—No, ahora no, pero lo usaré pronto. Gracias.

Pensó que podría tomar notas a mano y, luego, cuando tuviera unas veinte o treinta páginas, pagar los doce dólares de la sesión, pasarlas a limpio y enviarlas a su correo electrónico. Una forma extraña de trabajar que lo obligaría a ser rápido y disciplinado. Serían, eso sí, las palabras más caras jamás escritas por él.

Sintió hambre y miró el reloj: casi la una. Ya había trabajado bastante. Pero algo llegó a su memoria: ¡La copia del libro para el profesor alemán! Lo había olvidado por completo, con la concentración y el ajetreo. Entonces fue a su habitación, sacó un *Cuzco Blues* de la maleta, buscó la tarjeta de visita para hacer la dedicatoria y escribió: «Para el filólogo Gisbert Klauss, colega y amigo, descubridor de incunables peruanos en las librerías de Pekín. Con un cordial saludo del autor, Nelson Chouchén Otálora.» Hecho esto tomó un taxi y se dirigió al Hotel Kempinsky.

Al ponerse en marcha y doblar la esquina de la

obra, un automóvil se dispuso a seguirlo; luego un joven chino entró al vestíbulo del hotel. Era, sin duda, un profesional, pues lo primero que hizo fue sentarse en uno de los sillones del lobby, observar su reloj y leer una copia del *China Daily*. Minutos después, cuando los empleados se acostumbraron a su presencia, se levantó, caminó hacia los ascensores y subió al tercer piso. De ahí fue hasta la puerta y, usando una tarjeta maestra, entró a la habitación de Nelson.

El desconocido hizo lo posible por no dejar huellas, así que se colocó dos guantes de plástico e inició el reconocimiento. Revisó los cajones de la mesa de noche, los dos armarios, el baño, abrió con sumo cuidado la maleta y miró con atención los cuatro ejemplares de *Cuzco Blues*, tomando fotos de las carátulas con una minicámara de fabricación china. Luego, en la mesa, estudió los papeles en los que Nelson había estado escribiendo, y trató de leer, interesado, aunque su desconocimiento del español le impidió ver de qué se trataba. El maletín de mano, con el cofre de las cartas, estaba cerrado con una combinación secreta. Con cierta pericia, el desconocido hizo girar las rueditas numeradas una y otra vez, aunque sin lograr abrirlo, por lo cual desistió. Volvió a concentrarse sobre los papeles, hasta dar, al fondo de una carpeta, con dos de las cartas originales, en chino, escritas por Xu a Hu. Al leerlas el rostro del joven se transformó, y debió sentarse un momento al borde de la cama para recuperar la calma. Entonces les tomó fotos de cerca y de lejos, copió ambos textos en una libreta y volvió a salir, eufórico por su descubrimiento.

Nelson, ajeno a lo que sucedía en su cuarto, cruzó el

vestíbulo del Hotel Kempinsky y pidió que avisaran al profesor Gisbert Klauss.

—Un momento, por favor —le dijo una señorita.

Tras dos intentos sin respuesta, la joven lo invitó a dejarle un mensaje.

—Claro que sí —respondió Nelson—. Es suficiente con que le entregue esto.

Le dio el libro en un sobre del hotel Holiday Inn, marcado con su nombre y su teléfono. Ya estaba por irse cuando sintió un manotazo en el hombro.

—¡Estimadísimo poeta! —era el proctólogo Rubens Serafín Smith—, ¿no me diga que se cambió de hotel?

Nelson se dio la vuelta y lo saludó con un abrazo.

—Qué más quisiera —dijo Nelson—. Por los engaños de una operadora turística acabé en ese otro, que está lejísimos. Ya me va a oír cuando vuelva. Vine a preguntar por un conocido.

—Pues estamos de suerte, entonces —dijo Serafín Smith—. Permítame que le presente a una colega: doctora Omaira Tinajo. Nelson Chouchén, poeta y peruano.

—Mucho gusto —dijo Nelson—. Supongo que es usted latinoamericana.

—El gusto es mío, soy cubana —respondió la doctora—. ¿Cómo supo que era latinoamericana?

—Bueno —dijo Nelson—, tengo por costumbre pensar lo mejor de los demás.

—Ay, qué amable —respondió la doctora Tinajo, sonrojada—. El doctor Serafín lo llamó poeta, lo felicito. ¿Escribe poesía?

El cerebro de Nelson trabajó muy rápido para hacer un cálculo: ¿cuántos años tendría la doctora? Cuarenta y dos. Máximo cuarenta y cinco. Tenía un cuerpo bonito. El amarillo del pelo no era natural.

—Bueno, poesía y novela —respondió Nelson—. Pero no le digo más, pues definirse escritor delante de un cubano es mucha responsabilidad. Con esa cantidad de genios que han tenido ustedes.

—Gracias, señor, muy amable —dijo la doctora—. No es para tanto. Ustedes con César Vallejo no tienen de qué quejarse. Y le digo una cosa: todos mis amigos peruanos son poetas. Qué riqueza.

—A lo mejor es por el ceviche —dijo Nelson—. Es la gloria nacional.

Se rieron. Luego la doctora dijo:

—De pronto hasta lo he leído, ¿sabe? Dígame el nombre de un libro suyo.

—Bueno —respondió Nelson—. Mi obra más conocida se llama *Cuzco Blues*.

Omaira Tinajo repitió su nombre mirando hacia lo alto y arrugó los ojos, buscando en su memoria.

—No, me parece que no. Pero no haga caso de lo que digo, la verdad es que no estoy muy al día en literatura contemporánea.

Hubo un silencio ensordecedor. Duró tres segundos: uno, dos, tres...

—Imagínese, mi estimado —dijo Serafín Smith—, que vinimos al hotel a refrescarnos, pues las sesiones de este dichoso congreso son agotadoras. Pero le propongo que nos encontremos a las nueve para cenar juntos, ¿le parece? Aquí al frente hay unos restaurantes que parecen buenísimos.

Tras acordar la cita, Nelson regresó a la calle. Ahora debía buscar la casa de su abuelo. Extrajo su libreta de bolsillo y leyó: Zhinlu Bajie, 7, Houhai. Beijing. Entonces se acercó a un botones y le pidió que escribiera la dirección en una tarjeta. Hecho esto salió, paró un taxi y la entregó al conductor.

Durante los siguientes veinte minutos, Nelson tuvo la impresión de estar en la misma avenida, infinita, hasta que los edificios empezaron a cambiar y vio la arquitectura tradicional, con madera lacada y techos de porcelana. Luego el taxi llegó hasta una calle ancha y bastante concurrida que le recordó la limeñísima Avenida Chiclayo, y, a continuación, todo cambió. Las casas, de ladrillo gris, eran de un solo piso; todo en ellas parecía viejo y decrépito, aunque sobrellevado con gracia. El conjunto era muy bello. Sobre las puertas tenían bandas de tela roja con letras doradas, y encima de los techos, los infaltables dragones, las formas de cuernos y garras que los chinos colocan en lo alto para ahuyentar los malos espíritus.

Las calles se fueron estrechando. En las esquinas, grupos de ancianos jugaban al *mah jong*. Algunos vestían la famosa chaqueta azul al estilo Mao, lo que les daba un aire, a los ojos de Nelson, de empleados de la limpieza. «Es la China de la Revolución Cultural», pensó, «este barrio será uno de los más antiguos». A pesar de la pobreza, el paisaje era bello. Las farolas de papel rojas colgando de los techos. Las puertas circulares. Los techos curvos. Olor a frito. De repente, al fondo de una calle, apareció un lago bordeado de sauces, una pequeña llanura acuática con islotes, tapizada de hojas de loto y cañas, de flores rosadas, surcada por barquitos de enamorados y por el vuelo rasante de los patos.

El corazón de Nelson empezó a latir al ver que el conductor señalaba un callejón. El carro no podía entrar, pues era demasiado estrecho. Debía de ser ahí.

Bajó del taxi con la idea de llegar a la casa dando un rodeo, demorando el encuentro para disfrutarlo más. Así que extrajo su libretita y tomó algunas notas del entorno: «Lago grande. Sauces. Callejuelas. Huele a caucho quemado y frutas podridas. La gente me observa con curiosidad, pero nadie se acerca. Ellos dirán: ¿qué hace aquí un extranjero? Me ven como extranjero, a pesar de que mi abuelo salió de este barrio. De no haberlo hecho, yo sería uno de ellos.»

Buscó un nombre para ubicar en su mapa dónde estaba —el callejón de su abuelo no aparecía—, pero fue inútil, pues todos estaban en chino. Entonces fue hacia la casa. Al llegar a la primera esquina una fuerte pestilencia le golpeó los tabiques. ¿Qué era? A pocos metros había un urinario público. Entonces encendió un cigarrillo. Su corazón siguió comprimiéndose hasta avistar el número siete, pero lo único que pudo ver fue un muro de ladrillo gris y una vieja puerta de madera. Todas las casas parecían iguales, aunque ésta tenía algunos ladrillos pulverizados en los costados y muchas grietas. No se atrevió a golpear. ¿Qué podría decir? Se recostó en la pared del frente y la observó, durante un buen rato. De algunas ventanas se asomaron cabezas alertadas por la curiosidad. Lo miraban sin sonreír o hacer el más mínimo gesto. Simplemente lo miraban, como si no estuviera ahí. Sólo unos ojos, al fondo de la calle, lo observaban de un modo distinto. Un hombrecillo enjuto. Era su seguidor. Su fiel y seguro seguidor.

El cerebro de Nelson bullía. Vio abrirse la puerta, de pronto, e imaginó a su abuelo, joven, saliendo con sus cuadernos de estudio. Luego vio a su tío abuelo Xu llegando ensangrentado, disimulándose entre las sombras. En su imaginación, la puerta se abría y se cerraba. Su abuelo salía con maletas, y esperaba que alguien, desde la esquina, le diera el vía libre: «No hay soldados, puedes venir.» ¿Habrá cruzado en barca el lago? La imagen le gustó: una silenciosa lancha empujada por un barquero, en medio de la bruma, y su abuelito sentado en el centro, abrazado a un maletín. Diablos, debía tratar de averiguar exactamente dónde estaba el barrio. Ya le picaban los dedos. Quería escribir.

Tras una última ojeada a la puerta, que en realidad nunca se abrió, Nelson regresó a la esquina para bordear el lago. Un poco más adelante encontró, por fin, un nombre escrito en pinyín —la transcripción del chino a caracteres latinos—: Liuhaihutong. Se sentó en una banca a buscarlo en su mapa, hasta que supo dónde estaba: ¡Era el lago de Xihai! El mismo al que hacía referencia su tío abuelo en una de las cartas: en él había sumergido los cuerpos de dos enemigos. Todo empezaba a tener un enorme sentido, y su mano tembló mientras escribía anotaciones. «Por dios», se dijo, «si no la pego con ésta, no la pego con nada». Era la experiencia de su vida. La EXPERIENCIA con mayúsculas; sólo debía escribirlo, «pintar los garabatos», como decía Mozart en la película de Milos Forman. Un timbre, escuchado a lo lejos, rompió el aire y lo extrajo de sus elucubraciones. Entonces se dio la vuelta y vio que un hombre, tres bancas más allá, respondía a un teléfono celular. Era su seguidor. Una voz que Nelson no pudo escuchar y, en cualquier caso, mucho menos comprender, le dijo al hombrecillo: «Regresa. Ya lo tenemos.»

Oslovski llegó a las nueve de la mañana, hora en la que yo ya había tomado unos huevos revueltos con salchichas, dos lonchas de jamón con queso, un café con leche, dos croissants y un plato de cereales dietéticos con yoghurt 0% de grasa. Estaba nervioso, debo confesar, y los nervios me tiran de cabeza al plato. Qué le vamos a hacer. Es lo que se llama tener alma de gordo. Y estaba nervioso porque sabía que en la superficie no pensaba aceptar la propuesta, pero en el fondo sí. Lo que quería, en realidad, era que la presencia del reverendo rascara esa fina costra de inseguridad.

—Buenos días, espero que haya podido descansar —dijo el reverendo estirando la mano—. Supongo que si usted está acostumbrado a viajar, como creo que es el caso, una buena noche de sueño habrá sido suficiente.

—Sí, reverendo —le dije—. Hoy soy otra persona.

Llamé a uno de los empleados para que sirviera café, pero el padre negó con los dedos y dijo algo en chino al mesero.

—Té, té —dijo—. Una buena jarra de té verde y el cuerpo queda listo para lo que sea. Se lo recomiendo.

—Le recuerdo que soy colombiano, reverendo —dije—. Cualquier cosa distinta al café, a esta hora, puede ser mortal.

Trajeron el termo con agua caliente, sirvió una tacita pequeña y me miró a los ojos.

—Bueno, yo vine a escucharlo —me dijo—. ¿Tiene ya una respuesta?

Le di un sorbo largo al tercer café con leche de la mañana.

—Ayúdeme, reverendo —le dije—. Quiero colaborar con ustedes, pero aún tengo mis dudas.

—No creo que tenga dudas, si me permite. Usted lo que debe de tener es miedo, ¿me equivoco?

—Tal vez, reverendo, tal vez —le dije—. Sí, siento miedo.

—Nada de lo que yo pueda decirle se lo va a quitar —respondió—. El miedo es irracional, y ¿sabe? Yo también siento miedo. Por eso lo necesitamos.

—Déjeme decirle lo que me inquieta, lo que no acabo de comprender: si en verdad ese manuscrito es tan importante para ustedes, ¿por qué confiarlo a alguien como yo? Quiero decir, hay profesionales, personas infalibles.

—Muy buena pregunta, mi estimado —repuso Oslovski—. Y le voy a responder con sinceridad: porque usted es la persona que nos enviaron. En París no saben aún que perdimos al sacerdote y, por lo tanto, al manuscrito. Eso sería algo incómodo para nosotros. Por eso le pido que nos ayude. Claro, si se decide tendrá a su lado a un profesional, alguien nuestro, de toda confianza. Usted sólo tendrá que seguirlo, ¿qué dice? ¿Nos ayudará?

—Yo no soy un héroe, reverendo, míreme. Soy sólo una persona común.

—Dios nos libre de los héroes —repuso Oslovski—. Los héroes acabaron con China. No, lo que necesitamos es una persona buena, como usted.

El sacerdote no me transmitía serenidad, pero supuse que tarde o temprano saldría con él e iría a ayudarlos. Así que me decidí.

—Acepto a condición de que no siga filosofando, reverendo —le dije—. ¿Nos estamos jugando la vida?

—En realidad no lo sé. Yo mismo no lo sé. Vamos.

Lo seguí por el vestíbulo hacia la puerta. Afuera nos esperaba el mismo carro del día anterior, con Chow al volante, luciendo una elegante corbata amarilla. El silencioso Sun Chen no estaba.

El reverendo Oslovski explicó que no podían llevarme a la Iglesia Francesa, pues temían que alguien nos viera. Nadie de la sociedad secreta debía relacionarme con el asunto del manuscrito, ya que, de ser así, tendría serias dificultades a la hora de sacarlo de China. Luego me dejaron a las afueras de un feo centro comercial en una zona de Pekín que parecía una periferia pobre de París, llena de grafitis y paredes sucias. La indicación no podía ser más sencilla: debía ir al último piso, a una rotonda de comidas rápidas, y esperar a que alguien viniera a mi encuentro. Recomendaron que me sentara al extremo opuesto de la caja registradora.

El trabajo era fácil, así que bajé del carro sin hacer más preguntas y busqué la escalera mecánica para ir al último piso. El centro comercial me pareció bastante llamativo. En la planta baja había almacenes de ropa, puestos ambulantes de acupuntura y de revelado fotográfico. Un piso más arriba había una mesa con encendedores de fantasía: pistolas que al accionarlas disparaban fuego, estatuillas de dragones, inodoros, sombrillas. El tercer piso era de artesanías y el cuarto de electrodomésticos. Por fin, en el quinto, encontré la rotonda de comidas. Era cerca del mediodía, así que estaba bastante concurrida; tras una rápida observación, y al comprender que me sería difícil expresar mis preferencias, opté por la vieja técnica del dedo. Aquello, aquello y aquello. Carne con verduras al vapor, un plato de tofú y maíz, bolitas de cerdo al perejil, y té verde frío para bajar. Con el apetito abierto me senté en la primera mesa, pero al hundir los palillos en el tofú recordé la indicación: debía sentarme en el extremo opuesto de la caja registradora.

Miré por encima de las cabezas y me quedé perplejo, pues el salón tenía dos cajas registradoras, una en cada extremo. Por detalles como éste, me dije, se podría perder una guerra. Pero en fin. Me levanté y busqué un lugar apartado de ambas, lo que me hizo sentir ridículo ya que por ahí las mesas estaban llenas. Sentí frío en la espalda, pues, al cabo de dos vueltas, imaginé que hasta los niños se habrían dado cuenta de que tenía una cita secreta. De repente un joven chino retiró su bandeja y me hizo un lugar. Éste es, me dije. Así que me senté, sin observarlo mucho, y sólo al segundo bocado me animé a mirarlo. Parecía un estudiante a juzgar por su camiseta estampada, sus jeans y su bolso. Cruzamos la vista y, nervioso, bajé la cara, dándole a entender que era yo, pero él hizo ademán de ignorarme. Supuse que en la sala habría gente que nos espiaba, pues de otro modo el juego no tendría sentido. ¿Quiénes serán nuestros enemigos? Eché un vistazo y sólo vi rostros corrientes. Padres de familia, estudiantes, oficinistas, jovencitas que reían y cuchicheaban. Los platos, que un segundo antes me habían parecido exquisitos, quedaron atravesados en mi estómago haciendo aflorar una vieja hernia hiatal.

El joven, impávido, seguía sin decir nada, así que me levanté, dejé la bandeja en una repisa y caminé, apresurado, hacia las escaleras. Necesitaba aire. La opresión en el estómago era muy fuerte y temí vomitar. Al llegar abajo vi al joven al pie de la escalera. ¿Cómo pudo llegar antes?

—Sígame —dijo en francés.

Bajamos al parking y me invitó a subir en la parte trasera de una camioneta de reparto. Si estuviera en Bogotá, diría que era el vehículo de una lavandería. Él subió adelante y encendió el motor. No había ventanas, así que no pude ver hacia dónde nos dirigíamos —en el supuesto, claro, de que ver me permitiera saber en dónde me encontraba, lo que tampoco era el caso—. De nuevo sentí aquello que venía siendo ya una constante desde que salí de París: que todo el mundo, menos yo, sabía lo que estaba pasando. ¿Cómo diablos podía ayudarles si era el único que no entendía un carajo de nada?

Un rato después el furgón se detuvo y alguien abrió la puerta. Estábamos en un garaje.

—Venga, por favor —me dijo el joven—. Sígame.

Trepó una escalera y llegamos a una habitación sin ventanas.

—Me llamo Zheng y seré su colaborador. Es un placer saludarlo.

—Gracias, Zheng. Me llamo Suárez Salcedo. ¿Dónde estamos?

—En un lugar seguro. Acérquese a la luz.

El joven abrió una carpeta y me mostró algunas fotos.

—Éste es el sacerdote que estamos buscando —me dijo—. Se llama Régis Gérard. Es su foto más reciente.

Me pareció un tipo bastante común. Podría tener cuarenta años. En ningún caso más de cuarenta y cinco.

—Desapareció hace tres semanas. Él tiene el manuscrito.

—¿Y por qué desapareció?

—Alguien se introdujo en la cadena de contactos y cuando nos dimos cuenta estaba fuera de alcance. Es el problema de moverse clandestinamente. Lo estábamos cambiando de lugar, pero nos interceptaron. Alguien se lo llevó.

—¿Quiénes pudieron ser? —pregunté.

—Le voy a hablar claro: pudo ser el gobierno, en cuyo caso no volveremos a encontrarlo. Pudo ser otra sociedad secreta para evitar que el Lirio Blanco, la heredera de los Bóxers, se haga fuerte. No es el Lirio Blanco, pues hemos comprobado que nos siguen, y si lo hacen es porque no lo tienen. Hay más candidatos, agentes de otras iglesias. Tal vez los metodistas, o los adventistas. Ellos llevan mucho tiempo en China y también han sufrido, en el pasado, retaliaciones de sectas.

Zheng me cayó bien. Al fin alguien respondía de forma directa a mis preguntas.

—¿Es esto, en realidad, tan peligroso como dice el reverendo Oslovski?

—Bueno, él es un hombre de fe, y la fe genera un sentimiento trágico —respondió con seguridad—. Le hicieron daño a un joven ayudante del archivo, pero hemos podido saber que fue una pequeña facción del Lirio Blanco que, en términos de mayoría, no los representa. En toda organización hay grupúsculos violentos, pero éstos casi nunca logran el poder.

—Me gustaría creer en su teoría, Zheng, pero siento decirle que ya sucedió en Alemania. Hubo cincuenta millones de muertos.

—Tal vez eso suceda allá, pero no aquí. Nosotros somos gente pacífica.

Su aplomo al hablar me desconcertó.

—Zheng, aprecio su sinceridad y quiero hacerle una pregunta muy directa.

—Adelante —dijo.

—¿Quién es usted?

—Depende. Para usted soy un amigo. Para ellos, alguien supremamente peligroso.

—Pero... ¿es usted un sacerdote?

—Sí, hoy sí. Todas mis energías están consagradas a Dios, pues hice mis votos hace tres años con la congregación francesa. Pero antes fui soldado. Formé parte de los escuadrones especiales de contrainteligencia en el Sinkián. Recibí entrenamiento en Moscú y en Ho Chi Minh City. Hablo cuatro idiomas. No exagero si le digo que soy capaz de desarmar un bazooka en seis minutos, aceitar sus piezas en cinco y volverlo a armar en ocho. Jamás he matado a nadie, pero sí herido. Un herido es más eficaz que un muerto. Estuve en la policía secreta que luchó contra la revuelta de los estudiantes, en Tiananmen, y le digo una cosa: ustedes, en Occidente, no entendieron nada de lo que pasó aquí.

De nuevo me quedé perplejo. Comprendí que no era el momento de iniciar un debate político.

—Supongo que fue así —le dije—. Supongo también que usted es el hombre de confianza de Oslovski.

—Nos entendemos bien —respondió—. Antes de ser misionero en China él fue capellán en África Oriental. No le tiene miedo a los combates. O mejor: sólo le teme a los combates inútiles. Fue el padre Sun Chen, nuestro superior, quien nos pidió encargarnos del caso. ¿Podemos continuar?

—Sí, gracias por su sinceridad —dije.

Zheng abrió un mapa de la ciudad y me mostró varias coordenadas.

—Éste fue el lugar en donde Régis Gérard desapareció —dijo, señalando un punto al noreste—. Nuestro contacto debía llevarlo a este punto, Babaoshán, cerca del cementerio, es decir en el extremo opuesto de la ciudad. Si Gérard está vivo, lo que es aún teóricamente posible, cabe la posibilidad de que no sepa que está en manos equivocadas. Pero hay algo más. En el último sobre que le hicimos llegar, antes de perderlo, había una foto suya.

—¿Mía?

—Sí, y algunos datos. Él debía poder reconocerlo. Ahora bien: Gérard tenía la orden de destruir las comunicaciones después de leerlas, para el caso de que fuera interceptado. Suponemos que así lo hizo, pues de otro modo usted no estaría aquí, hablando conmigo. No lo reconocieron al llegar, a pesar de que tienen el aeropuerto sometido a estrecha vigilancia. Esto nos hace pensar que Gérard cumplió con las disposiciones. Pero no se inquiete. Le digo esto sólo para que esté prevenido; es posible que conozcan su cara.

Mi mano derecha, actuando por sí sola, se dirigió al bolsillo, extrajo el paquete de cigarrillos y me colocó uno en la boca. Cuando me di cuenta estaba fumando.

—¿Qué debo hacer si me interceptan? —dije, mientras una gota de sudor atravesaba mi espalda.

Zheng abrió un maletín y me entregó un teléfono celular.

—Oprimir este botón —dijo, señalando una tecla verde—. El teléfono tiene en memoria mi número. Si logra conectar la llamada y permanecer así por tres minutos, lo encontraré.

—¿Y si no?

—Si no, pueden pasar muchas cosas, dependiendo de quién sea el que lo intercepte. Si son los del Lirio

Blanco, no creo que le hagan daño. Como mucho lo encerrarán en algún lugar insalubre por un tiempo, mientras encuentran el manuscrito. Si es el gobierno tal vez lo deporten. Con los demás, no sé. ¿Es usted creyente?

—No, por desgracia no.

—Entonces no puedo decirle que rece —se rió.

Pensé en mi apartamento parisino de la Avenue des Gobelins; en mis libros; en mi insulso trabajo y, sobre todo, en mis viejas aspiraciones de ser escritor. Todo eso, de pronto, me pareció lejano, episodios de una vida pasada. De algún modo, Pétit había sido como esos mendigos sabios de las fábulas que desvían la ruta del protagonista y lo transforman. Supuse que si Malraux estuviera en esta habitación no haría tantas preguntas.

—Continuemos —le dije, guardando el celular en mi bolsillo—. ¿Cuál es el siguiente paso?

—Averiguar, con exactitud, quiénes lo tienen. Luego saber dónde. Por último, sacarlo de allí, empacar el manuscrito en su maleta y subirlo a usted en un avión hacia Hong Kong.

—Visto así parece sencillo.

—Es sumamente sencillo, pero la realidad no está hecha sólo de palabras, por desgracia. Vamos a hacer algunas visitas.

Volvimos al garaje. Esta vez Zheng no usó el furgón, sino una camioneta Cherokee.

—Ya no hay peligro de que lo vean —me dijo—. Esta zona está limpia.

Estacionó, poco después, en el andén de una avenida, al lado de algo que parecía ser un almacén de telas. Pero no entramos, sino que recorrimos un callejón lateral hasta una segunda fila de casas. Había una puerta con un aviso en chino. Lo seguí sin preguntar hasta un patio lleno de cuerdas con ropa secándose al sol. Olía a pobreza, es decir a coliflor hervida y cebolla. Un niño hacía círculos en la tierra y saltaba sobre ellos. Al fondo, Zheng golpeó en una puerta.

—¿Wei? —escuché.

—Soy Zheng, abre —dijo, para mi sorpresa, en español.

Al abrir apareció un hombre calvo. Por su aspecto, era fácil suponer que dormía una siesta. Vestía una franela sudada.

—¿Quién coño es éste? —le dijo a Zheng, señalándome.

—Un amigo de Colombia.

—Ah, disculpe —dijo—. No sabía que hablara español.

—Me llamo Suárez Salcedo —dije, extendiendo la mano.

—Crispín Oreja, para servirle a usted y a Dios —me respondió—. Sigan, estaba a punto de beber un té.

La habitación olía a calzoncillo sucio, pero era espaciosa. En la pared del fondo había un afiche de Manolete y una foto del rey Juan Carlos, ambas pegadas con tachuelas a la pared. Crispín Oreja tendría cuarenta y cinco años. En ningún caso más de cincuenta. Era delgado y robusto. Sacó tres tazas, puso unas cuantas hebras de té y vertió agua caliente. Bebimos.

—¿Qué los trae por esta... humilde morada? —preguntó.

—Necesitamos información —dijo Zheng—. Información sobre la actividad de tus jefes.

Luego se dirigió a mí en francés.

—Es un ex misionero jesuita. Lo expulsaron porque embarazó a una enfermera durante una misión evangélica en Mongolia Interior, y también por alcohólico. Ahora está curado y es chofer de la congregación metodista. Me debe varios favores.

Caramba, me dije, todos aquí son ex algo. Ex jesuitas, ex sacerdotes, ex alcohólicos. Al fin y al cabo todo el mundo fue antes otra cosa. Yo soy ex aspirante a escritor. Tras esta aventura, tal vez sea un ex periodista.

—¡Ya estás otra vez hablando en gabacho, coño! —le dijo Crispín a Zheng—. ¿Pues sabes lo que te digo? Uno de estos días lo voy a estudiar y te fastidio el invento.

—Tengo que hacerte unas preguntas —respondió Zheng—. ¿Te acuerdas del padre Régis Gérard?

—Sí, el francés.

—¿Lo has visto últimamente?

—Pues no, ¿le ha pasado algo?

—Lo estamos buscando. ¿Has visto movimientos extraños en la congregación? —precisó Zheng—. Me refiero a gente nueva, choferes nuevos, carros que salen sin justificación, llamadas, conversaciones confidenciales y esas cosas.

—No he visto nada —respondió Crispín Oreja—, pero ya sabes que yo soy muy bruto. Lo único nuevo, así que podamos decir nuevo, es que vino de visita el sobrino de uno de los pastores canadienses. Un tío joven, creo que no es sacerdote.

—¿Y cuándo llegó?

—Hace un mes —respondió Oreja—. La semana pasada estuvo en Shanghai. Yo lo llevé al aeropuerto.

—¿Cómo se llama?

—Tony. Así le dicen. No sé el apellido.

Oreja se rascó la calva intentando recordar más detalles. Luego se levantó, acercó el termo y volvió a servirnos agua caliente en las tazas.

—¿Dónde duerme?

—Con ellos, en las habitaciones de huéspedes.

—Obsérvalo, por favor —le dijo Zheng en tono autoritario—. Y de lo que hablamos, ni una palabra a nadie. ¿Entendido?

—Sí, sí. Ni una palabra.

Luego Oreja se acercó a Zheng y le dijo en voz baja:

—¿Sabes algo de lo mío?

—Lo estoy resolviendo.

Al salir de la casa el aire de Pekín me pareció limpio como brisa de glaciar.

—¿Cuál es el problema de Oreja? —le pregunté a Zheng.

—Le pido disculpas, pero es un asunto confidencial.

—Ah, no tiene importancia —dije.

Volvimos al carro. El cielo empezó a teñirse de un ligero color violeta. Las avenidas, imposibles, se fueron sucediendo una tras otra hasta que cayó la noche. De pronto Zheng se detuvo y me señaló un lugar con el dedo. Un lugar lleno de luz.

—Es su hotel —dijo—. Vaya a pie. No es conveniente que yo lo lleve. Mañana tome un taxi y déle esta tarjeta. Lo espero ahí a las diez de la mañana.

Paseándose por los alrededores del lago Beihai, Gisbert Klauss encontró un poco de sosiego para su alma de filólogo, asaetada por los descubrimientos y las presunciones de la víspera. Observó las flores de loto, siguió con la vista las barcas de enamorados evolucionando sobre el agua, analizó los juncos de las orillas. A los alrededores había vegetación y palacios tradicionales, con sus techos de porcelana amarilla, y en el centro, en un islote al que se accede a través de un puente de mármol, una pequeña colina, la Colina de Jade, con una pagoda blanca de arquitectura tibetana desde la cual se veía una perspectiva grandiosa de Pekín: las torres del palacio imperial, los edificios del Partido Comunista, los rascacielos y la aguja de la televisión estatal. Era un bello lugar, propicio a la divagación. En medio de ese panorama, Gisbert Klauss sintió un extraño fuego en el pecho. Era afecto. Llevaba poco tiempo en Pekín, pero ya la quería.

En el parque corría un viento muy fresco que hacía sonar los encinos y los cedros, así que Gisbert se tendió en la hierba a pensar. Pero al cabo de unos minutos, se quedó plácidamente dormido.

A las seis en punto acudió a la cita con el librero de Dongsi Dajie.

—Profesor —lo saludó el hombre—, es un gran honor para mí recibirlo por segunda vez. Su presencia en esta modesta librería nos honra y alegra. Venga, vamos al estudio.

Xiu, el gato, se colocó de un salto entre los brazos de su amo. Sabía que si lo dejaba ir se quedaría detrás de la puerta. De nuevo lo invitó a una taza de té.

—Espero que esté conforme con su compra de ayer —dijo el librero.

—Mucho —respondió Gisbert—. Quería, de nuevo, agradecerle. Pasé la noche observándolos, deleitándome con el olor del papel y la encuadernación. Los libros son objetos muy bellos.

—Pienso lo mismo y por eso soy librero —dijo, acariciando el lomo del gato—. De niño viví entre libros, pues mi padre era profesor de filosofía tradicional en la Universidad de Estudios Superiores. De esto hace ya mucho. Los japoneses habían tomado la Manchuria y en Pekín todos, incluido mi padre, estaban con el Kuomintang. Las sublevaciones comunistas ocurrían lejos, en el sur. Éste es un país muy grande, profesor.

—¿Recuerda usted esa época? —preguntó Gisbert.

—Tengo setenta y ocho años, pero mi memoria es buena.

El librero dirigió su mirada hacia arriba. Un punto en el techo. Pero no lo veía. Buscaba los recuerdos.

—Me alisté en las tropas del Kuomintang para luchar contra los japoneses cuando Mao y Chang Kai-shek unieron sus fuerzas. En ese momento la prioridad era salvar la nación. Luego acabó la guerra en Europa y Japón capituló. Fue entonces cuando se inició la Larga Marcha. Nadie daba un grano de arroz por Mao y su ejército de campesinos desarrapados, pero yo les tenía simpatía. Por primera vez alguien tenía una idea del país que coincidía con la mía. Había que construir una nación moderna. Fui al Hunan. Logré cruzar las líneas de combate y trabajé como profesor en las zonas liberadas por el Ejército Rojo. Luego Chang Kai-shek, vencido, dejó Pekín y se fue a Taiwán. Los nobles se fueron con él y nosotros fundamos nuestra República. No hay día en que no recuerde el orgullo que sentí ese primero de octubre. ¿Lo estoy aburriendo?

—De ningún modo, profesor —dijo Gisbert—. Conozco la historia, pero recibir su testimonio es un privilegio.

—Gracias, es usted muy amable. Como le decía, mi sueño eran los libros, así que abrí una librería. Pero las cosas se pusieron difíciles. Éramos muy pobres. La gente se moría de hambre y yo me sentía un inútil. Entonces cerré la librería y fui a trabajar de voluntario a una cooperativa agrícola. Tiempo después, durante la Revolución Cultural, me denunciaron. Alguien recordó que yo tenía una bodega llena de libros y una noche los guardias rojos los quemaron. Tuve suerte, pues sólo me detuvieron algunos meses. Del presidio fui a una granja de reeducación y allí pasé siete años, siete largos años sin leer, profesor. Mi antídoto fue simple: recordar lo leído. Todas las noches repasaba un libro y así pude soportarlo. Luego me consideraron regenerado y se me permitió regresar a Pekín. A principios de los ochenta pude abrir esta librería, aunque seguíamos siendo muy pobres. Me limitaba a distribuir las publicaciones del gobierno y los autores del Partido, pero recibía muchos libros de manos anónimas, gentes que los habían conservado y que querían venderlos. Así pude reconstruir una biblioteca. Ahora todo ha cambiado. El gobierno controla los listados de obras, pero hay más flexibilidad. Cada mañana, tiemblo de emoción al imaginar lo que me traerán los revendedores. Me gusta ver que un cliente se va contento con un libro, claro, pero me gusta más ver a ese hombrecito que trae un paquete envuelto en hojas de periódico, lo deshace frente a mí, sobre el mostrador, y comienza a contarme que el abuelo murió dejando una biblioteca, que van a vender la casa y que ya no hay lugar para los libros. Es curioso, profesor, pero la mayoría de las personas que construyen bibliotecas luego tienen herederos a los que no les interesan los libros. Yo lo encuentro trágico.

—Efectivamente, es trágico —dijo Gisbert—. Bueno, en mi caso no será así, pues no tuve hijos ni tengo sobrinos. Mis herederos serán los lectores de la biblioteca de la Universidad de Hamburgo.

—Son muy afortunados —dijo el librero, levantándose—. Disculpe, profesor, pero acabo de darme cuenta de algo insólito: no nos hemos presentado. Mi nombre es Cheng Biao.

Le alargó la mano.

—Gisbert Klauss.

Tras esto, el librero volvió a sentarse.

—Anoche hablé por teléfono con un colega de Shanghai —dijo— y es posible que la semana entrante reciba otro libro de Wang Mian. Yo sé lo que tienen las librerías de Pekín y puedo asegurarle que, salvo milagro, aquí no encontrará nada nuevo.

Gisbert agradeció el interés y observó al gato. Había cerrado los ojos, pero estiraba las patas para desperezarse.

—Lo que usted me refirió ayer —continuó el profesor— me llenó de curiosidad. La historia de los Bóxers es apasionante. Me estaba preguntando si no existirán libros de testimonio, escritos por las personas que la vivieron directamente.

De nuevo Cheng Biao alzó los ojos hacia el techo. Luego se levantó, buscó entre los anaqueles y regresó con varios libros en la mano.

—Bien —dijo—, no sé si usted sabe que ese episodio ha sido algo «cubierto» por los historiadores. De hecho, los jóvenes estudian en las escuelas que, en el año de 1900, China fue invadida por una alianza internacional, pero no se les enseña por qué. Se les hace comprender que el único móvil fue, una vez más, apoderarse de las riquezas del país, lo que también es cierto. Es cierto, pero incompleto. Si usted le pregunta a un estudiante por los Bóxers, es probable que éste no sepa de qué le está hablando. Las sociedades secretas siempre han sido una molestia para el poder, por eso prefieren decir que fue una agresión sin motivo. De ahí que no haya muchos libros. Pero mire, yo tengo éstos.

Cheng Biao dispuso sobre la mesa tres viejos volúmenes. Dos estaban en chino y uno en francés. *Crónica de la destrucción de Pekín*, de Xuan Jin; *Cenizas*, de Li Shusheng, y *Al filo de la muerte*, de Dominique Aristide.

—De estos libros, estimado profesor —dijo Cheng Biao—, sólo podría venderle el francés. Los otros puedo prestárselos.

—Se lo agradezco mucho —respondió Gisbert—. Será para mí un gran placer estudiarlos y devolvérselos.

Gisbert salió de la librería con los tres volúmenes en su bolso de viaje. Para no perder tiempo, tomó un taxi en la misma calle Dongsi y regresó de inmediato al hotel. Los mismos ojos oblicuos del primer día lo observaron de lejos, con curiosidad y cautela.

Al llegar al Kempinsky la joven de la recepción le entregó un correo electrónico enviado por Jutta y un paquete con un libro. Lo abrió intrigado y leyó: *Cuzco Blues*, de Nelson Chouchén Otálora. ¡Era el libro del simpático profesor peruano! Leyó con interés la dedicatoria y se dijo que debería llamarlo a su hotel para agradecerle, pero en ese preciso instante lo vio entrar al lobby.

—¡Profesor Chouchén, profesor! —lo llamó.

El peruano lo reconoció de lejos y le regaló una amplia sonrisa.

—Acaba de recibir su libro que me honra —dijo Gisbert—. Soy muy complacido por el presente.

—El honor es mío —respondió Nelson—. Tener un ejemplar de mi obra en su biblioteca es motivo de orgullo. Soy yo el que le agradece.

—¿Está transferido aquí al hotel? —preguntó Gisbert.

—No, profesor, qué más quisiera. Lo que pasa es que tengo una cita para cenar con unos amigos.

—Entonces no la molesta más —dijo Gisbert—. Mañana en la mañana, si me permite, lo llama a su hotel para vernos.

—Con mucho gusto, profesor. Espero su llamada.

Gisbert se dirigió a los ascensores y subió a su habitación. Pidió un sándwich, tres cervezas heladas, y, tras quitarse los zapatos y ponerse cómodo, comenzó a ojear el libro de Dominique Aristide.

Se trataba, en efecto, de una narración testimonial. Según los datos del prefacio, Aristide era un joven sacerdote belga que había vivido el ataque de los Bóxers con la congregación francesa. La dedicatoria del libro era para el rey Leopoldo II de Bélgica, «gran civilizador de naciones».

Pero las descripciones que Aristide hacía de los chinos le parecieron sospechosas. Por doquier, en las páginas preliminares, los acusaba de ser un pueblo «vago, vicioso y jugador, capaces de apostar hasta su propia coleta con tal de seguir lanzando los dados». También los llamaba «desagradecidos», pues, según él, en lugar de bendecir a Occidente y a la Santa Iglesia Católica por su labor civilizadora, «nos observan con torva faz, desconociendo que si hemos decidido aceptar estar aquí, en medio de sus salvajes costumbres, su aridez de espíritu y su repulsiva comida, es sólo por el bien de ellos». Estas consideraciones causaron en Gisbert Klauss una gran decepción, pues imaginó que todo el texto sería un catálogo de improperios e insultos. Sin embargo continuó. Las descripciones de los ataques a la Legación le parecieron algo más realistas, aunque el tono era siempre el mismo: «Sus ojos, brillando como luciferes en la noche, están henchidos de muerte y odio. Se comen sus propios cadáveres y me han dicho que en uno de los ataques por el costado sur del barrio, un grupo de asesinos, drogados y desaforados, mataron a una mujer a mordiscos, profiriendo aterradores gritos y chillidos, que es su particular modo de invocar a los dioses del Averno.» Era imposible establecer cuánto había de verdad en este alucinado texto, así que, con las sosegadas armas del filólogo, Gisbert se introdujo en él, tomando algunas breves notas, esperando encontrar al menos un párrafo que sirviera a sus pesquisas.

Terminado su paseo por la antigua propiedad familiar, al lado del lago Xihuan, Nelson se dirigió al Kempinsky para la cita con el doctor Serafín Smith y su acompañante cubana, la bella Omaira Tinajo. Sentía una extraña melancolía, como la nostalgia de una vida que estuvo reservada para él y que, de forma abrupta, perdió. Esa vida, se dijo, estaba detrás de la puerta de Zhinlu Bajie, 7, Houhai. Esto último le gustó, entonces extrajo su libreta y escribió un borrador de poema:

La vida que perdí está detrás de esa puerta,
y es de leña vieja y astillas.
Zhinlu Bajie, 7, Houhai.
Mi rostro tiene la mano en el pomo,
del otro lado.
Pero no la abre.
Más bien se aleja hacia adentro.
Hacia lo profundo de la casa.

Entró al Kempinsky, aún sumido en la duermevela poética, cuando escuchó su nombre:

—¡Profesor Chouchén, profesor!

Reconoció, de lejos, al catedrático alemán, pero en lugar de alegría sintió como si un intruso irrumpiera en su ensoñación. A pesar de ello, hizo un esfuerzo y le regaló una amplia sonrisa.

—Acaba de recibir su libro que me honra —le dijo Gisbert—. Soy muy complacido por el presente.

Nelson pensó: «Este cojudo trata a las patadas el español.»

—El honor es mío —respondió—. Tener un ejemplar de mi obra en su biblioteca es motivo de orgullo. Soy yo el que le agradece.

—¿Está transferido aquí al hotel? —preguntó Gisbert.

—No, profesor, qué más quisiera. Lo que pasa es que tengo una cita para cenar con unos amigos.

—Entonces no la molesta más —dijo Gisbert—. Mañana en la mañana, si me permite, lo llama a su hotel para vernos.

—Con mucho gusto, profesor. Espero su llamada.

Lo vio alejarse hacia los ascensores y, culpable por no haberlo invitado, fue al vestíbulo central a buscar a sus amigos. Pero no los vio, así que consultó su reloj y comprobó que aún era temprano. Las nueve menos diez. Había tiempo para corregir su poema, para lo cual sacó su libreta, pero al releerlo se sintió conforme. Entonces, poseído por una fiebre creativa sin precedentes, hizo una anotación para su novela: «Nos gustaba la casa de Zhinlu Bajie, 7, Houhai, porque además de amplia y espaciosa, estaba cerca del lago Xihai.» Ese tono también le gustaba. Tendría que hacer varias pruebas.

—¡Querido y excelso poeta!

La voz de Serafín Smith irrumpió en su cerebro y lo extrajo de lo más profundo del socavón creativo. Alzó la vista y vio al gracioso brasileño vestido con jeans, tenis Reebook y una camiseta de manga corta que le forraba el estómago sin elegancia. Era el típico atuendo del ejecutivo en día domingo. Omaira Tinajo, en cambio, vestía el mismo traje blanco de la tarde.

—Parece que te sacamos la inspiración, vaya —dijo Omaira Tinajo—. No te va a quedar más remedio que acompañarnos a cenar.

Cruzaron la avenida y entraron a un enorme restaurante.

—Aquí lo bueno es pedir muchos platos —dijo Serafín Smith—. A ver, yo propongo que cada uno elija dos y luego picamos de todos.

La propuesta tuvo eco. Nelson pidió una cerveza. Los doctores prefirieron agua helada. Hacía calor.

—¿Cómo va ese congreso? —preguntó Nelson.

—Bien, muy bien —respondió Rubens—. Hoy, un colega chino nos presentó un caso interesantísimo, ¿verdad doctora? Imagínese, un joven con quemaduras de tercer grado en el colon provocadas por agua hirviendo.

Algo rarísimo. Lo están tratando con medicina tradicional y ya está casi curado. Un milagro.

—¿Agua hirviendo? —preguntó Nelson—. ¿Y cómo pudo ser eso?

—No sabemos —respondió la doctora—. Los motivos de las dolencias son secreto profesional. Pero le confieso, compañero, que yo me hice la misma pregunta, sobre todo porque las quemaduras son muy internas.

—¿Es usted también de la rama espiritualista? —le preguntó Nelson a la doctora Tinajo.

—¿Espiritualista? ¿Qué cosa es ésa?

—Es una vertiente de la proctología muy en boga en los Estados Unidos —dijo Serafín—. No se basa sólo en datos científicos, sino que considera otros factores como el gusto, el placer, los estados de ánimo.

—Ay, qué interesante —dijo la Tinajo—. Bueno, en Cuba eso lo tomamos siempre en cuenta. Pero no me digan que nos vamos a pasar la noche hablando del trabajo.

—No, tiene razón —se disculpó Nelson—. Era para romper el hielo.

—Ay, chico —dijo Omaira—. En Cuba el hielo se rompe con una cuchara.

Omaira Tinajo contó que era médica jefe en el Hospital Central de La Habana, que estaba casada con un pediatra y que tenía dos hijos ya grandes, de veintidós y diecinueve. Uno, Gastón, estudiaba abogacía. El otro, César, era veterinario y trabajaba en una granja en Santiago de Cuba. Serafín Smith habló de sus hijas, tres, que aún estaban en el colegio, Jennifer, Vanessa y Sonia Patricia. Nelson confesó que no había querido tener hijos, pues la paternidad era incompatible con la creación estética, al menos tal como la entendía él.

—¿Y tu mujer qué opina de eso? —preguntó Omaira.

—Pues ella me apoya —respondió Nelson—. Desde que nos casamos estamos de acuerdo. La vida de un escritor no es fácil. Debe concentrar todas sus fuerzas en la creación, de lo contrario no se triunfa.

—Pues ojalá te den el premio Nobel, chico —bromeó Omaira—, porque, ¡tamaño sacrificio!

Nelson detectó al fondo de la frase una ligera burla. Entonces llamó al mozo y pidió una botella de vino.

—Nos estamos poniendo trascendentales —dijo—. Aquí lo que hace falta es algo más espiritual, si me permiten.

El mozo les sirvió vino chino, y, los tres, al probarlo, arrugaron el gesto. Era muy fuerte. Nelson revisó la botella y vio que, en efecto, se llamaba vino, pero era licor de arroz.

—Da lo mismo, es un digestivo y está bueno —dijo Serafín Smith, levantando su copa—. Permítanme saludar este encuentro con un brindis: Por la libertad de los pueblos, por la emancipación de las clases oprimidas, por que la justicia recaiga sobre los malvados, por que las relaciones Norte/Sur sean más justas, y, sobre todo, porque el tramo final del accidentado camino alimenticio deje de ser una condena para el hombre; en suma, por la noble ciencia de la proctología, ¡salud!

—Salud —dijo Omaira—. Oye, mi vida, te voy a llevar a La Habana para que nos eches un discurso.

—Salud —acompañó Nelson volviendo a servir; luego levantó su copa, carraspeó y dijo—: Por la unión de los pueblos de habla hispana y portuguesa, por una globalización que tenga en cuenta la dignidad del individuo, por la lengua del Quijote, por el bolero, la cumbia, la samba y los valsecitos criollos, por la negritud de América, por la poesía de Guillén, de Neruda y de César Vallejo, por la prosa de Lezama y de Rulfo, por *Los subterráneos de la libertad*, de Jorge Amado, y por las hermosas mujeres de nuestra tierra, con especial atención a usted, doctora Tinajo, ¡salud!

Vaciaron las copitas, pero de inmediato volvieron a llenarlas. Era el turno de la doctora.

—Uy, me están poniendo en un compromiso, caballeros —repuso Omaira—. Bueno, ¿ahora me toca a mí? Ahí voy: por la hermandad andina y caribeña, por el folclor y el arte popular, por el internacionalismo y la solidaridad, por el eco de nuestra cultura aquí en Oriente, porque tres «sudacas», como nos dicen en España, puedan emborracharse felices y unidos en Pekín, por las telenovelas, el mambo y el chachachá, por el ron, el aguardiente, la cachaça y el pisco, por todo lo que nos une, que es mucho, compañeros, ¡salud!

Se dieron un abrazo triple por encima de la mesa. A Rubens Serafín Smith se le aguaron los ojos. A Nelson se le paró. En un volar llegó la segunda botella de licor de arroz y el triunvirato continuó enumerando, con nostalgia y cariño, todo eso que allá lejos, en ese malhadado continente, los hacía sentirse hermanos.

—A mí lo que más me gusta comer de tu tierra —le dijo Nelson a Omaira—, es la ropa vieja, aunque el arroz de moros y cristianos también está para chuparse los dedos.

—Bueno —intervino Rubens—, pero no me dejen por fuera el mojito, el Señor de la coctelería caribeña.

—Ay, caballeros, a mí lo que más me gusta del mojito es morder la hoja de menta. ¿Y el daiquiri? Se me hace agua la boca. Pero usted qué me va a decir de la comida cubana, doctor Serafín. La feijoada es un plato renacentista. Y usted, Nelson, con los anticuchos y el ají de gallina tienen para rato.

A medianoche les cerraron el restaurante y salieron a la calle. El calor había amainado y corría una brisa fresca.

—Conozco aquí en la esquina un sitio de música latinoamericana, señores —dijo Omaira—. Vamos, yo pago la primera ronda.

El lugar se llamaba Salsa Cabana. Nelson se quedó muy sorprendido al ver que tenía orquesta: ¡una orquesta colombiana! La barra estaba llena de gente. Un joven barman de aspecto anglosajón servía los cócteles haciendo malabarismos con las botellas. Se sentaron cerca de la pista de baile y pidieron una ronda de cubalibres.

—Ay, compañeros, las piernas me bailan solas.

Rubens invitó a Omaira a bailar y Nelson se quedó en la mesa, observando a la concurrencia. Jovencitas chinas bailaban con desparpajo. Había ejecutivos de corbata y mujeres sumamente elegantes. De pronto, notó que una bellísima rubia lo miraba a los ojos. Tenía puesta una agresiva minifalda. Su escote parecía el balcón de una quinta colonial. Un segundo después la muchacha le sonrió y le hizo un gesto que, al menos en Lima, quería decir ven, papacito, acércate. Se sintió un superhéroe. Aún podía seducir a una jovencita atractiva. Cuando estaba a punto de levantarse, sus compañeros regresaron a la mesa.

—La música está muy buena, poeta —le dijo Rubens—, pero veo que le están disparando con bala de alto calibre.

La doctora Tinajo volteó a mirar a la joven y le dijo a Nelson:

—No es por ser aguafiestas, chico, pero esa niña, aquí, está trabajando.

—¿Quieres decir que es...?

—Exactamente, mi vida. Una proletaria del amor.

Nelson invitó a bailar a la doctora y, con los tragos en la cabeza, empezó a acercarla. Era una bellísima mujer. ¿Podría seducirla? Bailando le sintió el talle, las piernas. En una vuelta miró dentro de su escote y vio cómo nacían un par de suculentas tetas. Se le volvió a parar. Luego, llevado por el baile, vio que Omaira le pegaba las caderas. ¿Lo estaría calentando ella también? Cuando terminó la pieza la retuvo en la pista, pero ella se le soltó para dirigirse a la mesa.

—Vamos a sentarnos, Nelson —dijo Omaira, riéndose—. No sé qué tienes ahí, pero me vas a sacar un morado en el muslo.

A las dos de la mañana el doctor Rubens Serafín Smith dormitaba sobre la mesa. De vez en cuando levantaba el índice, como para decir algo, pero no le salían las palabras. Nelson comprendió que había llegado el momento así que se arregló el pelo, acercó su silla a la de Omaira y le dijo:

—Vamos a brindar con champagne a mi hotel, doctorcita. Tienen un servicio a los cuartos que es una maravilla.

Ella soltó una carcajada.

—¿Pero tú estás loco? Ya te dije que soy una mujer casada.

—Aquí estamos lejos de todo, Omaira. Nadie lo va a saber.

—Yo, chico, yo lo voy a saber.

—Será nuestro secreto. Quiero ver cómo es tu cuerpo cuando tiembla de placer.

Omaira volvió a reírse, esta vez algo nerviosa.

—Ay, chico, de verdad que eres un poeta —dijo—. Pero te lo vas a tener que imaginar. Lo siento.

—Me lo puedo imaginar —dijo Nelson—, pero preferiría verlo.

Le acarició el brazo, le acercó los labios a la cara. Omaira lo retiró con suavidad.

—No, mi vida, muchas gracias por la propuesta. Lo que sí te digo es que me rejuveneciste como veinte años.

—Eres una mujer muy bella, Omaira. ¿Qué importa que estés casada? —insistió Nelson—. Si es por eso, yo también estoy casado.

—Pero yo a mi marido no lo cambio por nada.

Nelson, luchando contra sí mismo, retiró su ejército diciéndose: «Primer round perdido, pero queda combate por delante.» Luego llevó cargado a Serafín Smith hasta los ascensores del hotel. Al despedirse de la doctora le propuso acompañarla hasta su habitación.

—De verdad que no, chico —le dijo ella—. No dañes esta noche tan linda.

—Sólo quería que acabara mejor, nada más.

—Así está acabando muy bien. De verdad. Buenas noches —dijo Omaira. Luego la puerta del ascensor se cerró.

Nelson, borracho, regresó al bar trastabillando y se acomodó en la barra. «*Another ccu, cubalibre for me*», se oyó decir.

La residencia de la congregación metodista era un enorme y oscuro edificio al norte de la ciudad, no lejos del tercer anillo periférico. Nada, en su aspecto exterior, podía indicar la naturaleza de las actividades que en él se realizaban, pues no tenía ninguna insignia. Un muro protegía un patio interno, desde el cual se accedía al edificio.

—En el primer piso está la clínica y una capilla —dijo Zheng—. En el segundo hay oficinas administrativas y un gimnasio. Las habitaciones comienzan a partir del tercero. Si tienen a Gérard, es posible que lo hayan escondido aquí. Si lo tienen en otro lugar, tendrán que hacer movimientos especiales. Crispín quedó en avisarme si Tony, el visitante, sale del edificio.

Desde el otro lado de la avenida, apostados en un restaurante mongol, observábamos la entrada. Según Zheng habíamos tenido suerte, pues el mejor lugar para la vigilancia era precisamente éste, y la comida era óptima. Yo, al principio, observé con desconfianza la paila de agua hirviendo en el centro de la mesa, pero Zheng me enseñó a usarla. Se trataba de introducir rollos de pescado y trozos de verdura, que luego debían mojarse en una salsa de pistacho. Según él, el mejor acompañamiento para este exquisito platillo, amén del té verde, era una deliciosa y helada cerveza Tsing Tao. En ésas estábamos, cuando se oyó el timbre del celular de Zheng.

—¿Wei? —respondió—. Ah, sí. Gracias.

Colgó al tiempo que se levantaba.

—Vamos —me dijo, dejando algunos billetes sobre la mesa.

Yo apuré un nutrido sorbo de cerveza y lo seguí hasta la camioneta Cherokee, justo en el momento en que la puerta del edificio se abría. De ella emergieron tres autos marca Audi de color negro. Zheng empezó a seguirlos a distancia.

—La técnica del seguimiento es compleja —dijo—. Observe bien. No se coloque nunca en la mira de sus espejos retrovisores. Si lo hace, debe inmediatamente accionar la direccional de cruce. De este modo no llamará su atención. Deje al menos tres automóviles entre usted y ellos. Si por algún motivo debe estar cerca, suba el volumen del radio y canturree la música, o hable por teléfono. La psicología es fundamental.

—Ya lo veo —dije, admirativo.

—Si lo detectan y hacen movimientos bruscos continúe en línea recta, busque un estacionamiento, deje el auto y suba a un taxi para continuar el seguimiento. En el 90% de los casos, si consideran que era una falsa alarma, regresarán a la ruta de la cual se alejaron.

—¿Y cuál es el mejor modo para involucrar al conductor del taxi sin levantar sospechas? —pregunté.

—Es sencillo —respondió Zheng—. Usted sube y le dice: ¡Siga a ese auto! A los taxistas les gusta creer que están haciendo algo inusual.

Los tres Audi de color negro avanzaron por el periférico y doblaron en la ruta hacia el aeropuerto. Era una avenida enmarcada por pinos. Un poco más adelante salieron de la autopista y tomaron una calle poco transitada. Una carretera comarcal.

—Ahora es más difícil seguirlos —dijo Zheng—. Pueden vernos. Estoy seguro de que van a una casa de campo.

Les dimos varias curvas de ventaja, perdiéndolos de vista en casi todo el trayecto. De repente, a lo lejos, vimos que entraban a una villa. Zheng estacionó la Cherokee un poco más adelante, cerca de un caserío.

—Ahora hay que ir a pie, por la montaña —dijo—. Si tenemos suerte no habrá vigilancia.

Me dio una chaqueta de color verde, extraída de su maletín, y una gorrita con visera.

—A partir de este instante —dijo—, somos inspectores forestales, y usted es un especialista en la biodiversidad de las zonas húmedas, ¿de acuerdo? Lo mejor será llegar a la casa por la parte norte.

—De acuerdo —respondí, obediente—. Aunque supongo que es el camino más largo.

—En China todas las casas tienen la espalda hacia el norte —dijo—. ¿Ha oído hablar del Feng-shui?

—Poco.

—Es largo, y, sobre todo, no es momento de explicaciones. Bastará con saber que al norte está ubicada la puerta de atrás. Por ahí entraremos.

La subida por la montaña me dejó sin aliento. Tras un par de cerros repletos de arbustos y de un camino de trocha bastante accidentado llegamos a lo que debía ser el muro de la propiedad. Adentro vimos un jardín bastante bien cuidado, un laguito con flores de loto y una terraza. No se veía a nadie.

—Usted espéreme aquí —dijo Zheng, para mi cobarde alivio, pues por nada del mundo pensaba introducirme en propiedad ajena escalando techos.

Me quedé sentado en el suelo, espalda contra el muro, ojo avizor, acezando por la larga caminata, sudando a chorros y con un molesto vacío en el estómago de pensar en lo que podría suceder si nos descubrían. Hacía calor. En lo alto de la montaña había una torre de energía eléctrica de la cual partían dos gruesos cables. Sin saber por qué, pensé de nuevo en Corinne, mi ex mujer; ¿qué diría si supiera que estoy sentado en el campo, a las afueras de Pekín, disfrazado de especialista en biodiversidad? La verdad es que uno vive de sorpresa en sorpresa, y la rutina, esa que tanto critico cuando estoy en París, es un modo eficaz para contrarrestar los sobresaltos. Corinne no soportaba que yo regresara de la radio diciendo que debía partir al día siguiente, en el primer vuelo, para una misión de trabajo. Para ella, mi gusto por la aventura evidenciaba un temperamento infantil. «Complejo de Peter Pan», así lo llamaba. Y agregaba:

—Mientras tú vives en una crisálida, jugando a ser el Tigre de la Malasia, la vida real llega al buzón de correos y soy yo la que debe contestar las cartas del banco, del seguro médico, la que sabe cuándo se vence el plazo para pagar los impuestos.

—Yo no tengo la culpa de que escribir en francés sea tan difícil —le decía—. Si viviéramos en Bogotá lo haría yo.

Al observar el reloj comprobé que Zheng se había marchado hacía más de diez minutos. ¿Habrá logrado entrar a la casa sin ser visto? Me puse en puntas de pie para observar sobre el muro y vi, aterrado, a un grupo de hombres bebiendo café en la terraza. Todos eran rubios y vestían abrigos oscuros. Si hubieran tenido un perro me habrían descubierto. Luego escuché un ruido en la esquina del muro y vi aparecer a Zheng.

—Ése de allá es Tony —me dijo, señalando a uno de los hombres—. Puede ser que, en verdad, sea sobrino de uno de los pastores, pero en su maleta encontré varias ganzúas, cable eléctrico, guantes, una minicámara fotográfica y unos binóculos infrarrojos. ¿No le parece extraño?

—Pues sí, es muy extraño —respondí—. ¿Y cómo logró llegar hasta su habitación?

—Caminando descalzo para no hacer ruido —dijo Zheng—. ¿Ha oído hablar de los Ninjas?

—Sí, pero no me diga que usted...

—No, claro que no —repuso—. Es sólo un ejemplo. Le tengo varias noticias. La primera es que no tienen a Gérard, pues pude establecer que están buscando el manuscrito.

—¿En serio?

—Sí, y además el supuesto sobrino, Tony, tiene en su bolso un libro de poesías de Wang Mian. Dentro, en una página de fax con los datos aéreos de lo que, supongo, fue la información para su vuelo a Pekín, tiene escritos a mano varios nombres: Ambrose, Barc, Gérard, Oslovski, Sun Chen y Mallet. Al frente de ellos hay una interrogación, y luego el título del famoso manuscrito, *Lejanas transparencias del aire*. ¿Me sigue?

—Creo que sí —le dije—. Son los nombres de quienes, según él, pueden tenerlo. De ahí la conclusión de que lo están buscando.

—Excelente —dijo Zheng—. Veo que aprende rápido. Ahora debemos estar alerta con ellos, pues lo más seguro es que empiecen a seguirnos.

—Es gracioso —repuse—: nosotros tras ellos y ellos detrás de nosotros.

—Pues sí —dijo Zheng—, la verdad es que si no fuera tan grave, sería divertidísimo.

Dicho esto empezó a alejarse del muro.

—¿Ya nos vamos? —pregunté.

—Bueno, si ellos están buscando el manuscrito, no creo que puedan ser de gran ayuda por ahora.

—Es cierto, vamos.

Al llegar a la Cherokee, Zheng hizo una llamada y habló en chino. Yo me puse a mirar el paisaje, que era algo tristón: un canal de aguas que corrían lentas, un sembrado infinito de melocotones, al fondo unos árboles ligeramente velados por la bruma. Luego, sin hablar, emprendimos el regreso.

—Lo que sigue será más interesante —me dijo—. Espere y lo verá.

—¿Qué es?

—Un colaborador identificó al ayudante de cafetería que reconoció el manuscrito —dijo—. Me acaban de dar su dirección.

Era al sureste de Pekín, en un barrio tradicional que estaba siendo demolido para dar paso a una gran avenida. Hacia allá nos dirigimos.

Al llegar, Zheng dio dos golpes en la puerta y me dijo:

—Es mejor que esté preparado, aquí puede pasar de todo.

Tensé los músculos. Luego escuchamos unos pasos y el ruido de una llave. Abrió una señora muy vieja. Zheng saludó y le habló en chino. La anciana negó moviendo la cabeza, pero Zheng insistía, hablándole con tal autoridad que, aun sin entender, me helaba la sangre. Un instante después, sin que yo notara nada especial, vi a Zheng erizarse como un felino y saltar sobre el muro. La mujer gritó y, sólo en ese momento, vi una figura corriendo sobre el techo. Luego sentí una lluvia de piedras que me obligó a buscar protección a la entrada de la casa, con el problema de que la señora cerró el portón y sólo por un pelo no me cortó los dedos. Un segundo después apareció Zheng llevando del brazo a un joven. Tenía el pómulo rojo y la nariz reventada.

—Vámonos —me gritó—. ¡Usted conduce!

En ese instante, un segundo torrente de piedras cayó sobre nuestras cabezas, así que eché a correr hacia la avenida. Al llegar a la Cherokee di gracias al cielo, con las piernas temblando. Zheng subió atrás empujando a nuestro rehén y lo inmovilizó en el suelo, boca abajo.

—Tenemos suerte —le dije a Zheng—. Si hubiéramos estado en mi país, en lugar de piedras nos habrían llovido balas.

—Nunca he estado en su país —me dijo—. Debe ser por eso que no lo comprendo.

—No crea —le respondí—. Yo nací allá y tampoco lo entiendo. ¿Cómo diablos se enciende este carro?

Tres pedazos de teja golpearon contra el techo de la camioneta.

—Con la llave —me dijo—. Si logra evitar el temblor de manos podrá introducirla en el arranque. Apúrese.

El motor hizo un estruendo, luego hundí el pie en el acelerador y la Cherokee se puso en marcha. Atrás quedó, sobre el asfalto, la marca de los neumáticos y una densa polvareda de arena.

Fue en el capítulo final del libro de Aristide, el jesuita belga, que Gisbert encontró lo que buscaba: «Ya diezmados los demonios, ya marcadas con cruces estas tierras salvajes, podemos intentar comprender qué fue lo que los llevó a esta furia devastadora. Oh lector, que ya has debido soportar las infamias que este cronista contempló, muy a su pesar, prepara ahora tu espíritu para lo que viene, pues, al parecer, además de sus ídolos paganos, además de sus equívocas y perjuras creencias, he aquí que aparece un libro, qué digo, apenas un manuscrito, un poco de tinta vertida sobre el papel, el cual, por cierto, hace aborrecer, a la vista de sus atroces resultados, que jamás el ser humano haya descubierto tal arte; un manuscrito, insisto, que al decir de quienes pueden desentrañar esta lengua alocada, dio ánimo a los púgiles para destruirnos. No sé cómo dicho texto acabó en las manos de un alto oficial francés, ni es mi deber averiguarlo, ni por qué dicho oficial tenía a bien protegerlo. Sólo sé que fue archivado en la caja fuerte de la Legación a la espera de que se decidiera su suerte. El oficial ya se marchó y pronto yo me iré. Sólo espero que esas letras de odio, que rimaron nuestra destrucción, no sobrevivan. Que la hoguera del olvido las consuma.»

Tras una noche de estudio, Gisbert, temblando de emoción, obtenía su recompensa: ¡Loti había recibido el manuscrito de *Lejanas transparencias del aire*, tal como él pensaba!, y luego lo había entregado a la Legación francesa, tal vez con la idea de recuperarlo más tarde, cuando las aguas se calmaran y todo regresara a su cauce. El jesuita Aristide, según su propia crónica, supo del manuscrito pero no tuvo contacto con él, lo que permitía suponer a Gisbert que no había sido destruido. ¿Cuántas personas podían saber a qué se refería Aristide cuando hablaba del «manuscrito»? Pocas. La prueba era que él mismo, en cuarenta años de estudios exhaustivos, jamás había oído nombrarlo. Por un prurito de investigador, Gisbert fue al teléfono y despertó a su secretaria en la Universidad de Hamburgo. Le pidió que buscara en el banco de datos de la biblioteca, que estaba conectada con los archivos de la mayoría de las bibliotecas universitarias de Europa y Estados Unidos, todo lo relacionado con ese título, *Al filo de la muerte*, de Dominique Aristide, publicado en las Éditions du Sacré, en 1908, y por supuesto con *Lejanas transparencias del aire*, de Wang Mian. Hecho esto bajó al restaurante del hotel y comió un plato de vegetales hervidos con carne, a la espera de que la secretaria lo llamara con los resultados.

Una hora después recibió la respuesta:

—No encontré absolutamente nada, profesor —dijo ella—. En cuanto al autor belga, no hay la más mínima señal ni por la editorial ni por el autor. Tampoco hay nada sobre el título de Wang Mian del que me habla. Esos libros, sencillamente, no existen.

Con estas presunciones en la mente, Gisbert regresó al lobby del hotel, pidió la dirección de la embajada francesa y ordenó un taxi. Era muy temprano. Mientras se adentraba en la ciudad, pensó que por primera vez su labor de filólogo parecía una pesquisa detectivesca.

Al llegar a la embajada, sita en el moderno barrio diplomático que enmarca la avenida Jianguomen, un lugar arborado de apacibles residencias, Klauss se identificó con sus credenciales de catedrático y pidió hablar con el jefe de Asuntos Culturales. Un rato después, luego de que analizaran y dieran por buenos sus documentos, un hombrecillo de aspecto nervioso, delgado y de pelo cano, lo invitó a pasar a una oficina.

—Quisiera una autorización para estudiar los archivos de la Legación relativos al año 1901, señor —dijo Gisbert, en perfecto francés—. Estoy realizando una investigación sobre la revuelta de los Bóxers y considero que ustedes deben de tener información valiosa.

El diplomático lo observó con interés, en silencio. Luego carraspeó y dijo:

—¿Está usted trabajando en un libro o se trata de una investigación puramente universitaria?

—De momento es sólo una investigación —dijo Gisbert—, pero no descarto la posibilidad de escribir un libro. Como usted tal vez sepa, es un período histórico sobre el que hay muchos sobreentendidos, pero poca información real.

—¿Ha presentado previamente una solicitud oficial? —preguntó el funcionario.

—No señor, aún no —respondió Gisbert—. Pero si lo desea, puedo hablar con la embajada alemana para que, a través de ellos, ésta se tramite. Estoy pasando unos días en Pekín y no lo tenía previsto, pero el curso de mis investigaciones se precipitó y sería de vital importancia poder estudiar esos archivos.

—Lo único que puedo hacer por usted, ahora —dijo el hombrecillo armándose de papel y lápiz—, es tomar sus datos y transmitir su petición espontánea a las altas instancias. Luego, le pediría una carta de la dirección de su departamento en la universidad.

—El director del departamento soy yo, señor —alegó Gisbert—. Puedo hacérsela ahora mismo.

—No es posible, profesor, pues debe estar impresa en hoja oficial con el membrete y el sello de la universidad.

—Ah —exclamó Gisbert—. Hoy mismo se la puedo hacer llegar por fax si me da un número.

El diplomático le dio una tarjeta con los datos. Luego agregó:

—También sería de utilidad una carta oficial de la embajada alemana en Pekín, aunque sería mejor si ésta proviene directamente de la cancillería. Asimismo, tendrá que explicar por escrito el objeto de sus investigaciones, con una descripción de lo que piensa buscar y, en tal caso, encontrar en nuestros archivos. Mientras tanto déjeme hacer una fotocopia de sus documentos y tomar nota de su alojamiento en Pekín.

Gisbert le dio todo lo que pedía y salió de la embajada, algo frustrado por la serie de obstáculos que veía en su camino. Pero era lógico que los archivos de una embajada fueran relativamente secretos. No debía olvidar, además, que él era alemán, y que a pesar del Tratado de Maastricht y la Unión Europea aún existían reticencias entre ambos países.

En la embajada alemana, muy cerca de la francesa, fue recibido por el ministro plenipotenciario.

—¿Una investigación sobre los Bóxers? —le dijo—. Caramba, qué temita. Lo primero que debo decirle, muy a mi pesar, es que nuestros archivos de esa época ya no existen. Todo ese material fue remitido a la cancillería en Berlín y, por desgracia, destruido durante la guerra. Bombardeos. Incendios. Gran parte de nuestra memoria se perdió para siempre. Imagínese, todo ese laborioso trabajo administrativo reducido a cenizas.

Una empleada china, vestida con delantal, dejó sobre la mesa una bandeja con cafés y galletas. Luego se retiró.

—Lo que vengo a pedirle, excelencia —dijo Gisbert—, es que me ayude a obtener un permiso para estudiar los archivos de la embajada de Francia. Una carta firmada por usted sería fundamental. Es una sugerencia del agregado cultural francés.

—Ah, los franceses —dijo el ministro plenipotenciario—. No hay otro pueblo en el mundo capaz de superarlos cuando se trata de burocracia. Pero quédese tranquilo, mi estimado profesor, explíqueme bien de qué trata la historia que anda buscando y yo le haré esa carta.

Gisbert le contó el objeto de su investigación, dejando por fuera muchísimos detalles que consideró «delicados». No habló, por supuesto, del libro de Mian. Se limitó a decir que en los viejos archivos de la Legación Francesa podría haber infinidad de testimonios útiles para comprender lo que había pasado. De ahí su interés.

Tras escucharlo, el diplomático llamó a su secretaria y le pidió que tomara algunas notas. Luego lo despidió asegurándole que en un par de horas la carta estaría lista.

—Tengo una nieta estudiando en su universidad, profesor —dijo el ministro plenipotenciario, ya en la puerta—. Y debo decirle que la tengo en el más alto concepto. Es uno de los centros docentes que más orgullo nos da a los alemanes.

—Gracias, ministro —dijo Gisbert dándole la mano—. Hasta más tarde, entonces.

De regreso a su hotel, Gisbert volvió a llamar a su secretaria para que enviara por fax la carta de presentación a la embajada de Francia. Luego se fue a su cuarto a estudiar los demás libros que le había prestado el librero. Ahora estaba seguro de que perseguía algo grande. Algo que cambiaría para siempre su carrera de filólogo.

Lo despertó el timbre del teléfono. Una voz, que parecía provenir del centro de su cerebro, le decía: «¿Cómo estás, cholito?» Era su mujer. Nelson se incorporó y le dijo yo muy bien, chola, gracias. Con un esfuerzo sobrehumano logró hilvanar algunas frases.

—¿Qué hora es allá? —preguntó Elsa.

—Todavía está oscuro, mamita. Llámame más tarde.

Colgó sintiendo un dolor intenso en el cuerpo. ¿Qué era? Se revisó, palpándose, y comprobó que estaba desnudo. Tenía, además, puesto un preservativo. La presión del caucho le había hinchado el pene como un globo. Intentó quitarlo, en la oscuridad, pero sintió una lacerante punzada de dolor. Entonces escuchó una voz que lo hizo estremecer:

—*Shto?*

Encendió la luz y vio, a su lado, a una joven rubia. Ella también estaba desnuda.

—¿Qué pasa? —volvió a preguntar la joven en inglés.

Sin hablar, Nelson le indicó su bajo vientre. Su falo inflamado y de color carmín.

La joven abrió su bolso, sacó unas tijeras de uñas y se dispuso a rasgar el condón. Nelson pegó tres alaridos, pero al final la joven logró cortar el caucho y retirarlo. Luego trajo un vaso con agua fría y se lo acercó, colocando dentro el miembro maltrecho.

—Así te bajará la inflamación —dijo, con un fuertísimo acento eslavo—. Tienes suerte de que te llamaran por teléfono. Si pasas la noche con eso puesto te habría dado una necrosis y ahí sí no habría nada que hacer. Sólo ¡chuk!, cortar, y, *da svidania*, adiós al hermanito pequeño.

—Gracias, —dijo Nelson, aterrorizado, aún borracho y sin entender muy bien quién era ella—. ¿Cómo te llamas?

—Irina. Nos conocimos en el bar, anoche. Por cierto, me debes doscientos dólares.

—¿Cuánto? —la noticia pareció despertarlo del todo, pero al incorporarse dio otro aullido de dolor.

—Doscientos —dijo ella—. En realidad cobro trescientos, pero tus amigos ya me dieron cien y pagaron el taxi. Fíjate cómo soy de honrada.

—¿Qué amigos? —preguntó él sin entender—. ¿Rubens y Omaira?

—No sé cómo se llaman —dijo Irina—. Eran chinos.

—No tengo amigos chinos —dijo Nelson—. Debe tratarse de un error.

—Allá tú, el caso es que me los debes. Dijiste que toda la noche y aquí estoy. Si quieres hacer algo por la mañana puedes pedírmelo, aunque dudo que puedas. ¿Te sigue doliendo?

—Sólo cuando respiro —dijo Nelson, recordando a Jack Nicholson en *Chinatown*.

—Ja, qué gracioso —se rió Irina—. ¿Eres filipino o vietnamita?

—Soy peruano.

—¿Ah sí? —repuso, incrédula—. Si tú eres peruano yo soy una princesa del Congo. Dame el dinero, *sweet heart*, y luego aquí me tienes, para lo que sea.

Nelson abrió la mesa de noche y sacó varios billetes.

Luego escondió el resto en una de sus medias y la colocó debajo de su almohada.

—No seas tonto —dijo Irina, guardando el dinero en el bolso—. Si hubiera querido robarte ya lo habría hecho. Roncabas como un oso de Siberia. Les prometí a tus amigos que te trataría bien.

—Y dale con eso —repuso Nelson—. Ya te dije que aquí en Pekín no conozco a nadie.

—Supongo que el alcohol te habrá provocado un repentino acceso de locura. Se ve que no tienes costumbre de beber.

Al decir esto Irina se levantó, caminó a tientas hasta la ventana y alzó la persiana. Nelson, en la penumbra, alcanzó a entrever un bellísimo trasero de color rosado y un pubis amarillo.

—Pues si no son amigos tuyos —dijo ella—, entonces serán miembros de una sociedad protectora de borrachos peruanos. Míralos, ahí siguen.

—¿Siguen? —dijo Nelson—. ¿Quiénes siguen?

—Tus amigos. Están estacionados en la calle y esperan dentro del carro.

El chiste estaba yendo demasiado lejos, así que Nelson decidió levantarse. En efecto, dos sombras fumaban al interior de un automóvil. Esto lo inquietó. Tal vez la gerencia del hotel había llamado a la policía, pues recordaba haber leído que en China la prostitución estaba prohibida. Caray, se dijo, sólo le faltaba esto.

—Vístete, por favor —le dijo—. Vístete y vete. A lo mejor son de la policía.

—Qué policía va a ser —respondió Irina, muy tranquila—. Tú no sabes cómo es aquí la policía. Lo que te aconsejo es dormir un poco más, pues te noto algo nervioso. Cuando despiertes te acordarás de todo, pediremos el desayuno a la cama, haremos chuk-chuk si ya te bajó la inflamación, y chau, hasta la próxima, ¿te parece bien?

Nelson pensó que podía tratarse de una pesadilla y prefirió seguir el consejo de Irina. Antes de cerrar los ojos se tragó dos pastillas de Tylenol.

Pero no era una pesadilla, pues al abrir el ojo, temprano en la mañana, la joven rusa seguía a su lado. Su cabellera olía a un perfume que él conocía a la perfección: *Amarige*, de Givenchy. Aún dormía, de espaldas a él. Era muy hermosa. Pensó que podría escribir un poema en prosa: «Cuando desperté, Irina todavía estaba allí.» Pero esa frase ya existía. Qué lástima.

Había pasado el dolor y pudo levantarse, sin hacer ruido. Entonces fue a la ventana y comprobó que el automóvil con los dos hombres también seguía allí, estacionado frente al hotel. ¿Serían agentes de la secreta? Sólo había un modo de saberlo, así que se puso un pantalón, una camisa y salió al corredor, con la idea de abordarlos. Al llegar a la recepción el botones vino a su encuentro.

—Señor Chouchén, por favor —dijo.

—¿Sí?

—Sus amigos lo están esperando afuera. Me pidieron que se lo recordara.

—Gracias.

Salió a la calle y caminó hacia el automóvil. Si alguien hubiera analizado su estado de ánimo habría encontrado miedo, curiosidad, sumado a un ligero malestar, mezcla de rabia, sentido del ridículo e inquietud. Al acercarse al auto, el vidrio de la ventanilla empezó a bajar.

—Buenos días, profesor Chouchén —dijo alguien, en perfecto inglés

Nelson se agachó y vio a dos chinos. El que habló le tendió la mano.

—Usted no me conoce —continuó diciendo el extraño—. Me llamo Wen Chen y tengo muchas cosas que contarle.

Era un hombre mayor, de al menos sesenta y cinco años. En ningún caso más de setenta. Tenía una larga cabellera cana y aspecto atlético. Su compañero, en el puesto del copiloto, era más joven. Ambos vestían trajes raídos, pero que evidenciaban un cierto decoro. Los modales de los dos eran extremadamente educados.

—Me alegra oír eso —dijo Nelson—, pues tengo que hacerles muchas preguntas. La primera: ¿quiénes son ustedes? La segunda: ¿qué hace esa jovencita rusa en mi cama? La tercera: ¿por qué saben mi nombre? La cuarta: ¿por qué me vigilan?

El viejo bajó del automóvil, extrajo de su chaqueta un paquete de cigarrillos y le ofreció uno a Nelson. Ambos fumaron. Era muy temprano. Una densa bruma cubría el aire. Desde ahí, la vista no llegaba muy lejos.

—Llevamos años esperándolo —dijo el anciano—. Usted es nieto de Hu Shou-shen, ¿no es verdad?

Nelson se quedó perplejo. Algo parecido a una luz empezó a encenderse en su mente.

—Sí, ¿por qué me lo pregunta?

—Su abuelo fue un gran hombre —dijo—, un gran luchador y un gran patriota. Es un honor para mí saludar a su nieto.

En ese instante Irina salió del hotel y caminó hacia ellos. Llevaba un pantalón ceñido y un top color azul turquesa. Tenía un arete de plata clavado en el ombligo.

—Me abandonaste, *sweet heart* —le dijo a Nelson—. ¿Ya recuperaste la memoria? Te presento a tus amigos.

Un leve bochorno le hizo colorar las mejillas al poeta, pero se repuso.

—Buenos días, señorita. Éste es...

—Ya nos conocemos —respondió Wen Chen—. No olvide que anoche la trajimos hasta acá.

—¿Ustedes?

—Sí, señor Chouchén. ¿No lo recuerda? Usted quería compañía pero no tenía suficiente dinero. Así que decidimos... Colaborar. Pero no tiene importancia.

Dicho esto el viejo habló en chino con su acompañante. Luego invitó a Irina a subir al automóvil.

—Mi amigo la llevará adonde usted desee, señorita. Fue un gusto conocerla.

Irina subió al carro, no sin antes darle un beso a Nelson en la mejilla. «*Da svidania, sweet heart*», le susurró.

—Si quiere tenerla de nuevo esta noche dígamelo, señor Chouchén. Para nosotros será un placer complacerlo. Es una jovencita muy bella y graciosa. Lo envidio.

Caminaron hasta la cafetería del hotel, ordenaron café, té y croissants y continuaron la charla.

—Dígame una cosa, señor Chen —preguntó Nelson—. Cuando usted dice «nosotros», ¿a quién se refiere exactamente?

—Usted debe saber que su abuelo era el líder de un grupo de patriotas que quiso purificar el país en uno de los momentos más difíciles de su historia.

—Bueno, no sé muchos detalles sobre él, pues murió cuando yo era un niño —dijo Nelson—. Sé que dejó la China huyendo, pero no sé de qué.

Un mesero trajo el pedido y ambos bebieron. Nelson sintió que su sistema circulatorio empezaba a reaccionar al contacto con el café.

—Le voy a explicar por partes lo que sucedió y, sobre todo, por qué estamos aquí —dijo Wen Chen—. En primer lugar, su abuelito huyó de China porque los invasores lo perseguían para matarlo. Los invasores, no sé si lo sepa, fueron los ejércitos de ocho naciones aliadas que vinieron a robar las riquezas de nuestro país, con la complicidad de la emperatriz regente, Cinxi, un funesto personaje de nuestra historia. La rebelión popular de los Yi Ho Tuan, llamada en Occidente de los Bóxers, fue la primera del nuevo siglo en China, la cual precipitó, tiempo después, la caída del sistema imperial. Su abuelo fue uno de los líderes militares aquí en Pekín. Por eso tuvo que irse. Pero se fue con la promesa de regresar, algo que nunca pudo hacer, pues jamás se dieron las condiciones de seguridad requeridas. La sociedad secreta quedó diezmada, pero hombres como mi padre y su abuelo mantuvieron y transmitieron sus ideales por mucho tiempo, incluso cuando todos creían que estábamos acabados.

Nelson observó al anciano con afecto.

—¿Y cómo me encontraron?

—Verá —dijo Chen—. Hace unas semanas ocurrió un milagro, algo que, a mi modo de ver, anuncia grandes cambios para nuestro grupo y, claro, para nuestra nación. Uno de los textos sagrados de la congregación del Yi Ho Tuan, un libro que su abuelito y mi padre adoraron, y que su tío abuelo rescató de los invasores, apareció hace pocos días, aquí en Pekín. Nosotros ya no teníamos esperanza de encontrarlo, pero uno de nuestros hermanos, de forma casual, aun si sabemos que las casualidades no existen, pero en fin, de forma casual, dio con él en el viejo archivo de la Iglesia Católica Francesa. Esa aparición es una señal para nosotros, pues se trata de un texto que nos fue arrebatado. Como es lógico, los sacerdotes no quisieron devolverlo a sus dueños legítimos, es decir nosotros, y lo escondieron. Creemos que piensan sacarlo del país, para lo cual decidimos vigilar a todas las personas provenientes de ciudades europeas, pues sin duda habrán enviado a alguien para llevárselo, ya que ninguno de ellos podría hacerlo sin que lo notáramos. Siguiendo a un extraño profesor alemán, dimos con usted.

—¡El profesor Klauss! —exclamó Nelson.

—Exactamente, aunque tal vez él no sepa nada del asunto —explicó el viejo—. Fíjese cómo son las casualidades: un extranjero que no tiene nada que ver, y que, sin querer, nos conduce hasta usted. Debo confesarle, y le pido disculpas de antemano, que uno de nuestros hombres se introdujo en su habitación la noche pasada, y que hizo algunas fotos de los documentos de su tío abuelo. Fue por esa razón que supimos que usted era quien es, y que, de algún modo, Hu Shou-shen había regresado. ¿Ahora me comprende?

El cerebro de Nelson bullía. La historia que pensaba escribir venía a su encuentro de un modo vertiginoso. Lo envolvía y arrollaba. Poco antes estaba en Austin, llevando una vida gris, y ahora, en Pekín, resultaba ser el descendiente de un héroe. Imaginó, por un momento, la absurda cara de Norberto Flores Armiño si llegara a enterarse de quién era realmente él, Nelson Chouchén Otálora, novelista, poeta, y además héroe. «Te pusiste en la vía del tren rápido, conchetumadre, y lo quisiste parar con un dedo. Te aplastaré.» Todos los que se habían burlado de él iban a tener que morderse el codo de envidia cuando publicara su libro e informara a los lectores del planeta de su verdadera identidad. Ni a Somerset Maugham le había ocurrido algo así.

—¿Y qué texto es ese? —preguntó Nelson.

—Un escrito filosófico en forma poética —dijo Chen—. Tal vez lo haya oído nombrar, se llama *Lejanas transparencias del aire*, de Wang Mian, un sabio filósofo del siglo XVIII.

—No, no me suena —dijo Nelson—. Conozco poco la literatura china.

El anciano bebió un largo sorbo de té, se enjuagó los labios con la servilleta y lo miró a los ojos.

—Nuestro deseo, señor Chouchén, es que ocupe el lugar de su abuelo. Todos, en la organización, estamos dispuestos a jurarle fidelidad. Es por eso que estoy aquí.

Nelson se acabó el café de un sorbo y dijo:

—Cuente conmigo. ¿Qué es lo que debo hacer?

Tras un cambio de mandos en el carro —Zheng pasó al timón y yo fui atrás, a vigilar al joven chino que, boca abajo, tenía las manos amarradas y no podía moverse—, llegamos a la casa, bajamos al rehén y lo llevamos, a leves empujones, hasta uno de los cuartos del fondo.

—Antes de seguir —le dije a Zheng—, quiero dejar sentado que no estoy de acuerdo con los malos tratos. Este joven, hasta prueba contraria, merece el respeto y la consideración de toda persona a la que se le confíere la presunción de inocencia. ¿Estoy siendo claro? Detesto la violencia.

Zheng, mientras lo amarraba a una silla, me miró muy serio.

—Le recuerdo que soy sacerdote —dijo—. Respeto los Evangelios, los Derechos Humanos y la Convención de Ginebra. Debe saber, además, que como soldado me formé en las teorías militares de Mao Zedong, según las cuales todo prisionero es un potencial aliado. No se preocupe, yo también detesto la violencia.

Dicho esto alzó el brazo y le dio una sonora cachetada al joven. En su mejilla quedaron pintados, por un segundo, los cinco dedos de Zheng.

—Lo que sucede, mi amigo —continuó diciendo—, es que él debe poder obtener algo a cambio de lo que me va a decir, ¿me explico?

Preferí no hacer más comentarios, pero por las dudas tomé asiento y me quedé allí, vigilante. Zheng le habló muy fuerte. Dio uno, dos gritos. El joven, aterrado, respondió algo y así continuaron, por un rato. No entendí nada de lo que se dijeron, pero al menos no hubo más golpes. Tras un nuevo intercambio de gritos, el joven se puso a llorar.

—Ya lo tengo —me dijo Zheng—. Ahora nos dirá lo que necesitamos saber.

—¿Y qué es, exactamentente, lo que el joven debe decirnos? —pregunté.

—Bueno, muchas cosas, aunque no lo que yo pensaba —respondió Zheng—. Si en realidad su sociedad secreta tiene al padre Gérard, este pobre diablo no debe saber dónde está. Ese tipo de información circulará sólo entre los altos jerarcas. Eso seguro. Por eso le estoy pidiendo un nombre y, en lo posible, una dirección. Alguien a quien podamos seguir.

—¿Y lo va a decir?

—Creo que sí.

—Si va a golpearlo de nuevo, prefiero salir de la habitación.

—No hará falta —respondió Zheng—. Está muy asustado.

—¿Qué le dijo? ¿Por qué está así?

—Nada especial —contestó Zheng—. Sólo que la persona a la que él señaló, el ayudante del archivo, está muy grave en el hospital, y que si no colabora con nosotros lo entregaré a la policía. Aquí la policía es cosa seria. Le dije que por un delito así podría ser deportado al interior del país, y que lo más seguro es que a su madre le quitaran la casa. Con eso fue suficiente.

El joven dejó de llorar. Luego dijo algo que Zheng anotó. Al terminar de escribir, Zheng alzó la mano y le dio otra cachetada, ésta más suave que la primera.

—¿Y ahora por qué le pega? —pregunté, nervioso.

—Por traidor —dijo—. Uno no debe denunciar, ni siquiera bajo presión. Él mismo me pidió que lo hiciera.

Volví a callar. Decididamente, este mundo era algo nuevo para mí.

—¿Y ahora qué vamos a hacer con él? —pregunté.

—Se quedará con nosotros por un tiempo —dijo Zheng—, hasta que resolvamos este enredo. Él mismo aceptó ir a una de nuestras residencias, pues sabe que, por ahora, está en peligro. Con los informes que me dio podemos continuar. Vamos. Alguien se ocupará de él.

En el carro, Zheng me dio otros datos. El nombre y la dirección de la persona dados por el joven, eran los de un dirigente de la secta en Pekín. Uno de los más radicales, por cierto.

—Juró que no sabía que iban a hacerle daño al ayudante del archivo —agregó Zheng—. Dijo que estaba en desacuerdo con los métodos de ese grupo, que no representa a la totalidad de la secta, y que por eso los denunciaba. También dijo que no sabía nada de un sacerdote francés perdido.

—¿Y usted le creyó? —dije, sin pensar mucho en mi pregunta.

—Bueno —dijo Zheng—. Si quiere regresamos y usted lo golpea.

—No, está bien. Era sólo una pregunta. Disculpe.

La indicación en el mapa señalaba un lugar al norte de Pekín. Pero yo no podía saber si estábamos lejos o cerca. Todavía no lograba entender cómo funcionaba esta endemoniada ciudad, aun si ésta ya me parecía familiar.

—Prepárese —me dijo Zheng, de pronto—. Estamos llegando.

En ésas estábamos cuando sonó el teléfono de Zheng. Debía ser Oslovski, pues Zheng habló en francés.

—¿Un alemán? —preguntó.

Luego, con el celular en la oreja, me pidió sacar de la guantera una libreta y un bolígrafo.

—Ya, deletréeme el nombre, por favor —dijo al teléfono, e inició a dictarme—: G-i-s-b-e-r-t, ¿Gisbert? Ok, sí, ¿es el nombre? Sí, dígame, K-l-a-u-s-s, Klauss, sí, Gisbert Klauss, ok, Hotel Kempinsky, habitación 902, sí señor, ya lo tenemos, adiós.

Colgó y me dijo:

—Parece que enviaron a un agente alemán a Pekín. Habrá que ir al Hotel Kempinsky a comprobar quién es y de qué se trata. Esto se está poniendo más complicado de lo que yo suponía.

Zheng pensó un rato, luego detuvo el carro, escribió algo en chino sobre un papel y me lo entregó.

—Lo mejor es que usted vaya al Kempinsky a ver de qué se trata, mientras yo voy a comprobar los datos de nuestro joven rehén. El hotel está siempre lleno de extranjeros y usted pasará desapercibido. Ese es el nombre y el número de habitación. ¿Sabe abrir puertas de hotel?

—No si no tengo la llave —le dije.

—En esos hoteles las puertas no se abren con llave sino con tarjeta. Tenga llévese esto.

Me entregó una especie de portadocumentos metálico con un bombillo en la parte superior.

—Enciéndalo aquí —me explicó—, luego pase esta lama por la ranura del lector de la puerta que va a abrir. Él mismo lee la información y la transfiere a la tarjeta que está adentro. A continuación sáquela y abra. Es sencillo.

Hice la prueba de abrirlo y cerrarlo y, en efecto, me pareció algo fácil.

—Le doy algunas recomendaciones: llegue al lobby, elija un lugar en la cafetería, pida un café y lea un periódico. Deje que la gente del lugar se familiarice con su presencia. Si no nota nada extraño a su alrededor, y si no reconoce el objetivo entre la gente, vaya a los teléfonos y llame al número de la habitación. Si no le responden, insista dejando intervalos de tiempo cortos. Cuando esté seguro de que no hay nadie, vaya a los ascensores y suba hasta un piso superior, distinto al que debe ir. Es una medida de precaución. Luego baje por la escalera hasta el piso correcto. Compruebe, antes de abrir, que en la puerta no haya astillas, cabellos, trocitos de papel o, en general, cualquier cosa que pueda caerse. Si los hay, vuélvalos a colocar al salir. Antes de entrar al baño revise que el piso no esté mojado, pues podría dejar huellas. Muchas de las maletas con cerradura de código se abren con el 000. No se lleve nada. Observe y vuelva a dejar todo en su sitio. No toque los objetos de vidrio o lámina. Empuje la puerta usando un pañuelo, ¿tiene?

—Sí, por suerte sí —respondí, nervioso.

—Es todo lo que se me ocurre, por ahora. Ah, y coloque el celular en silencio y vibración. Yo no lo voy a llamar, pero puede que alguien marque su número por error. Ya le ha sucedido a agentes en plena acción y ni le cuento las consecuencias.

Bajé del carro, pero antes de que Zheng se fuera me asaltó otra duda. Entonces le hice señas para que bajara el vidrio.

—¿Cómo se pronuncia «Hotel Kempinsky» en chino? —pregunté—. Es para decírselo al taxista.

—Tiene razón, no lo había pensado —dijo Zheng—. Caramba, es por detalles así que se pierden las guerras.

—Yo pienso lo mismo —dije.

Lo escribió en un pedazo de papel y me lo entregó.

—Muéstreselo al conductor, para ellos es normal que los extranjeros lleven su destino escrito en un papel.

—Como en el Islam.

—¿El Islam? —preguntó Zheng.

—Sí —le dije—, pero no sólo el de los extranjeros. El de todos.

—Tema interesante y sugestivo —repuso, con cara seria—, pero me temo que no es el momento apropiado para un debate religioso. Le deseo suerte. Y tenga cuidado, los alemanes son personas sagaces. Si usted vive en París ya debe conocerlos. A las nueve de la noche en punto lo llamaré al celular, así que procure estar en un lugar apartado.

Bajé en una calle bastante transitada, parecida a la Carrera Trece, de Bogotá. Infinidad de comercios, vendedores conversando en el andén, algarabía, puestos de comida. Me hubiera gustado tener tiempo para recorrerla despacio, curioseando, pues de pronto sentí una profunda nostalgia de mi ciudad, que desde aquí veía tan lejana. Pero debía apresurarme, así que tomé el primer taxi.

La recepción del hotel Kempinsky estaba sumamente concurrida y, por el flujo de extranjeros, y por estar comunicada con un centro comercial, supuse que nadie sospecharía de mi presencia. Así que tomé asiento y, fiel a las indicaciones de Zheng, pedí un café, cogí un ejemplar viejo del *Herald Tribune* que encontré sobre una mesa y me puse a leerlo, observando de reojo a la gente. ¿Cuál de todos estos rubios, de pantorrillas rosadas y panzas prominentes, será el tal Gisbert Klauss? Aun tratándose de un agente, supuse que estaría vestido con ropa de turista. Entonces una idea me atravesó el cerebro: si él es un profesional, lo lógico será que detecte mi presencia mucho antes. Claro, a menos que sea igual que yo, es decir un agente improvisado, en cuyo caso estaremos en manos de nuestros tutores. ¿Quién le dará sus consejos? Ni siquiera intenté elucubrar las razones por las cuales Alemania está interesada en el famoso manuscrito, así que decidí pasar a otro tema, por ejemplo al de intentar saber si ya era el momento apropiado para subir a revisar su habitación. Eran las cuatro de la tarde. A esta hora, salvo enfermedad, la mayoría de las personas que se alojan en un hotel están fuera. Desconozco las costumbres de los agentes alemanes, así que me dirigí a una cabina, marqué el número y dejé que sonara un buen rato. Repetí otras tres veces la llamada hasta que no hubo dudas —podría estar en el baño—, y luego me dirigí a los ascensores.

Un grupo de personas subió conmigo, pero al llegar al décimo piso estaba solo. Entonces salí al corredor, bajé por la escalera, localicé la puerta y extraje el artilugio de Zheng. Éste funcionó a la perfección y la puerta se abrió, pero al cerrarla me di cuenta de que había cometido el primer error, que fue no fijarme en lo de los pelitos y los trocitos de papel en la ranura. En fin, ya miraría al salir. El corazón me saltaba en el pecho mientras recorría el diminuto pasillo que daba a la habitación, pero hice un esfuerzo por contener los nervios.

Todo estaba en orden, ¿por dónde comenzar? Sobre la cama había un estuche de baño abierto, así que me dispuse a revisarlo. Cuál no sería mi sorpresa al ver que tenía escrito, en español, la siguiente frase: «Cremas para análisis proctológicos.» Luego revisé unos documentos que versaban sobre las inflamaciones en el recto y el colon, y una revista en inglés llamada *Science and Proctology in America*. Qué raro, me dije. Por lo visto se trata de un agente con graves problemas hemorroidales. Muy humano. Continué el análisis mirando en la mesa de noche, pero sólo encontré una revista *Cosmopolitan* atrasada, así que me dirigí al armario. Ahí sí que mi sorpresa fue mayor, pues al abrir un cajón encontré un montón de calzones de diferentes colores, formas y texturas. ¿Habrá venido con su mujer? No tenía información al respecto y, a decir verdad, las dimensiones del cuarto y, sobre todo, de la cama, daban para pensar que era una habitación doble. Luego abrí una de las puertas del vestier. Dentro encontré colgados varios vestidos de mujer; uno de ellos, de color blanco, estaba doblado en el suelo, ya usado.

Extraje el papel que me había dado Zheng y comprobé el nombre: Gisbert Klauss. ¿Gisberta? No. Era imposible que Gisbert fuera una mujer, así que continué buscando. En el baño encontré un tocador femenino: colorete, toallas higiénicas, una extraña crema de nombre Vagisil, esmalte de uñas. Había una plancha de viaje desconectada, y, colgado de un gancho, un traje de noche color azul celeste, listo para usar. Junto al vestido había otras prendas: un diminuto calzón de bordados azules, un sostén compañero y unas medias veladas transparentes. Nada que permitiera sospechar la presencia de un hombre.

De pronto escuché un ruido en el corredor. Contuve el aliento, pero no sucedió nada. Alguien había entrado a la habitación del lado. El susto, de cualquier modo, me hizo caer en la cuenta de que me estaba arriesgando al permanecer tanto tiempo, así que apresuré la búsqueda. En alguna parte debían de estar las cosas de Klauss. Pero al abrir las maletas encontré lo mismo: ropa de mujer y libros de proctología. Esto me decidió a salir, pensando que la información que me habían dado contenía algún error.

Por suerte no había nadie en el vestíbulo al abrir la puerta y pude buscar pelos y trocitos de papel en el suelo. Pero no vi nada. Hecho esto salté al ascensor, momento en el cual dejé de sentir un vacío de angustia en el estómago, y bajé al lobby a llamar a Zheng. Caray, pero encontré otro problema: era demasiado temprano para llamarlo. No quise crearle dificultades con el timbre o la vibración del teléfono. Podría llamar a Oslovski, pero no tenía su número. Así que decidí esperar, dándome una vuelta por el centro comercial que estaba a los pies del hotel —Lufthansa Center—, y al analizarlo, comprobé que ahí todo era de origen germano, tanto el hotel como el Mall, lo que lo convertía en el lugar ideal para un espía alemán.

Tras dar un paseo entre las tiendas y comprar algunas ediciones de los diarios *Le Monde*, *El País* y *Libération*, regresé a la cafetería adyacente a la recepción, contento de poder disfrutar de unas horas de descanso y lectura, pues la verdad es que los acontecimientos de la mañana me habían dejado un poco nervioso. Una buena cerveza, pistachos o papitas fritas, y a ponerme al día de noticias.

La primera cerveza fue sólo el preludio de la segunda, y ésta de la tercera, y cuando estaba por la mitad de una nota editorial de Serge July, en *Libération*, sobre el problema de Kosovo, escuché una voz que requería mi atención.

—¿Permite? —un hombre de aspecto regordete pedía permiso, en un evidentísimo español de América, para leer *El País*.

—Claro, bien pueda —le dije.

—Gracias, en un segundo se lo devuelvo.

El hombre se sentó en la mesa del lado y empezó a leer. Su acento era extraño. Más que hispanohablante, parecía alguien que hablaba muy bien el español. Lo observé por el rabillo del ojo e intenté hacer un análisis físico. ¿Sería Klauss? Imposible. Sé que los nombres no indican, ni mucho menos, una forma física, pero la verdad es que por Gisbert Klauss yo esperaba un rubio teutón. Será una simple casualidad, me dije, y pedí otra cerveza.

Un rato después, al devolverme el diario, el hombre volvió a dirigirme la palabra.

—Muchas gracias, ¿el señor es español? —preguntó.

No supe qué responderle, pues no podía olvidar que me encontraba en misión confidencial. Pero mi cerebro, atascado, no pudo encontrar otra nacionalidad posible, así que respondí:

—No, soy colombiano.

—Caramba, qué gusto —dijo el hombre—. El café más suave del mundo. García Márquez. Botero. La cumbia y el vallenato. Permítame que me presente, soy Rubens Serafín Smith, brasileño de los Estados Unidos.

—Serafín Suárez Salcedo, encantado —dije, y de inmediato me arrepentí, no porque deteste decir mi nombre completo, que es algo que realmente aborrezco, sino porque supuse que no debía hacerlo. La verdad es que Zheng no me dio ninguna instrucción al respecto.

—¿Y qué hace un noble hijo de Juan Valdés y de Totó La Momposina por estas lejanías, si no es indiscreción? —continuó preguntando el hombre.

—Pues... Verá —le dije—. Soy periodista, estoy haciendo un reportaje sobre las religiones en China.

—¡Uy, qué tema más interesante! —exclamó—. Yo siempre quise ser periodista. Pero fíjese, en la repartición de tareas en este Valle de Lágrimas, a mí, en cambio, me tocó ser proctólogo.

Al decir esto me quedé frío. Proctólogo. Revistas y apuntes de proctología en la habitación. ¿Será, realmente, Gisbert Klauss? ¿Me habrá detectado y ahora busca información? De ser así, pensé, le llevo un punto de ventaja, pues él no sabe que yo sé quién es él.

—Permítame que lo invite a un trago para celebrar este encuentro, amigo —dijo el hombre, pasándose a mi mesa y llamando al mozo—. ¡Dos whiskies con hielo! ¿Le parece bien un whisky con hielo?

—Sí, está bien —dije, algo superado por la situación—. Muchas gracias. Es mi trago preferido.

—No todos los días se encuentran un colombiano y un brasileño en Pekín.

Era un hombre simpático y dicharachero. Estaba, según dijo, asistiendo a un aburridísimo congreso de proctología. Me confesó que, como siempre, lo único que salvaba las cosas era la gente. El factor humano. Luego me explicó algo que no entendí, y que tenía relación con una cierta rama espiritualista al interior de su profesión. Estaba nervioso, pero hice esfuerzos por parecer amable. El whisky, depositándose en mí de un modo placentero y pausado, me ayudó a encontrar sosiego.

Eran cerca de las ocho cuando algo sucedió. Hacía rato que mi simpático contertulio, ya por el tercer trago, me contaba una infinita serie de chistes de argentinos, cuando noté que alguien se acercaba a la mesa. Era una mujer de unos cuarenta años, sumamente hermosa, vestida con un traje azul celeste. Un rayo recorrió mi espalda: ¡¡Era el traje que había visto en el baño de Gisbert Klauss!! La respiración me falló y debí buscar aire en el vaso de whisky, pero lo único que logré fue tirarlo sobre la mesa, tosiendo.

—Ay, chico —me dijo la recién llegada—, ni que se te hubiera aparecido la muerte.

—Disculpe —le dije—, se me fue por mal camino... Serafín Suárez Salcedo, encantado.

—Es un amigo colombiano, Omaira —dijo el médico—. Lo que pasa es que tú, con tu belleza, le cortas a uno la respiración. ¡Mozo! ¡Tres whiskies!

La mujer se sentó y encendió un cigarrillo.

—Omaira Tinajo, encantada, y disculpe por haberlo hecho toser... ¿Le doy un golpecito en la espalda?

—No, gracias —le dije—. Ya me pasa. Ya pasó, gracias.

Al levantar la cara choqué con sus ojos. Recordé, por un instante, los de Corinne. Una mirada cálida, sin la altanería de la juventud, con esas diminutas arrugas que dan misterio y profundidad a las mujeres maduras.

Llegaron los tragos y no supe qué hacer, algo achispado por el whisky. Lo bebí despacio, escuchando los chistes del proctólogo sobre Fidel Castro. Omaira se reía de modo escandaloso. Cada vez que volteaba a mirarla encontraba sus ojos puestos en mí.

—Tienes cara de ser una persona muy buena —me dijo Omaira—. Dime, chico, ¿qué estás haciendo en Pekín?

—Soy periodista —respondí nervioso, encandilado por su belleza—. Trabajo para la Radio Estatal Francesa.

—No me digas que vives en París...

—Sí, vivo en París —respondí—. Hace casi veinte años.

—Ay, qué envidia me das —exclamó Omaira—. Mi sueño es vivir allá. El Louvre. El Sena. Los Champs Elisés, ¿se pronuncia así?

—Sí, así —dije—. ¿Conoces?

—Qué más quisiera. Nunca me han invitado... —dijo.

—Bueno, aquí tienes a alguien que te invita, ¿no es cierto, periodista? —intervino Rubens Serafín Smith.

—Claro, Omaira, claro —respondí, llenándome la boca de whisky, seguro de estar cayendo en una dulce trampa, pero al mismo tiempo, viendo que una puerta se abría allá al fondo, detrás de las pupilas de Omaira, pues sentí que su espíritu y el mío estaban extrañamente unidos. Era una locura. Debía salir de ahí cuanto antes.

—Pues ten cuidado con esa invitación, chico —me dijo, picando el ojo—, mira que de pronto te la acepto.

—Puedes aceptarla —le dije—. El problema de mis promesas es que siempre las cumplo. A lo mejor por eso me quedé solo.

—¿Solo? —repuso Omaira—. Quién te cree. Con esa pinta de picaflor.

En ese instante sentí un torbellino en mi pantalón. Era el teléfono celular. Zheng. Casi me había olvidado.

—Disculpen —dije, levantándome.

—¿Sí? ¿Aló?

—Soy Zheng. Descubrí algunas cosas interesantes que podremos desarrollar mañana. ¿Y usted?

—Debió haber un error. La habitación a la que entré no era la del espía alemán, sino la de una médica cubana.

—¿Está seguro? Espere un momento que verifique... ¿El 902?

—Ahí está —le dije—, en mi papel dice 907.

—Bueno, si puede inténtelo de nuevo con el 902. Si

no, regrese a su hotel. Lo espero mañana a las diez en el mismo lugar.

No tenía ninguna gana de regresar, pero qué remedio. Estaba en misión secreta y debía hacer sacrificios. Al volver a la mesa Omaira estaba sola. Cuando me vio su expresión cambió. Parecía aliviada.

—Rubens fue un momento al baño —me dijo.

—Tengo que irme, fue un placer conocerte.

Me miró en silencio. Al fondo de sus ojos creí reconocer una súplica. Entonces se levantó del sillón dejando ver unas piernas fuertes y bien torneadas, se acercó a mí y me agarró del brazo.

—¿Y por qué no nos acompañas a cenar? Ya vienen a recogernos para ir a un restaurante muy típico de la ciudad.

—Me encantaría —le dije—, pero mañana trabajo muy temprano. Buenas noches.

Ahora estaba tan cerca que podía oler su respiración. Entonces me dijo al oído:

—Tú no te vas de aquí ni un carajo. No sé si me volví loca, pero no quiero que te vayas. Propónme algo. Rápido. Propónme lo que sea.

Mi corazón batía fuerte. Supuse que a esa distancia podría escucharlo.

—Ven conmigo.

Sus ojos expresaron alivio, entonces cogió su cartera y salimos. Al subir al taxi vi al doctor brasileño cruzando el vestíbulo.

—Al China World Hotel —le dije al taxista, entregándole una tarjeta con el nombre escrito en chino.

La doctora observó la transacción con cierta extrañeza.

—Tengo el destino escrito en un papel —le expliqué.
—Como en el Islam —repuso ella.
—Exactamente... —dije—. Como en el Islam.

Era casi el mediodía cuando Gisbert decidió regresar a la embajada alemana a recoger la carta que le permitiría acceder a los archivos franceses. Hacía un día muy bello en Pekín. Nada que ver con las tempestades de arena y niebla de las que tanto había leído. Al contrario, se respiraba un aire limpio. Esto lo animó a caminar un poco, así que pidió al taxi que lo dejara sobre la avenida Jianguomen, muy cerca de la Tienda de la Amistad, lugar en el que los turistas compran recuerdos de viaje, artesanías y algún que otro aparato electrónico a bajo precio. No bien puso un pie en el asfalto, tres jóvenes chinos saltaron sobre él para ofrecerle discos compactos y películas DVD falsas a precios irrisorios, pero él los dejó atrás con amabilidad y continuó su paseo, riéndose de sus temores iniciales y pensando que ahora se sentía de maravilla, como si hubiera hecho viajes toda la vida.

El ministro plenipotenciario lo esperaba en su oficina.

—Ya está lista su carta, profesor —dijo, invitándolo a tomar asiento—. Léala y revise que todo esté en orden.

Le alargó la hoja. Gisbert se acomodó sus gafas y leyó.

—Todo está bien, excelencia, muchas gracias.

La misma empleada de la mañana llegó con cafés, bizcochos y barritas de chocolate.

—No me acostumbro a beber tanto té, como hacen aquí —dijo el ministro—. Es curioso. De todos los países que conozco, China es el único totalmente insensible al café.

—Tal vez de ahí provenga su calma —acotó Gisbert.

—¿Los considera usted un pueblo sosegado?

—Bueno, ahí está la historia para comprobarlo —dijo el profesor—. Siendo un imperio tan grande nunca han invadido a nadie. Todas sus guerras han sido de defensa, exceptuando la guerra civil.

—¿Y el Tíbet? —preguntó el ministro.

—Eso es objeto de discusión, excelencia. Sobre tres mil años de historia, la mayoría del tiempo ha sido una provincia china. Por eso la reivindican. Yo no tengo una opinión al respecto, pero no veo cómo el Tíbet podría sostenerse cuando sus únicos productos son las lanas y la leche del Yak.

—En eso tiene usted razón, profesor —dijo el ministro—. Tal vez algunos actores de Hollywood puedan colaborarles.

Se rieron.

—Y ahora sí dígame, profesor, esa investigación que está haciendo, ¿tiene algo que ver con las sociedades secretas actuales?

—En principio no, excelencia, pues sé que es un tema delicado. No hay más que ver el escándalo que ha habido aquí con Falun Gong. Mi interés es puramente histórico, aunque no está excluido que pueda mencionarlas.

—Si lo hace ya sabe los riesgos que corre —dijo el ministro—. El gobierno de Pekín está realmente histérico con el tema. Pero hay más. Se lo pregunto porque, ejem, no sé si sabe que hoy existe una sociedad secreta que reivindica el legado de los Bóxers.

—Lo sé, excelencia, lo sé —repuso Gisbert, sabiendo que debía pesar cada palabra—. Es algo que tendré que asumir, aunque está lejos de mi interés principal.

—Ahí está la parte difícil de su investigación —continuó diciendo el ministro—. Debe saber que en medio hay mucha gente del propio gobierno, y que si las cosas se van a los extremos podemos tener problemas de orden diplomático. Sé que estoy llevando las cosas demasiado lejos, pero conviene que sepa que una de nuestras prioridades, hoy, es reforzar nuestra presencia aquí. Usted tal vez no esté al corriente de la magnitud del mercado que se abre hoy en China. Nuestros empresarios hacen esfuerzos enormes para ganar centímetros, en competencia con los empresarios de Estados Unidos, Francia, Japón y otros países asiáticos. La China de Mao está sepultada, profesor, y este país, en diez años, será una potencia económica. No sé cómo lo han hecho. A veces creo que el comunismo, aquí, sí funcionó.

—Estoy de acuerdo con usted, excelencia —repuso Gisbert.

—Pero no le digo todo esto para darle una lección de economía, pues sé que usted está muy bien informado. Lo digo porque, si en su investigación llega a tocarse algún punto sensible, podríamos perder un espacio valioso. Le repito: sé que estoy exagerando, pero prefiero que lo sepa. Prefiero saber que tuvimos esta conversación. El gobierno chino es extremadamente quisquilloso, y, por pequeña que sea la afrenta, cuando la hay, son capaces de derribarlo todo y obligarnos a comenzar de cero.

—Le agradezco su sinceridad, excelencia —afirmó Gisbert—. Sólo puedo pedirle que confíe, como ya lo ha hecho, en mi seriedad profesional y científica. Quiero que sepa, además, que soy una de las personas que más admira y respeta la cultura china. Lo demuestra el hecho de que he dedicado mi vida a estudiarla. No habrá afrentas ni malentendidos en mi trabajo. Eso puedo asegurárselo.

—Estaba seguro de que iba a ser así, profesor, por eso me sentí en confianza para hablar claro. ¿Más café?

—No, excelencia, gracias. Ahora debo irme.

Gisbert se levantó, guardando la carta en el bolsillo de su chaqueta. Caminaron hasta la puerta.

—Ha sido usted muy amable, excelencia, de verdad —dijo, estrechándole la mano.

—La amabilidad es suya, profesor —respondió el ministro—. Ah, y una cosa más, un detalle sin importancia. Lo de la Plaza de Tiananmen, ¿sabe? Lo de los estudiantes... Eso es mejor no nombrarlo, ¿me entiende? Hoy todos estamos mirando al futuro. Los alemanes sabemos la importancia de dejar atrás el pasado.

—Claro que sí, excelencia, claro que sí.

Gisbert salió a la calle algo mareado, pero contento por tener en el bolsillo lo que necesitaba. Su secretaria ya debía haber enviado el fax, así que podía ir directamente a la embajada de Francia.

El encargado de Asuntos Culturales vino a la sala de espera a recibirlo. Mientras esperaba en un vestíbulo, Gisbert no se dio cuenta de que alguien, detrás de un vidrio, le hacía varias fotos.

—Disculpe la demora, profesor —dijo el funcionario—, pero es que por estos días estamos sumamente ocupados.

—Lo comprendo, no se preocupe.

En la oficina, Gisbert entregó la carta de la embajada alemana. También le anunciaron que los documentos enviados por su secretaria habían llegado.

—Le tengo una excelente noticia, profesor, y es que usted podrá ir al archivo a partir de hoy.

—Qué suerte —dijo Gisbert—, ¿tan rápido llegó la respuesta de la cancillería francesa?

El hombrecillo se acomodó un mechón de pelo hacia el centro de la cabeza. Con él, trazaba una línea oscura en el horizonte de su calva.

—Bueno, verá —dijo—. Es que sobre ciertos temas, y con el apoyo de valiosas cartas oficiales, como es su caso, podemos apresurar el curso ordinario. Sólo de algunas peticiones, claro.

—Ah, pues me alegro.

—Lo único que le pediremos, profesor —continuó diciendo el hombrecillo—, es que en su visita al archivo vaya acompañado por un funcionario de la embajada. Es una cuestión puramente formal que no podemos soslayar.

Gisbert Klauss se quedó algo perplejo por la exigencia. ¿Desconfiaban de él? En cualquier caso era mejor que nada, así que aceptó, agradeciendo de nuevo.

Media hora después se dirigía a la Iglesia Católica Francesa en un automóvil de la embajada de Francia. Era obvio que lo vigilaban, pero él, se dijo, no tenía nada que ocultar.

De nuevo la arquitectura vino a sorprenderlo, pues al ver el edificio, Gisbert pensó que nada en él permitía suponer que se trataba de una institución religiosa. Dejando de lado una cruz muy pequeña y descolorida, más parecía un galpón industrial. Un sacerdote los recibió en la puerta y los llevó, directamente, a la sala de archivos, en la parte trasera de la casa. Cruzando el patio, Gisbert escuchó los coros de una misa cantada. Olía a incienso, a flores podridas y a humedad.

El archivo tenía dos naves con los muros cubiertos de estanterías. Dos sacerdotes de sotana y tres jóvenes trabajaban en medio de las carpetas. Pasaban a limpio las fechas y los nombres con los cuales el material había sido clasificado. El aire estaba lleno de polvo. Un tragaluz, al fondo de una de las naves, iluminaba el recinto como si fuera una linterna. El eco hacía resonar los pasos.

—¿Los años 1900 y 1901? —preguntó uno de los sacerdotes—. Sí, venga por acá. Ésos están al fondo.

La sección de los estantes relativos a esa fecha tenía los números escritos en chino.

—Es todo esto —dijo—, ¿busca algo especial?

—Bueno, no exactamente —dijo Gisbert—, quisiera mirar un poco al azar, si es posible.

—Claro que sí —dijo el monje—, sólo que no podré acompañarlo. Si encuentra algo que le interese, por favor llámeme. Tengo la obligación de anotar en un registro los documentos consultados.

Gisbert observó al sacerdote, y, de reojo, a su acompañante.

—No se preocupe, le avisaré apenas encuentre algo de interés para mi investigación.

Gisbert se quitó su chaqueta, la acomodó en el respaldo de una silla y comenzó a revisar, una por una, las carpetas de la inmensa estantería. Su acompañante, un joven francés que tenía en la embajada el cargo de tercer secretario, se sentó a observarlo con gesto abúlico.

Había registros de nacimiento, bautizo, matrimonio y deceso. Había informes de sacerdotes que realizaban trabajos pastorales en los pueblos. En una de las carpetas, encontró una serie de quejas por el maltrato de un pastor metodista alemán, en una vereda, presentadas por una familia de agricultores. Era extraño. A juzgar por lo que estaba viendo, podría afirmarse que esos dos años fueron un período de paz, ya que no encontraba la más mínima mención a los asaltos de los Bóxers, y mucho menos a la retaliación de los ejércitos extranjeros. Maliciando, Gisbert habría podido pensar que alguien había limpiado cuidadosamente el archivo, retirando todo lo que pudiera recordar aquel doloroso episodio. Pero surgía la pregunta: ¿qué interés podía tener Francia en borrar esos hechos dramáticos? No lo comprendía. De cualquier modo continuó buscando, hasta dar con un informe sobre los palacios históricos de la ciudad. En él se hablaba de varios templos arrasados y de muchos palacios que estaban siendo utilizados como depósitos. A pesar de no encontrar nada de interés para su investigación, había en él, al menos, una huella de lo que había sucedido en esos años.

Tres horas después, cuando Gisbert tenía las manos y los antebrazos cubiertos de polvo, el joven funcionario de la embajada vino a decirle que era hora de irse.

—Será mejor continuar mañana —dijo el diplomático—. Están cerrando.

Quedaron en encontrarse en la puerta al día siguiente, a las nueve de la mañana, pues Gisbert deseaba caminar un poco esa noche y desentumecer los músculos. El sacerdote le preguntó si había encontrado algo y Gisbert Klauss, con amabilidad, le dijo que aún no, pero que tenía interesantes indicios. Antes de marcharse, el funcionario de la embajada le indicó en un mapa dónde se encontraban, trazando un itinerario posible para dar un paseo. Era un lugar al noroeste de Pekín. Cerca de allí había un parque que podría ser interesante conocer, el Zhizhuyuan, o Parque del Bambú Púrpura. Y para allá se fue.

En el camino, Gisbert encontró un canal que, según su guía turística, conducía al Palacio de Verano. Lo siguió, dejando atrás un templo y una bella casa tradicional, hasta llegar a la entrada del parque. El ingreso costaba dos yuanes, así que los pagó y se adentró en él, emocionado por la belleza del entorno, hecho de colinas y selvas de bambú, juncos, enormes sauces y caminos de piedra. Tras pasear por uno de los senderos encontró un lago, y junto a la orilla, sobre una plataforma que parecía flotar en el agua, una Casa de Té. Entonces fue a la terraza, ordenó una jarrita de té verde y se sentó a reflexionar sobre todo lo que llevaba descubierto en este viaje iniciático, revelador, de interés filológico y, sobre todo, vital.

Lo primero que escribió en su cuaderno de notas —había decidido no usar la grabadora, pues supuso que ésta podía poner nerviosos a los franceses— fue que Pekín lo había cambiado. Y lo había cambiado por una sencilla razón: la amaba. Apenas la conocía, pero ya sentía el deseo perentorio de regresar, de conocerla a la perfección, de enseñarle a Jutta cada uno de sus recovecos para que ella viera en la ciudad un reflejo suyo. Se ama a una ciudad cuando se pretende ser amado a través de ella, y era eso, exactamente, lo que Gisbert sentía. Pekín lo había convertido en una persona mejor. Pasear por sus calles, desentrañar sus *hutongs*, oler sus olores. Todo aquello, ahora, era tan suyo como su viejo nombre. Entonces empezó a escribir algo que, para su sorpresa, tomó forma de poema. ¿Qué idea lo llevó a tan extravagante resultado? Algo sumamente simple: le agradaría que alguna vez, a su paso por cualquier calle de Hamburgo, alguien exclamara en voz baja:

> *Ahí va el que tanto extraña Pekín,*
> *el que tanto la conoce y quiere.*
> *Ahí va el que cada día,*
> *donde quiera que esté,*
> *se pregunta si habrá niebla en Beihai,*
> *o si llueve y no se ven los sauces.*
> *Son las cosas que él quisiera saber,*
> *las cosas que a él le importan.*
> *Ahí va el que tanto extraña todo aquello...*
> *¿Habrá caído esa vieja casa de Fengtai?*
> *¿Qué color tendrán hoy los muros*
> *que circundan el Tiantan?*
> *Ahí va ese hombre silencioso,*
> *arrastrando su mundo.*

Luego, repuesto de su ensoñación —cuyos cómplices fueron la visión del lago y el lentísimo atardecer sobre los bambúes—, Gisbert hizo un rápido esquema del archivo de la Iglesia Francesa y un memorándum de las charlas que había tenido con los diplomáticos de las embajadas. Subrayó con tinta roja los nombres de los funcionarios, aunque omitió, cuidadosamente, nombrar el manuscrito de Wang Mian y los datos del librero. A pesar de ser un hombre pasivo, sabía que estaba manipulando información delicada.

Con el atardecer algunos edificios se llenaron de luz. La aguja de la televisión, una de las construcciones más altas de la ciudad, empezó a cambiar del amarillo al rojo; un rascacielos de vidrio, a su izquierda, brilló como una espada en medio de la noche. La Casa de Té se llenó de animación. Empezó a sonar música y, de repente, surgieron parejas de ancianos bailando al borde del agua, hombres y mujeres haciendo ejercicios, sincronizados unos, en solitario otros. Más tarde se levantó de la mesa y paseó por los oscuros caminos del parque, en medio de los matorrales de bambú, hasta llegar a una de las salidas. Allí vio la hora y pensó que sería buena idea regresar al hotel, así que empezó a buscar un taxi. En ésas estaba cuando dos automóviles pararon frente a él.

—Acompáñenos, por favor —dijo un hombre, en un inglés autoritario y exacto.

—¿Quiénes son ustedes? —preguntó Gisbert.

—Eso ahora no importa —dijo otro.

Dos poderosas manos atenazaron sus brazos y, de modo enérgico, lo empujaron al asiento trasero de uno de los carros.

—¿¡Qué es esto!? —volvió a exclamar Gisbert.

Pero no hubo respuesta. Los automóviles se pusieron en marcha y alguien le dijo:

—Cierre los ojos, profesor.

—¿Para qué?

—No nos obligue a ponerle una venda, haga el favor de cerrarlos hasta que yo le diga —dijo el que parecía ser el líder.

Escuchó ruidos de pitos. Automóviles que frenaban. Acelerones. Ninguno de sus acompañantes habló. Pasado un rato, que a Gisbert le pareció eterno, llegaron a un garaje, el cual comunicaba con un inmenso patio. Los dos autos lo cruzaron con las luces apagadas. Al fondo se abrió una puerta doble. Luego otra. El carro se detuvo y alguien abrió la puerta.

—Acompáñenos, profesor.

—¿Puedo abrir los ojos?

—Aún no, por favor.

Las mismas manos de hierro lo condujeron por un corredor. Al caminar, Gisbert Klauss tropezó con algunas cajas, y, por el olor a humedad, supuso que se hallaba en un lugar abandonado. Finalmente, tras subir una escalera y entrar a un recinto que a Gisbert se le antojó frío e inhóspito, los brazos lo liberaron.

—¿Ya puedo abrir? —preguntó.

—Espere —dijo la voz—. ¿Conoce el Padre Nuestro?

—Sí —respondió Gisbert.

—Entonces dígalo en voz alta, y cuando termine abra los ojos.

Gisbert empezó a decirlo despacio, pero al hacerlo se dio cuenta de que no había hecho una pregunta fundamental: ¿en qué idioma debía decirlo? De cualquier modo sólo lo sabía en alemán, así que continuó, modulándolo en voz cada vez más baja.

Al terminar abrió los ojos, pero de poco le sirvió. No había nada, excepto una habitación en penumbra, y un denso silencio.

La sala central de la asamblea de miembros, que en nada distaba de cualquier aula de reunión del comité de barrio, estaba repleta. Hombres y mujeres conversaban, fumaban, reían a la espera del inicio de la actividad. Nelson Chouchén se sintió algo cohibido, pues era evidente que todos esperaban algo de él, y la verdad es que aún no sabía qué podía decir. Wen Chen no le había dado ningún detalle o explicación. «Quieren verlo, quieren escucharlo.» Eso fue todo.

De pronto Wen Chen pidió silencio y habló. Nelson, sin entender, supuso que lo estaba presentando. Qué extraño, pensó. Más que la reunión de una sociedad secreta, aquello parecía una clase universitaria, y esto le dio ánimos. Al fin y al cabo era su terreno. Entonces, cuando Wen Chen le pasó el micrófono, decidió que lo mejor sería hablar de su abuelo.

—Hable en inglés —le dijo—. Yo traduzco.

—Es un inmerecido honor el que se me otorga al permitirme estar aquí —empezó diciendo Nelson—, pues la verdad es que son ustedes los que me han ayudado a comprender quién soy. Hasta hace pocos días yo era sólo un profesor peruano de literatura, un escritor de novelas, poemas y ensayos que vivía en Austin, Texas, con una visión del mundo y de la vida limitada al horizonte de Europa y de América. Pero gracias a un feliz azar, a mis cuarenta y cinco años, tomé la decisión de realizar este viaje a Pekín, un viaje que debía ser una especie de descenso a los orígenes, pues a pesar de no tener mucha información siempre supe que mi abuelo había nacido en China, y que por razón desconocida, siendo aún joven, emigró al Perú.

Nelson hizo una pausa para la traducción, se sirvió un vaso de agua mineral y lo bebió hasta la mitad, lo que le permitía, de paso, vigilar la reacción del público ante sus palabras.

—De mi abuelo puedo contarles algunos recuerdos de infancia, aunque pocos, pues murió siendo yo muy joven. Se estableció en el Cuzco, bella ciudad colonial en lo alto de los Andes peruanos, pues decía que le recordaba a Lijiang, su aldea natal, y allá se desempeñó como sastre, una profesión en la cual la comunidad china del Perú goza de amplio prestigio. De allí es mi familia. Allí nació mi padre y allí nací yo también, antes de dejar el Perú para instalarme en los Estados Unidos. De la vida en esta ciudad, por cierto, he dado cuenta en una de mis obras más conocidas, *Cuzco Blues*, que espero algún día pueda ser traducida al idioma chino, en la cual narro, entre otras peripecias, las costumbres de una familia chino-peruana de los años cincuenta.

Al hacer una segunda pausa Nelson comprobó, emocionado, que los oyentes tomaban notas. Entonces pensó en Elsa, en lo orgullosa que se sentiría al verlo ahí, en ese estrado. Sin duda, muy pronto sus obras estarían en los anaqueles de las librerías de Pekín y podría regresar con ella a cosechar triunfos.

—Toda mi obra, de algún modo, busca indagar en este tema, y es, en suma, una reflexión sobre las enriquecedoras relaciones de Oriente y Occidente, aunque vistas de modo individual, a través de personajes sencillos, en los cuales, creo yo, se encuentra la esencia del verdadero ser humano. Si estos libros que he podido escribir existen, hoy, y son leídos en América, es porque hace cien años un joven chino, con el cerebro hirviendo de sueños, subió a un barco y llegó a las costas peruanas. Como les decía al principio yo sabía poco de ese hombre valiente, pues jamás transmitió a nadie el secreto que hoy ustedes, aquí en Pekín, me están revelando: que era un gran patriota, que luchó por la libertad, que era un héroe. Los héroes contemporáneos, dicho sea de paso, son personas así, sencillas, silenciosas, modestas, como somos la mayoría de los seres humanos, provengamos de Oriente o de Occidente.

De nuevo hizo una pausa. De pronto sintió que había estado hablando mucho de sí mismo, y que debía centrar sus palabras, de una vez por todas, en la figura del abuelo. Pero su mente estaba bloqueada. No se le ocurría ninguna anécdota. ¿Qué hacer?

—La fibra de Hu Shou-shen, o de Juanito Chouchén, como le decían en el Perú, muy pronto mostró el fino material del que estaba hecha. Durante las revueltas sociales en contra de la dictadura de Sánchez Cerro, a principios de los años treinta, él organizó a un grupo de campesinos y pequeños comerciantes, formando una milicia que protegió las zonas rurales de los abusos del ejército. Recuerdo, especialmente, la liberación de un grupo de presos políticos que habían sido detenidos injustamente por la policía en una zona cerca de Rancas, un pueblo de los Andes. Juan Chouchén, al mando de un grupo de ocho hombres, tomó por asalto la cárcel y liberó a sus compañeros llevándoselos hacia las montañas. Durante dos semanas fueron acosados por las tropas, pero él, enviando por delante a los liberados, decidió quedarse solo en el filo de un cerro para enfrentarse a un batallón entero, dándole tiempo a sus compañeros para salvarse. Con dos fusiles, una pistola y una caja de munición, mi abuelo repelió el ataque de los soldados de la dictadura, y luego, cuando sus armas se atascaron y consideró que sus amigos ya estaban a salvo, escapó disimulándose entre las sombras.

Había dado resultado. Algunos de los oyentes, al oír la traducción, vertieron lágrimas. Un grupo, sentado en primera fila, inició un aplauso.

—Fue así como el nombre de Juan Chouchén se convirtió en un mito en las montañas de los Andes. Los campesinos y los modestos comerciantes, al oírlo, se sentían protegidos. Muchas veces, al decir de mi abuela, fueron a buscarlo a la casa, pero él siempre lograba huir, disimulándose entre la gente, pues jamás le habían visto la cara. Y es que el rostro de Juan Chouchén era el rostro de todos los campesinos oprimidos, golpeados por una dictadura cruel, y que al desmoronarse, con el asesinato del dictador por parte de uno de sus propios esbirros, devolvió a la gente la honra, la dignidad por la cual mi abuelo luchó. ¿Y qué hizo, entonces, Juan Chouchén, cuando mi país recobró la libertad? En lugar de reclamar un puesto de honor, en lugar de pedir privilegios por su heroico comportamiento, regresó modestamente a su sastrería y continuó trabajando, lo mismo que todas las personas sencillas a las que había protegido.

Nelson terminó de beber el agua mineral y esperó los aplausos, que fueron aún más fuertes. Los tenía en la mano. En la sala había lágrimas, puñetazos de orgullo, caras decididas.

—Ahora, gracias a ustedes, me entero de que mi abuelo hizo lo mismo aquí en China antes de emigrar, que luchó para proteger a los débiles, que asaetó al enemigo hasta enloquecerlo, y que su nombre, al igual que en las montañas andinas, se convirtió en leyenda. Yo, su nieto, he venido esta noche a decirles que es necesario continuar ese ejemplo, que hay que seguir luchando por la vida, por la honra del hombre común, por los valores de la solidaridad universal y por una humanidad mejor, más sincera y limpia, por la cual hombres como Juan Chouchén lucharon. Muchas gracias.

La sala se vino abajo. Los que estaban delante se abalanzaron sobre la mesa a abrazarlo, saludarlo, tocarlo. Wen Chen debió pedir calma para que regresaran a sus sillas. Luego dijo algo y todos fueron saliendo, en silencio, saludando a Nelson con respetuosas venias.

—Lo felicito por sus palabras —le dijo Wen Chen—. Es usted un gran orador. Veo que las ideas de su abuelo se conservan intactas dentro de usted. Quiero agradecerle, además, que haya aceptado venir.

Nelson se sentía radiante. En su mente había varias ideas grandiosas, pero la más grande tenía que ver con su obra literaria. Si se había convertido en alguien tan influyente a causa de su apellido, no era alocado suponer que muy pronto sus libros estarían traducidos al chino. Imaginó los viajes de promoción por Pekín, Shanghai, Cantón y Hong Kong, confirmando su éxito en Oriente. Un éxito que, de inmediato, llamaría la atención de los editores europeos y norteamericanos, y entonces empezaría lo bueno, lo que tanto había soñado, aquello que era el eje central de su vida desde hacía al menos diez años.

—Ahora tenemos que hablar del futuro —le dijo Wen Chen.

—Claro que sí —repuso Nelson—. Precisamente, una de las cosas de las que quiero que hablemos tiene que ver con un texto que pienso escribir, en clave literaria, sobre la vida de mi abuelo. Creo que sería de gran interés aquí, siempre y cuando haya buenos traductores, ¿no le parece?

—Sí, sí —dijo Wen Chen—. Pero vamos, ya habrá tiempo de hablar de libros.

Wen Chen, junto con otros dos miembros de la sociedad, lo condujeron a una oficina en la planta tercera del edificio. Al sentarse, uno de ellos colocó tres tazas sobre la mesa, esparció hebras de té y vertió agua hirviendo.

—Tenemos que hablar muy seriamente —le dijeron—. Lo primero que queremos es que nos autorice a examinar, en detalle, las cartas de su abuelo. Todas. Podemos sacar copias, pues respetamos el valor familiar que tienen para usted. Ahora bien, a pesar de ser personales, sabemos que tienen que ver con acciones de nuestro grupo en el pasado, lo que las convierte en documentos internos.

Nelson sintió que bajaba a la tierra. De verdad, todo el mundo parecía más serio. Algo estaba cambiando.

—No hay problema —dijo—. Las cartas están a su disposición para sacar las copias.

—En segundo lugar —dijo Wen Chen—, está la discusión sobre el lugar que usted tendrá al interior de nuestra sociedad secreta. Ya lo hemos pensado y hay varias posibilidades. Hay quien cree que usted debe tomar la dirección absoluta, obviamente después de un proceso de preparación. Otros dicen que usted, por razones culturales y lingüísticas, no podrá asumir la dirección, pero sí una especie de presidencia honoraria, con la responsabilidad de dirigir las relaciones de la sociedad en el extranjero, con especial atención a los Estados Unidos. Hay muchos «hermanos» entre los miembros de la diáspora, sobre todo en Nueva York y San Francisco. Estamos aún pensándolo, como le digo, y en cuanto lo decidamos, puede estar seguro de que será el primero en saberlo.

Nelson sintió una vaga inquietud.

—Tendré en cuenta sus propuestas, mis queridos amigos —dijo—, y pueden estar seguros de que mi decisión será la mejor para todos.

—¿Decisión? —dijo Wen Chen—. Creo, señor Chouchén, que usted no ha entendido. Me temo que usted no podrá tomar ninguna decisión.

—Bueno, bueno... —repuso, algo nervioso—. Me refería a la decisión de ustedes. Sin duda será la mejor.

La oficina tenía dos ventanas interiores. Al fondo, tras una hilera de techos, se veía un pedazo de cielo, y más allá la punta de un moderno rascacielos en forma de pagoda.

—Lo que usted sí puede decidir, señor Chouchén —continuó diciendo Wen Chen—, es si desea permanecer en su hotel, o si prefiere mudarse a una casa privada.

—Estoy bien en el hotel, gracias. Es un poco lejos del centro, pero ya me acostumbré. No es necesario que se molesten.

Wen Chen abrió un cajón del escritorio y extrajo algunos libros. Sobre sus lomos Nelson leyó el nombre de un mismo autor: Wang Mian.

—Éstos son para usted —dijo Chen—. Léalos. Así empezará a conocer algo de nosotros.

—¿Es el poeta que usted mencionó esta mañana? —preguntó Nelson.

—El mismo.

—¿Y qué piensan hacer para encontrar el famoso manuscrito?

—Lo estamos buscando, pero hubo un problema.

Los franceses lo perdieron. Sabemos que uno de los sacerdotes se había escondido con él, pero al parecer perdieron al sacerdote.

—¿Y cómo saben ustedes todo eso? —preguntó, curioso, Nelson.

—Tenemos orejas muy largas, amigo, muy largas. Es difícil que suceda algo en Pekín sin que lo sepamos.

—Entonces les será fácil recuperar el manuscrito, ¿no?

—Ya veremos —Wen Chen arrugó la frente, encendió un cigarrillo y continuó diciendo—. Nos preocupa una posibilidad, y es que un grupo de los nuestros lo tenga. Un grupo muy radical con el cual he tenido varios enfrentamientos, y que está fuera de la organización. Son pocos. No llegan a las mil personas, pero usan métodos violentos. Los asesora, desde Hong Kong, un ex militar israelí, que en realidad los tiene dominados. Tratan de quitarnos la credibilidad ante nuestros «hermanos», que son varios centenares de miles en todo el país. Teniendo el manuscrito, ellos podrían reivindicarse como los verdaderos Púgiles Sagrados. Cuando el manuscrito apareció, torturaron a un empleado del archivo. Suerte que el «hermano» que lo vio nos lo dijo a nosotros primero.

—¿Qué piensan hacer, entonces?

—Bueno, de momento lo tenemos a usted —dijo Wen Chen—. Tener de nuestro lado al nieto de Hu Shou-shen es una garantía de que el legado central de los Yi Ho Tuan está con nosotros. Y en cuanto al manuscrito, supongo que acabaremos por encontrarlo. Lo primero será saber quién lo tiene.

—Y si no son ellos —preguntó Nelson—, ¿quién más puede tenerlo?

—Otras congregaciones católicas, o el gobierno, o agentes de algún gobierno extranjero. Franceses, canadienses, alemanes, ingleses. ¿Quién puede saberlo?

—¿Cree usted que mi amigo, el profesor alemán, pueda ser un agente?

—Personalmente no lo creo, aunque sabemos que se interesa en las obras de Wang Mian. Ha estado haciendo averiguaciones con un librero. Es profesor de cultura china. Lo estamos siguiendo.

—¿Y qué puedo hacer ahora?

—Quedarse con nosotros —respondió Wen Chen—. Cuando encontremos el manuscrito, deberá ser usted quien lo presente a nuestros hermanos.

—Ah, ya entiendo —dijo Nelson.

—Ahora regrese a su hotel, estudie los libros que le di y entréguele las cartas a mi asistente. Dos personas lo estarán vigilando. Y una cosa más: si desea ver de nuevo a la jovencita rusa, dígaselo a mi asistente. Él se la traerá.

La avenida parecía un carrusel de luces y, de pronto, la realidad me cayó encima. ¿Qué hacía? Iba hacia mi hotel con una desconocida. O mejor, con alguien de quien tenía una información vaga e innecesaria —que tenía puesto un calzón azul, que usaba crema Vagisil—, y que a pesar del error en la numeración de los cuartos, todavía no estaba exenta de sospecha.

—Por Ochún y Yemayá —dijo Omaira—. Tú me rezaste. Algo me echaste en el trago. Me estoy enloqueciendo.

Y volvía a besarme con fuerza, aspirando mis labios dentro de los suyos, como una medusa que se traga a un pez pequeño. Luego sentí su mano buscando entre mis piernas. El pulso le temblaba.

Por fin llegamos al China World Hotel. Supuse que no habría ningún problema en subir con ella a mi cuarto, ya que no era china, así que me dirigí a los ascensores. Mientras subíamos, volvió a decir:

—Virgen de la Caridad del Cobre, me enloquecí. Estoy rezada. Esto no es normal.

—¿Te sientes bien? —pregunté, alarmado.

—Me siento de maravilla, me siento como si estuviera drogada. Eso es lo raro. Si yo a ti apenas te conozco, chico.

Entramos a mi habitación. Fui directamente al minibar, con la intención de servir dos tragos, pero Omaira no me dio tiempo a abrirlo. Se sacó el vestido por la cabeza, se tendió en la cama y me dijo:

—Ven acá para que veas lo que es bueno. ¿Has estado en el Caribe cuando hay huracán? Pues agárrate.

Había algo de celulitis en sus muslos, pero aún tenían una forma bella. Sus nalgas eran redondas. Jamás hubiera pensado, cuando vi el calzón celeste en el baño, que lo iba a ver tan rápido sobre su propietaria. Al quitárselo me empujó a su lado y empezó a lamerme el cuello, el pecho, a meterme la punta de la lengua en la oreja. «Mira mi bollo, ¿te gusta?», murmuró soez, excitada, respirando fuerte y caliente, «Mi bollo quiere tragarse esa pinga tuya, corazón, dásela despacito», y fui sintiendo su cuerpo, envolviéndome, alterado por súbitos temblores, y me pareció que no era la primera vez, que había habido otras, antes, y que la conocía de tiempo, y que sin duda iba a sentirme solo, muy solo, cuando por fin se fuera, pues la gente se va, claro, y más cuando uno la quiere, la vida es así. Entonces le dije, susurrando, «Omaira, emperatriz de Oriente», y ella me respondió, gimiendo, rodeándome con brazos y piernas, con su barriga pegada a la mía, «¿Cómo supiste que soy de Gibara, chico, ay dios, esa pinga tuya me va a matar», y yo, muy excitado, sintiendo el olor de su pelo, hundiendo mis dedos en sus nalgas, pregunté, «¿Qué es eso de Gibara?», a lo que ella, haciendo círculos con su pelvis, mordiéndome el lóbulo de la oreja y chupando, respondió, «Gibara, provincia de Oriente, Cuba, chico, dale, esa pinga tuya es un lingote de oro, no pares», y yo seguí, moviéndome en sus entrañas, sintiéndome feliz, ahogado, borracho de placer, y murmuré, «Yo decía emperatriz de Oriente por Pekín, no por Cuba, pero es lo mismo, Señora de Gibara, Podestá del Oriente», y ella, ya sin aire, con los ojos en blanco, con un hilo de voz aguda, con los pezones erguidos como misiles, me dijo «Ah, ya entiendo, creí que lo decías por Cuba, ay Ochún, yo esa pinga me la llevo p'al Museo del Hombre, Obatalá, allá la dejo en una urna, y le rezo, ay Santa Bárbara, perdóname, pinga de jade, Virgen del Agarradero, pinga de azúcar, ¡me vengo!, ay, chico, ayay, ¡me vengo con todo! Ochún, bótalo tú también, corazón, siénteme, ¡¡¡siénteme!!!».

Quedamos exhaustos, sorprendidos, aún sin comprender realmente por qué estábamos ahí, pero felices. Tuve miedo de que ahora le viniera la culpa, así que me levanté, serví dos botellitas de whisky en los vasos del baño, le puse hielo y regresé a la cama.

—Casi me matas —dijo Omaira—. Mira, todavía tengo espasmos, toca. ¿Lo ves?

Era cierto, y muy raro. No es que me considere una nulidad, pero la verdad es que jamás había visto algo semejante. Omaira encendió un cigarrillo, bebió un traguito de whisky y me dijo:

—Soy una mujer casada y esto quiero que lo sepas desde ahora. Casada y con dos hijos.

Me quedé en silencio. No supe qué responder.

—¿No te lo esperabas? —preguntó.

—Sí, claro que sí, ya había visto tu anillo —le dije—. Tienes suerte. Yo no tengo hijos a pesar de haber vivido períodos largos con dos mujeres.

Omaira continuó mirando hacia el techo, sin mover los párpados. Tal vez buscaba fuerzas para lo que iba a decir.

—Pero quiero que sepas que es la primera vez que pongo tarros. Yo quiero mucho a mi marido. Parecerá raro que lo diga aquí, después de lo que pasó, pero es cierto.

—Te creo —le dije.

Habría dado la vida porque se quedara, pero supuse que en cualquier momento empezaría a vestirse. Así que me fui al baño. Al salir, Omaira seguía en la cama.

—Me está dando hambre, Serafín, ¿pedimos algo en el cuarto o bajamos?

Escuchar mi odiado nombre me puso los pelos de punta, pero en boca de ella se atenuaba. Quería decir, además, que no se iba. Y por eso la amé, consciente de que era absurdo. Apenas la conocía.

—Cuéntame de ti —me dijo.

Le hablé de mis amores malogrados, de mi trabajo en la radio estatal francesa, de mi decisión de no regresar jamás a Bogotá, mi ciudad, y, al final, sólo al final, de mi secreto deseo, ya casi convertido en frustración oficial, de ser escritor.

—Caray —me dijo—, qué manía con lo de ser escritor. Ayer conocí a un novelista peruano. Me dijo que la escritura era incompatible con los hijos, ¿es por eso que tú no has tenido?

—No, no es por eso —le dije—. Las mujeres con las que viví no querían tenerlos. ¿Qué escritor peruano conociste?

—Se llama Nelson, es un amigo de Rubens. Se conocieron en el avión. No recuerdo el apellido.

—Pues no he leído a ningún peruano que se llame Nelson —dije, sintiendo algo muy parecido a los celos—. Que yo sepa, no hay un solo escritor en Latinoamérica ni en España que se llame así. ¿Es bueno?

—No sé porque tampoco lo he leído, pero puedo decirte cómo baila.

Una nubecilla gris atravesó mi estómago. No dije nada.

—Baila pésimo —concluyó, riéndose—, dando saltitos. Por cierto que me lo tuve que zafar a la fuerza. Y no hagas esa cara que no pasó nada.

Un empleado del hotel llegó con una bandeja. Había dos sándwiches club, fruta y una botella de vino blanco. Omaira, desnuda, empezó a comer sobre la cama. Me habló de su marido y de sus hijos. Se había casado a los veinte años y, desde entonces, no había estado con ningún otro hombre.

—Desde que te vi sentí una fuerza extraña —me dijo—. Tú me rezaste, confiésalo.

Le dije que no. Nos reímos.

—Si te hubiera dejado ir por pensar en mi esposo —continuó diciendo—, lo habría odiado. Fíjate qué contradicción. Ahora, en cambio, lo quiero más que nunca.

—Me alegro, estas cosas pasan.

—¿Y por qué no quieres volver a tu país? —preguntó—. Ay, yo no podría vivir fuera de Cuba.

—Porque perdí lo poco que tenía —le dije—. Mis amigos cambiaron, la familia que me queda se alejó... Una vez intenté regresar, pero no conseguí trabajo. Allá, si no conoces gente influyente, estás jodido, y yo no conozco a nadie. París no es mejor, pero al menos uno vale por lo que hace. Claro, añoro muchas cosas. Muchos días, en muchos momentos, me duele no estar allá.

—Bueno —dijo ella—, pero tú eres un privilegiado, Serafín. Tú pudiste elegir. ¿Cuántos pueden hacerlo?

—Muy pocos, lo sé —dije—. Muy pocos en estas condiciones, al menos. Hoy muchos se van por la violencia, por los secuestros, porque no hay trabajo para la gente sencilla. Mi país está en manos de gente que lo desprecia, ése es el problema.

—Cuba no está mejor, chico, qué me vas a decir. Pero yo tengo confianza en el futuro. Por cierto, ¿tú sabes cocinar?

—Sí, no mucho, pero sí —le dije—. ¿Por qué me lo preguntas?

—Es una tontería, me gustan los hombres que cocinan.

El timbre del teléfono interrumpió nuestra charla.

—¿*Yes*? —dije, suponiendo que se trataba de una llamada desde la recepción.

—Soy Pétit, desde Hong Kong, ¿ya tiene en su poder el manuscrito?

—Yo estoy bien, muchas gracias por preguntar —le dije, molesto, ahora que sabía exactamente quién era, o, al menos, quién no era.

—No sea formalista, Suárez. El manuscrito. ¿Qué pasa con él?

—Pregúntele a su amigo Oslovski.

Mientras hablaba, Omaira se acercó a la ventana y encendió un cigarrillo. Al fondo de la Avenida, detrás de una fina capa de bruma, podían verse las luces del Palacio del Pueblo.

—No puedo llamarlo, puede estar bajo escucha telefónica.

—Entonces tenga paciencia.

—La paciencia no es eterna —dijo Pétit—. No olvide que con una llamada a París puedo hacer que le quiten el trabajo, y con otra su permiso de residencia en Francia. No se haga el gracioso conmigo.

—¿Gracioso? No le veo la gracia. Es usted quien debería darme las gracias.

—Controle su lenguaje —dijo Pétit, francamente molesto—. Usted es sólo un pobre de espíritu muy bien dotado para la aliteración. Pero no olvide que está en mis manos.

—Llámeme mañana a esta hora —le dije, harto ya de su voz.

Pétit no me respondió, simplemente colgó. Omaira continuaba fumando de espaldas.

—Hablas bien el francés —me dijo.

—Era mi jefe, quería saber en qué iba el trabajo.

—¿Tu jefe? Por un momento, al escuchar el tono, pensé que era tu mujer. Pero te creo.

No supe qué decir.

—No te preocupes —agregó ella—, te estoy vacilando. Sé que no era una mujer. Entiendo el francés perfectamente. Trabajé de voluntaria en un hospital de Port-au-Prince.

Dicho esto se levantó y fue al baño. Yo supuse que había llegado el momento de decirle adiós, y así fue. Al regresar tenía puesto el vestido y los zapatos.

—¿Me acompañas abajo?

Fui con ella hasta el lobby del hotel. Un empleado escribió en una tarjeta «Hotel Kempinsky», luego salimos a buscar un taxi.

—Llámame mañana al mediodía, si puedes —me dijo, besándome en la boca—. No te vas a librar de mí tan fácil. Te lo digo yo.

La vi irse y quedé, por unos segundos, flotando entre la ebriedad y la idiotez. Omaira era perfecta. Sin saber a cuento de qué, recordé las palabras de Oslovski: «Cuando uno sabe qué es lo correcto, lo difícil es no hacerlo.» Algo estaba sucediendo dentro de mí.

Luego subí a mi habitación sintiéndome profundamente solo, un sentimiento, por cierto, que conozco a la perfección, pues tengo en él varios doctorados *cum laude*. Todo parecía indicar que iba a suceder de nuevo: amar, gozar del amor y luego sufrir. Todas las personas que he amado han sido efímeras. Observando por la ventana las luces de Pekín, pensé en mi vida. O he tenido muy mala suerte o el mundo está mal hecho. Cuánta razón tenía Albert Camus. ¿Por qué diablos murió tan joven? Tal vez la respuesta a mis preguntas estaba en uno de los libros que él habría podido escribir.

Sólo cuando sus ojos se acostumbraron a la oscuridad, Gisbert se atrevió a levantarse. Dio dos pasos vacilantes. Creyó entrever una ventana y caminó hacia ella, dándose cuenta de que los hombres que lo trajeron se habían quedado con su libreta de apuntes. Sin duda esto tenía que ver con el manuscrito de Wang Mian.

De pronto, una luz se encendió en el centro de la habitación y Gisbert sintió miedo. Luego escuchó una voz.

—¿Habla usted francés?

La voz denotaba una cierta edad. Ni muy viejo ni muy joven. Cuarenta y cinco años. En ningún caso más de cincuenta.

—Sí —respondió con firmeza—. ¿Quién es usted?

—Me llamo Régis Gérard —dijo la voz—. Soy sacerdote de la Iglesia Francesa. ¿Y usted?

—Soy Gisbert Klauss, profesor de Filología de la Universidad de Hamburgo.

Hubo un silencio demasiado largo. Alguien trataba de comprender a fondo sus palabras.

—Acérquese —dijo la voz—. ¿Puede decirme qué está haciendo aquí?

Gisbert dio dos pasos hacia la luz y vio una sombra. Un brazo lo invitaba a acercarse.

—Bueno —respondió el profesor—. Eso es lo que me gustaría saber. Qué diablos estoy haciendo aquí.

La sombra se iluminó la cara con la linterna, luego lo iluminó a él y le extendió una mano.

—Es un placer conocerlo —dijo.

—Diría que para mí también es un placer —repuso Gisbert—, aunque, le confieso, no sería del todo sincero. ¿Quiénes son los hombres que me trajeron?

—No lo sé —susurró la voz—. Supongo que son las mismas personas que me están protegiendo. Venga, siéntese. ¿Desea fumar?

—Sí, por favor.

Al encender un fósforo volvió a ver la cara del hombre. Vestía una sotana oscura. Tenía el pelo ensortijado. Sus mejillas estaban pobladas por una barba descuidada y canosa.

—¿Es usted alemán? —dijo el hombre—. Qué raro, esperaba a un colombiano. Habrán cambiado de planes. Yo he cumplido con mi misión, y ahora que usted está aquí, podré irme. ¿No es así? Bueno, no perdamos más tiempo, dígame la clave.

Gisbert pensó que era un demente. Un sacerdote demente. Su aspecto era tan explícito como sus palabras.

—Disculpe, pero no le entiendo —dijo Gisbert Klauss, con mucho tacto—. ¿A qué clave se refiere?

Ahora fue el hombrecillo quien permaneció en silencio. En algún lugar de la habitación algo se movió haciendo un ruido seco, pero ninguno de los dos se movió.

—Le agradecería, si no es molestia —continuó diciendo Gisbert—, que me explicara de qué está hablando. ¿A qué misión se refiere y por qué ahora puede irse? Yo estaba por tomar un taxi cuando vinieron esos hombres y, con pésimos modales, me trajeron aquí. Es todo lo que sé. Por lo que veo, debió tratarse de un malentendido. Usted espera a otra persona.

—No conozco a esa otra persona —dijo el sacerdote—. Pero... ¿quién de nosotros *conoce* realmente? Es el modo en que Dios se manifiesta. ¿Es usted creyente?

—No, padre —respondió Gisbert—. Soy un científico. ¿A qué viene todo esto? Aquí hay un gran malentendido, y, de corazón, le agradecería que se lo explicara a sus hombres. Con gusto me quedaría a hablar con usted, pero tengo cosas que hacer. No me interesan los temas teológicos.

Los ojos del sacerdote se abrieron. Gisbert vio dos discos muy blancos, y, en el centro, un par de puntos negros.

—No estoy hablando de teología, profesor, no, no... —dijo—. Hablo de la vida, de la vida sencilla. ¿Es teología decir que un hombre que espera, en la oscuridad, es una especie de profeta? ¿Es teología decir que cualquier cosa, por simple que parezca, puede revelarnos la verdad, si la observamos con atención? No, profesor, usted se equivoca. La teología se ocupa de grandes temas. De saber, por ejemplo, si Cristo era propietario de su manto. De saber si la cruz, como símbolo, nos libera de la fatalidad. ¿Me comprende?

Gisbert lo observó con cierta piedad. Supuso que era inútil. Ya se darían cuenta, él y sus hombres, que habían cometido un error. Debía tener paciencia.

—Le repito, yo hablo de las cosas sencillas de la vida —continuó diciendo el sacerdote—. ¿Tienen alma los objetos, o es el reflejo de la nuestra lo que vemos en ellos? Oiga, hay algo que no entiendo: si no vino usted a llevárselo, ¿qué diablos hace aquí?

—Es lo que trato de explicarle, padre —dijo Gisbert, con un hilo de voz—. Es precisamente eso lo que trato de explicarle. Hay un malentendido.

El sacerdote volvió a abrir los ojos. Luego hundió la cabeza en sus manos.

—Ya entiendo —dijo—. Su papel, entonces, será igual al mío. Ser el dragón que cuida el tesoro. El dragón de las fábulas, ¿me sigue? Usted parece una persona buena. Sin duda lo enviaron para que yo no esté solo. Nadie más podría haber llegado hasta aquí. Esto es como el fondo de una caverna. De día hay más luz. Antes estaba en otro lugar, con ventanas en el techo y una salida secreta. Pero desde hace un tiempo, no sé cuánto, me trajeron aquí, que es un poco menos confortable. No hay salida. Si lo desea puede darse una vuelta por el recinto. Es espacioso y allá, al fondo, hay una ventana. Detrás de la ventana hay un patio, y, si observa bien, verá que las gotas que caen del techo del frente están haciendo un hoyo en la roca. Elija un lugar y póngase cómodo. No se moleste en elegirlo lejos del mío. Supongo que cada tanto deseará recogerse, estar solo, reflexionar. ¿Cultiva usted la vida interior? Si lo hace, debo decirle que ha llegado al lugar ideal. Yo, antes de venir, era una persona vulgar. El trato conmigo mismo, las reflexiones que, modestamente, he podido realizar, me han convertido en una persona distinta. Por cierto, ¿lee usted el chino?

—Sí, soy profesor de sinología —respondió Gisbert, ya sin mirarlo.

El sacerdote abrió mucho los ojos y los dirigió hacia arriba con lentitud, como si, de repente, hubiera comprendido algo importante, o como si hubiera visto detenerse algo en el aire.

—Ah, ¡ahora entiendo para qué lo enviaron! —dijo—. Usted está aquí para que yo pueda leer el manuscrito.

Dicho esto levantó su sotana. Gisbert, inquieto, vio un torso fuerte y delgado. ¿Qué hacía? Tenía amarrado un cable en torno al estómago, y ahora lo deshacía. El cable estaba cubierto de sangre seca; al retirarlo, la piel volvió a sangrar. De la espalda, extrajo un paquete en el que también había manchas de sangre.

—Yo cumplí con mi misión —dijo—. Mis enemigos no pudieron quitármelo. Aquí está.

Gisbert, con el pulso tembloroso, leyó en el sobre: «*Lejanas transparencias del aire*. Manuscrito original.» No era posible. Empezó a abrirlo con cuidado, observando al sacerdote. Dentro apareció una vieja carpeta, y, en su interior, un manuscrito en tinta negra con una bellísima caligrafía. «*Lejanas transparencias del aire. De todo lo que vi y no pude contar*. Wang Mian.» El corazón de Gisbert Klauss saltó, dentro del cuerpo, como una pelota de goma. Debió levantar la cabeza para recuperar la respiración. Allí estaba. Era el tesoro al que se refería el pobre sacerdote. Una gota de sudor le recorrió la espalda. Lo que tenía en sus manos podía cambiar, de forma inmediata, el curso de su vida. Sus sueños adolescentes de filólogo volvían a asomar, aunque mitigados por la sabiduría de la edad. Una sabiduría que anteponía el placer del conocimiento. El premio de sus investigaciones era ése: estar ahí, con ese texto en las manos. Un texto que muy pocos podían comprender y disfrutar. Tal vez sus captores lo habían traído allí por sus investigaciones. ¿Habrá sido su amigo, el erudito librero, quien les informó sobre él? No parecía posible, pues casi todo lo que sabía sobre el manuscrito provenía de esas charlas. Todo era muy extraño. Lo único seguro era que si se encontraba ahí, en ese oscuro recinto, era por *Lejanas transparencias del aire*, y eso, de momento, le parecía razón suficiente. Ya comprendería el resto cuando llegara el momento.

El sacerdote, con sus ojos como lunas, lo observaba sin moverse, en silencio. Entonces Gisbert se acomodó cerca de la linterna y empezó a leer la primera página del manuscrito, sintiendo un leve cosquilleo. El sacerdote tenía razón: era como el dragón que protegía el tesoro.

TERCERA PARTE

Al día siguiente, Nelson despertó sobre el vientre liso de Irina y le pareció que el mundo era una cálida *dacha* rusa, un icono de Andrei Rubliev, un melodioso poema de Maiakovski. Ah, el desdichado Maiakovski... Podía recorrer el itinerario del trans-mongoliano, ese mítico tren que sale de Pekín, cruza el desierto del Gobi y llega a Moscú, con sólo estirar su mano y tocarla, siguiendo con las yemas ese cuerpo armonioso y joven, deteniéndose en su ombligo, en su vientre templado, en sus rosados pezones, delineando su nariz y sus labios. «Si uno va a pasar la noche con una mujer», reflexionó, epicúreo, «es mejor no tomar trago». Irina tenía enredada la sábana entre los muslos y él se levantó sin hacer ruido, procurando no despertarla. Luego salió al corredor para llamar al servicio de cafetería.

Hecho esto se sentó en su mesa de trabajo, decidido a continuar el estudio de las cartas de su tío, pues pensó que, aun si sus amigos chinos iban a leerlas y traducirlas, bien podía continuar, solo, desentrañando el significado de alguna, para irles dando ese cariz literario con el cual pensaba transcribirlas en su novela. Ya tendría tiempo, después, de estudiar las obras de Wang Mian.

«Querido Hermano:

Los Yi Ho Tuan están diezmados, pero su espíritu continúa fuerte. Estamos a salvo. Se han cansado de matar. Ya ni siquiera buscan armas, pues se han dado cuenta de que éstas han sido enterradas o destruidas. Nuestro humillado país debe continuar su historia. El destino lo persigue. Pero no tenemos prisa, pues la Historia es algo que transcurre con extrema lentitud. Los Yi Ho Tuan renacerán y nuestro sueño volverá a cargar fusiles. La aurora escuchará sus descargas.

»He entregado el sagrado manuscrito. El teniente francés lo pondrá a salvo y más adelante, cuando todo esto termine y podamos regresar, nos lo devolverá. Esa fue su promesa. Yo le creo, pues es un hombre de letras. Un ser íntegro. Él sabe nuestro nombre, el tuyo y el mío, y así, cuando un emisario lo encuentre y se lo diga, él lo devolverá. Ese fue nuestro trato. Lo cumplirá. Tras darle el manuscrito salí de Pekín. He regresado a Lijiang a ver nuestra casa, el lugar en el que ambos nacimos. Sentí deseos de regresar aquí después de morir tantas veces. Estoy cansado de morir y de la muerte. No quiero más dolor. Trabajaré en el campo. Padre y madre están bien. Me haré cargo de ellos. Pasearemos por la montaña y les leeré tus cartas. Todo está igual. En Lijiang el tiempo se detuvo. Te espera cada día,

Xu.»

Nelson se acarició la barbilla. El manuscrito al que su tío abuelo se refería era *Lejanas transparencias del aire*, de Wang Mian, el mismo del que Wen Chen le había hablado. ¿Quién sería ese teniente francés? Si el manuscrito apareció en los archivos de la Iglesia Francesa, quiere decir que el teniente nunca lo devolvió, o que nadie fue a pedírselo, o que el mensaje no pudo ser transmitido. Las demás cartas de Xu a su abuelo, escritas todas desde Lijiang, narraban detalles domésticos, y si bien siempre aludían a los Yi Ho Tuan o Bóxers, no daban más datos sobre el manuscrito. Lo más probable, coligió Nelson, es que éste haya estado siempre allí, al alcance de cualquiera, durante cien años. A veces el mejor escondite es el lugar más obvio, como en *La carta robada*, de Poe. Caray, pensó, siempre la literatura revoloteando sobre su vida. Qué iba a ser, si él era un escritor de raza. Entonces buscó una hoja en blanco y escribió:

> *Mi origen está escrito en un papel,*
> *con tinta china*
> *y caligrafía vacilante.*
> *Hay partes que no entiendo,*
> *pasajes oscuros*
> *de mi vida,*
> *que fueron tachados.*
> *Ya veremos.*
> *Por ahora,*
> *el cuerpo de una princesa rusa,*
> *y el leve temblor de su piel,*
> *son la única hoja*
> *a la que pertenezco.*

Mientras releía sintió un olor dulce. Una masa de cabellos rubios le cubrió los ojos. Al abrirlos vio a Irina desnuda, sentada sobre él.

—Tengo hambre, ¿pedimos algo? —dijo.

Nelson la besó en los párpados, aún hinchados por el sueño.

—Ya debe estar listo el pedido, espera —dijo, levantándose y yendo al teléfono—. Ordené que no lo trajeran hasta que los llamara, ¿quieres algo especial?

—Sí, caviar ruso y champagne.

Nelson tragó saliva.

—¿Estás loca? —exclamó—. Irina, por favor. Estamos en un hotel de Pekín, no en el Palacio de Invierno.

—Está bien, entonces un café con leche, jugo de naranja y tostadas.

—Eso está mejor.

Hizo el pedido y regresó. Volvió a besarla.

—Me debes un montón de dinero, *sweet heart* —dijo Irina.

Al hablar se recostó en la silla, levantó la cadera y separó los muslos. En la nalga, al lado del orificio, tenía un pequeño tatuaje. ¿Soñaba? Era la hoz y el martillo.

—Mis amigos pagarán lo que te debo. ¿Eres comunista?

Irina cerró las piernas y encendió un cigarrillo.

—Sí. Mi abuelo luchó con el mariscal Gueorgy Zhukov en la defensa de Moscú, cuando Hitler invadió nuestra patria. Mi padre también fue militar, con rango de teniente, pero fue a la cárcel por golpista. Quiso derribar a Gorbachov. Aún está preso. Mamá murió y yo vine a Pekín a ganarme la vida, pues no sería capaz de hacer este trabajo en mi país. Mi abuelo no defendió Moscú de los nazis para que su nieta fuera puta, ¿comprendes?

—Perfectamente, pero no seas tan dura contigo misma —dijo Nelson, acariciándole el pelo.

—No me tengas lástima —dijo ella—, sé lo que

hago. Estoy estudiando medicina, pero desde el año pasado los extranjeros debemos pagar la matrícula. Y es muy cara. Luego quiero irme a Europa.

—¿Tienes novio?

Irina se rascó los dedos del pie.

—Sí, está en Moscú. No lo veo hace dos años y creo que ya tiene otra mujer. Pero yo lo quiero igual. Tal vez no vuelva a verlo nunca.

—Si es así, ¿por qué lo sigues queriendo?

—Porque hace bien querer —dijo Irina—. Es por mí. Lo que él piense o haga no me importa.

—Noble filosofía —exclamó Nelson.

—Antes te quise hacer un chiste —dijo ella.

—¿Antes?

—Sí, cuando te dije lo del caviar y el champagne. Quería saber qué tan tonto eras. Era una prueba.

—¿Y qué tal salí?

—Bien —dijo Irina—. No eres tonto. O al menos, eres menos tonto que otros.

—¿Cuántos hombres has tenido? —preguntó Nelson.

—Setenta y seis —respondió Irina—. Empecé hace poco y no trabajo mucho.

—No es un mal número para haber venido de tan lejos —bromeó Nelson—. Soy el número setenta y seis de Irina Zhukov. Suena bien.

—Suena bien, pero no es cierto. Eres el setenta y cinco. Tuve otro cliente ayer por la tarde.

Nelson la miró extrañado.

—No sé cómo puedes ser tan fría.

—Es contabilidad comercial, no sentimientos. Te recuerdo que soy una empresa. Este cuerpo que tanto chupeteas es como un edificio de oficinas; en cada una hay gente trabajando hasta tarde para obtener ganancias. Qué sabes tú si soy fría o caliente. No sabes nada de mí.

—Sé a qué hueles.

—Vaya, qué agudo —se rió Irina—. Ahora sí que pareces tonto. Debajo del ombligo todas las mujeres olemos igual. ¿Quieres que me vaya?

—No, quédate, ya traen el café.

Nelson pensó que él también era un enorme edificio, pero no de oficinas. Una construcción de corredores muy largos repletos de libros y papeles, de salones de debate y estrados de lectura. Las íntimas estancias del creador. En ellas se cruzaban multitud de poetas, filósofos, mistagogos, novelistas modernos y clásicos. Baudelaire, Martín Adán, William Borroughs y Porfirio Barba Jacob fumaban marihuana y oían jazz ante la mirada inquisitorial del benedictino Feijóo; Gombrowicz deslizaba su mano, subrepticiamente, entre los calzones de Arthur Rimbaud, quien, a su vez, cruzaba miradas con Wittgenstein; Rubén Darío conversaba animadamente con Li Po y le hacía prometer que se pegarían una buena borrachera en Managua; Henry Miller bebía vino con Omar Khayam, mostrándole la luna, mientras le acariciaba el sexo a Lou Andreas Salomé; Ricardo Palma leía en voz alta un verso a oídos de Faulkner, buscando su aprobación, pero éste no paraba de servirse tragos de whisky y de discutir con Fedor Dostoievski por una partida de dados jugada la noche anterior en la habitación de Mallarmé; Céline y José Eustasio Rivera charlaban de las miserias de la selva ecuatorial y se burlaban de las opiniones de Chateaubriand al respecto; Lezama Lima discutía con Tertuliano la invención arábiga del cero;

Nietzsche le preguntaba a Sófocles de dónde había sacado esa idea tan buena del *Edipo Rey*. Y así, su edificio, al igual que su conciencia creadora, cruzaba, confundía, mezclaba. Debía escribir algo al respecto, se dijo Nelson, un ensayo. Estaría dedicado a Irina.

Desayunaron mirando la CNN y Nelson no se cansó de apreciarla. Era muy bella; tenía la arrogancia y la autoridad de la belleza. Al terminar su café, Irina entró al baño. Un rato después salió vestida.

—*Da svidania* —dijo—. Pediré mi dinero a tus amigos. Y ya sabes, si me quieres otra vez habla con ellos. Perdona si fui un poco deslenguada. Pero es culpa tuya. Tú me haces hablar.

Un rato después alguien dio dos golpes en la puerta. Al abrir se encontró con Wen Chen.

—Con todo respeto, amigo —dijo Wen Chen—, debo pedirle que me acompañe. Ha ocurrido algo importante.

—Soy todo oídos.

Salieron. Afuera los esperaba un automóvil.

—El profesor alemán, su amigo, desapareció. Unos desconocidos lo hicieron subir anoche a un auto y no ha regresado aún al hotel.

—¿El profesor Gisbert Klauss? No puedo creerlo —dijo Nelson—. ¿Quiere decir, entonces, que es un agente?

—Es una posibilidad, aunque remota. Verá. Antes de ser retenido el profesor estuvo en la embajada alemana. Luego fue a la de Francia. De ahí salió acompañado por un funcionario diplomático y se dirigió a los archivos de la Iglesia Francesa. Fue en la noche, cuando se quedó solo, que lo secuestraron.

—¿Quién pudo ser?

—Estamos en ello. Uno de nuestros hombres pudo seguirlos hasta una zona de bodegas industriales en el sureste de la ciudad, pero allí los perdió de vista. Es un área grande. Tenemos a varias personas buscando.

—¿Por qué no me avisaron anoche? —preguntó Nelson, muy serio.

—Preferimos esperar hasta hoy con la esperanza de que hubiera resultados —dijo Wen Chen—. No me pareció correcto molestarlo, sobre todo teniendo en cuenta que usted no estaba solo.

—Se lo agradezco —dijo Nelson.

Llegaron a la misma casa del día anterior. En la oficina, Nelson se sirvió un té y empezó a reflexionar en voz alta. Se sentía muy bien rodeado por sus camaradas chinos.

—Lo que hay que preguntarse, estimados amigos —dijo Nelson—, es cuál puede ser el móvil del secuestro. Es ahí donde el delincuente deja estampada su firma.

Wen Chen traducía entre murmullos a quienes no comprendían el inglés. Todos miraban con respeto a Nelson. Algunos tomaban notas.

—Y para ello debemos hacer un análisis rápido —dijo, contento del efecto que producía en sus oyentes—. Punto uno: ¿qué hacía Gisbert Klauss en Pekín? Punto dos: ¿qué interés podría tener alguien en secuestrar a un profesor alemán de filología china? Por lo demás, si el día de su secuestro Klauss estuvo en las embajadas alemana y francesa, habrá que descartar como autores del plagio a posibles agentes franceses o alemanes, al menos en principio. ¿Caballeros?

Los compañeros murmuraron e hicieron cálculos. Los rostros se arrugaron, varias manos escribieron con gesto nervioso. Por fin, alguien levantó la mano y empezó a hablar.

—Sabemos que el profesor Klauss estaba investigando la obra de Wang Mian, lo que quiere decir que sabía de la existencia del manuscrito. Sus captores pudieron tener dos razones: o bien porque algo de lo que él sabe puede ayudarlos, o bien para apartarlo de las pesquisas.

El que habló era un hombre extremadamente delgado. Otro, un chino de aspecto mayor, se levantó de la silla.

—Si sus captores son los mismos que tienen al sacerdote francés, y por lo tanto el manuscrito, me inclino por la tesis de mi compañero. De lo contrario, no veo qué interés pueda tener Klauss para alguien que busca el manuscrito. Para nosotros, por ejemplo, ¿de qué modo podría ayudarnos?

—Tal vez lo haya raptado alguien con menos información —dijo otro, desde el fondo—. Alguien que crea que él, con su erudición, puede saber algo que permita rastrearlo.

—No estoy de acuerdo, con todo respeto —dijo el hombre mayor—. Aquí lo que importa no es el saber filológico, sino la información. De poco servirá la erudición del profesor si el problema es encontrar un manuscrito. Me inclino por la tesis inicial: quienes lo secuestraron, tienen el manuscrito.

Nelson paseó sus ojos por el grupo y vio muchas cabezas diciendo sí. Todos parecían estar de acuerdo.

—Está bien —dijo, por fin—. Establezcamos que quienes lo capturaron, tienen el manuscrito. Tenemos el punto dos. Y ahora el punto uno: ¿qué hacía exactamente Gisbert Klauss en Pekín?

Hubo un largo silencio. Todos hicieron esquemas y anotaciones en sus cuadernos.

—El profesor Klauss —dijo Wen Chen—, estaba en Pekín haciendo un estudio sobre la obra de Wang Mian. Sin embargo, hay una información de ayer, relativa a su visita a la embajada alemana.

En este punto, Wen Chen extrajo sus gafas y leyó un informe que guardaba en una carpeta.

—Me dicen que Klauss solicitó una carta de presentación para la embajada de Francia —dijo—, pues estaba tramitando una autorización para consultar los archivos de la Iglesia Francesa. En ambas delegaciones, Klauss explicó que estaba haciendo una investigación sobre los Yi Ho Tuan. Esto quiere decir que nuestro profesor buscaba algo más.

—Podemos mantener la sospecha de que Klauss sea, efectivamente, un agente —concluyó Nelson—, y que fue capturado por quienes tienen el manuscrito para contrarrestarlo. De cualquier modo, propongo esperar los resultados del día de hoy. Tal vez las personas que buscan en la zona encuentren algo. ¿Continúa la vigilancia en el hotel?

—Sí, señor —dijo Wen Chen.

Ésta, en efecto, continuaba.

Las calles de la zona industrial donde habían perdido de vista a los captores de Gisbert Klauss eran muy poco transitadas. De ahí la dificultad para vigilarlas. Un viejo, con un carrito de fruta, observaba desde una esquina. Algunos jóvenes las recorrían en bicicleta, una y otra vez, con la esperanza de que una puerta se abriera y revelara un secreto, o de ver, en algún garaje, los dos automóviles Bandera Roja —de fabricación china—, con los vidrios oscuros, en los cuales secuestraron al espía alemán. Una pareja de estudiantes paseaba, de la mano, deteniéndose en algunos portales. Todos tenían listos sus teléfonos para dar la alarma.

Desperté con una idea fija: Omaira. Las sábanas conservaban el olor de su perfume mezclado al sudor, así que hice algo del todo inusual en mí, que fue envolverme en ellas, como un animal que busca el rastro oculto por la nieve. Debí hacer un esfuerzo para no levantar el teléfono y llamarla. Tenía, además, una cita con Zheng, lo que me obligó a estar listo en poco tiempo, tomar un desayuno en el self-service del hotel —huevos revueltos, café con leche, jugo de naranja y croissants—, y salir corriendo.

Al verlo me saludó con gesto militar.

—Hay varias cosas que quiero contarle, vamos —me dijo, subiendo a la camioneta—. En primer lugar lo de ayer. El nombre y la dirección que nos facilitó nuestro amable rehén resultaron ser de gran provecho. Se trata, en efecto, de uno de los líderes de los nuevos Bóxers en Pekín, pero no es, en cambio, líder de ninguna facción violenta del Lirio Blanco. Se llama Wen Chen, y por lo que he podido averiguar, es un ingeniero agrónomo muy respetado, una persona de la cual sería difícil sospechar, al menos a primera vista. Estuve en las oficinas en las cuales se reúnen y pude comprobar que, en efecto, tiene centenares de colaboradores, los cuales entran y salen en el más completo anonimato, ya que se trata de gente común, que pasaría desapercibida en cualquier situación. Ésa es, por cierto, su enorme fuerza; gracias a ello pudieron saber del manuscrito.

—Entonces —dije—, ¿es él quien tiene a nuestro curita?

—Es muy posible, aunque no descarto otras hipótesis. Si no lo tiene él, directamente, lo tendrá alguien de su organización. Lo puse bajo vigilancia desde esta mañana. Al mediodía mi agente me dará el parte.

De repente, en medio del tráfico, apareció la muralla que rodea la Ciudad Prohibida, con su amplio canal y sus castillos de defensa. Era algo muy hermoso. Al otro lado de la Avenida se erigía la colina del Parque Jangshan, coronada por una torre de techos en porcelana. Tenía la impresión de llevar una vida en Pekín, pero aún no había podido visitarla. Juré que lo haría antes de irme, e imaginé la visita con Omaira Tinajo. ¿Qué horas eran ya? Había prometido llamarla al mediodía, pero las agujas parecían detenidas.

—El otro asunto del que quería hablarle es el del agente alemán —continuó diciendo Zheng—. Ayer, por increíble que parezca, ocurrió algo ridículo: Klauss estuvo en la embajada francesa.

—¿En la embajada? —dije, muy sorprendido.

—Exactamente —respondió Zheng—. Es decir que mientras nosotros lo buscábamos, él venía con docilidad a nuestra madriguera, y luego se iba. Imagínese.

—¿Y por qué nadie nos lo advirtió?

Zheng abrió las manos y se tocó la cabeza.

—Asuntos burocráticos, qué sé yo. No todos los diplomáticos están informados de nuestras actividades. Pidió una autorización para estudiar los archivos de la Iglesia Francesa y allí pasó la tarde, acompañado por un funcionario francés.

No pude esconder un gesto de burla.

—Ja, y mientras tanto, yo buscándolo en el hotel Kempinsky y entrando a la habitación equivocada. Realmente, tenemos que mejorar muchas cosas.

—Sí, tiene razón... —dijo Zheng, avergonzado—. Es por errores así que se pierden las guerras. Imagínese, sólo una hora después de que se fuera de la Iglesia alguien le informó a Oslovski, pero ya lo habíamos perdido. Esta mañana, muy temprano, un colaborador estuvo vigilando el hotel, pero, al parecer, Klauss ya dejó su habitación, pues no regresó anoche. Es posible que nos haya detectado y que haya buscado otra base. Lo extraño es que dejó muchas cosas. Entre ellas varias ediciones originales de Wang Mian, más algunos libros en francés y en español que debemos analizar. Mi colaborador los trajo. Ahora usted puede sernos de gran ayuda, pues entiendo que le interesan los libros, ¿no es así?

Esta última frase me sorprendió.

—Sí, ¿cómo lo sabe? —le pregunté.

—Soy un profesional, señor Suárez Salcedo —respondió Zheng—. Se imaginará que, antes de conocerlo, estudié a fondo el informe que nos enviaron de París.

—¿Y qué más decía ese informe? —quise saber, curioso.

—Un poco de todo, incluidas algunas apreciaciones poco amables sobre usted que, por cierto, he comprobado que son falsas.

—¿Como cuáles?

—Que usted es una persona miedosa, dócil, muy influenciable y con poca personalidad —detalló Zheng.

—Caramba, ¿y habrá sido por eso que me enviaron a Pekín?

—También lo pensé —dijo él—. Pero no es cierto que usted sea dócil y miedoso.

—Agradezco su opinión, Zheng —le dije.

Supuse que Casteram estaba detrás de esto y lo odié, sobre todo porque, en el fondo, todo era cierto. Soy temeroso y maleable. Jamás he levantado la voz contra nadie que no sea mi propia imagen en el espejo. Qué puedo hacer.

—Por cierto, Zheng —se me ocurrió preguntar—, ¿adónde vamos?

—Buena pregunta —respondió—. Vamos a encontrarnos con uno de mis hombres. El que vigiló la habitación del agente alemán.

Tuve una reacción inmediata: mis poros se llenaron de sangre y, si hubieran podido hablar, habrían dicho un nombre: Omaira Tinajo. ¿Por qué? Era su mismo hotel.

—¿En el Kempinsky? —pregunté, ilusionado.

—No, lo veremos en un lugar más seguro —respondió Zheng, para mi enorme frustración—. El Kempinsky está infestado de ojos extraños.

—¿En serio?

—Sí —dijo, adoptando una expresión grave—, tras encontrar la base de Wen Chen seguimos a algunos de sus colaboradores. Tienen catorce personas en el Kempinsky.

—Ah... —exclamé.

Llegamos al mismo viejo edificio en el que encontré a Oslovski, pero al ver al colaborador casi caigo al suelo de la sorpresa: ¡era Chow, el enano! Esto me llevó, venciendo mi natural timidez, a expresar una crítica.

—Debo decirle que tengo mis dudas —le dije a

Zheng, al oído—, sobre la utilización de Chow como agente confidencial.

—¿Ah sí?

—Creo que su aspecto es levemente notorio —opiné.

—Su tamaño le permite una extraordinaria movilidad que otros agentes no tienen. Sin embargo acepto su crítica. La tendré en cuenta para futuras misiones.

Nos sentamos. Oslovski y Sun Chen no estaban. En su lugar había otros dos hombres, chinos, muy silenciosos, a los que no había visto antes. Alguien trajo las tazas de té y el termo de agua hirviendo. Chow se colocó los dedos en los sobacos y empezó a hablar.

—La información recabada esta mañana, unida al informe obtenido ayer en la embajada francesa, nos permite afirmar que el agente alemán Gisbert Klauss, con alias desconocido, está en Pekín haciendo investigaciones sobre la revuelta de los Bóxers y la obra de Wang Mian, del cual encontré, en su dormitorio, varios títulos en ediciones originales, lo mismo que un libro de género memorialístico de un autor llamado Pierre Loti, los cuales están abajo en una bolsa.

Chow carraspeó, tomó aire y envió un sonoro escupitajo por la ventana. Luego continuó su perorata.

—Todo esto me permite lanzar la hipótesis de que Klauss vino a nuestra ciudad a buscar el manuscrito de *Lejanas transparencias del aire*, sin duda alertado por las autoridades para las cuales trabaja. Debo recordar un hecho histórico, y es que muchas de las congregaciones cristianas que trabajaron en la zona norte y centro de China, desde 1850, eran de sacerdotes alemanes, y una parte sustancial de los clérigos asesinados en la revuelta fue precisamente de esa congregación. Deutschland, sin duda, tiene intereses aquí en China, y si recordamos que los Bóxers les asesinaron a un importante mariscal de campo, comprenderemos que su interés, desde el punto de vista histórico, tiene fundamento.

En ésas estábamos, escuchando las elucubraciones de Chow, cuando el teléfono de Zheng repicó. Habló en chino, pero me di cuenta por su cara de que había ocurrido algo importante.

—Me acaban de informar —dijo Zheng, en voz baja— que Wen Chen desplegó a veinticinco agentes en una zona industrial al sureste de Pekín. Eso quiere decir dos cosas: la primera, que no son ellos los que tienen al cura, y la segunda, que tal vez ya lo encontraron. Vamos.

Zheng bajó las escaleras corriendo. Antes de salir cogió la bolsa con los libros encontrados en la habitación de Gisbert Klauss y me la entregó.

—Ah, y algo más —dijo—. Según mi informante, está con ellos un agente que vino de Estados Unidos. Un peruano de origen chino. Su apellido es Shou-shen. Al parecer un escritor.

—¿Un escritor? —pregunté.

Omaira Tinajo me había hablado de un novelista peruano. ¿Cómo se llamaba? Tal vez Nelson, sí. No hay escritores con ese nombre. ¿Será el mismo?

Al subir a la camioneta extraje mi teléfono celular y marqué el teléfono del Kempinsky. Luego, con la respiración agitada, pedí la habitación 907.

—¿Eres tú? —dijo Omaira.

—Sí, soy yo —le respondí—. Siempre y cuando ese «tú» que dices corresponda al periodista colombiano que conociste anoche.

—¿Ajá, y quién más podía ser ese «tú», si puede saberse? —respondió Omaira.

—Bueno, podría ser el escritor peruano, el bailarín, o el proctólogo brasileño —le dije.

—Ay, chico, no digas ociosidades —interrumpió Omaira—. Siquiera llamaste, llevo diez minutos con el teléfono en las piernas esperando a que suene. ¿Estás lejos?

—En el sureste de la ciudad —le dije—, voy a hacer una entrevista. Luego, durante la tarde, tengo otras citas. ¿Y tú?

—Bueno, yo tengo libre hasta las tres, que comienzan las sesiones de la tarde. Por cierto, le dije a Rubens que anoche te sentiste mal y que te acompañé a la clínica. No sé si me creyó. En realidad estoy segura de que no me creyó, pero qué importa. ¿Y por la noche?

—Ah... ¿Por la noche? Pues espero estar libre —le dije—. Más tarde, cuando vea bien cómo va a ser el trabajo de hoy, te dejo razón en el hotel.

—No te vendas tan caro, Serafín, dime sí o no.

—Si fuera por mí iría ahora mismo, pero esto es complicado. El problema de los periodistas es que dependemos de la agenda de los demás, ¿me entiendes?

—Bueno, pero llámame, ¿eh? —dijo ella—. Te pensé toda la mañana. Ni me enteré de lo que hablaron en la primera reunión. Sigo rezada, pero me gusta.

—Yo también estoy rezado.

—¿Entonces nos vemos en la noche?

—Sí, claro que sí.

Colgué pensando en cómo podría arreglarlo. Si el Kempinsky estaba repleto de agentes, ir allá pondría todo en peligro. Tampoco podía contarle a Omaira la verdad, pues podría comprometerla. Y estaba, por último, el espinoso asunto del escritor peruano. Si el de Omaira y el de Zheng eran el mismo, tendría que considerar la posibilidad, muy a mi pesar, de que también Omaira fuera una espía, y, en consecuencia, que su relación conmigo formara parte de un plan preconcebido.

Pensado esto abrí la bolsa con los libros del agente alemán y empecé a revisar los títulos. El *Diario de Pekin*, de Pierre Loti, algunos volúmenes en chino, un libro en español de José María Arguedas que, la verdad, me sorprendió, y algo que parecía ser una novela, también en español, y que se llamaba *Cuzco Blues* de... ¡¡¡Nelson Chouchén Otálora!!!

Fue tal mi sorpresa que Zheng frenó en seco, dio un timonazo y estacionó la camioneta sobre un andén.

—¿¿Qué pasa?? —gritó.

—Mira, Zheng —respondí, mostrándole la carátula del libro—. Aquí está el agente peruano de origen chino. Chouchén Otálora. Corresponde al apellido que le dieron, ¿verdad? Esto quiere decir que Klauss podía estar buscando a ese agente, e incluso que lo haya conocido.

—Suena razonable —dijo, amablemente, Zheng.

Al abrir el libro no hubo lugar a dudas. En la segunda página encontré una dedicatoria que decía: «Para el filólogo Gisbert Klauss, colega y amigo, descubridor de incunables peruanos en las librerías de Pekín. Con un cordial saludo de, Nelson Chouchén Otálora.» La fecha era de hacía tres días.

—Sí se conocieron —concluí—. Estuvieron juntos en Pekín.

Zheng se acarició su lampiña barbilla.

—Esto nos obligará a tomar en cuenta una hipótesis —dijo Zheng—, y es que el peruano y Klauss trabajen juntos. Con Wen Chen, quiero decir.

Lo escuché entre nebulosas, pues mis dotes interpretativas estaban adormecidas. En mi interior se libraba el clásico combate entre el malvado cerebro y los sentimientos. Todo parecía indicar que Omaira estaba envuelta en la trama, pero veía su cara, escuchaba su voz, aspiraba su olor, y los razonamientos se deshacían, como azúcar en el agua. Pensé en M. Butterfly, en «*La espía que me amó*», en Mata Hari. ¿Será sincera cuando pide verme, o será parte de un plan para obtener información? Sea como fuere yo tenía una ventaja, un escudo protector: lo sospechaba.

Esto me ponía en la incómoda situación de ocultarle a Zheng una parte de los hechos, pues no podía contarle nada hasta no tener, por lo menos, otro encuentro con ella. Algo que me permitiera analizar mejor las cosas. Caramba, me dije. Qué lejos estaba yo de la vida real en mi cómoda torre de marfil parisina, preocupado por insípidas labores periodísticas, lloriqueando frustraciones amorosas y literarias. La verdad, pensé, desde que soy espía la vida se ha vuelto algo muy complejo. Quién lo iba a imaginar: ayer un pasivo periodista de la radio estatal francesa, hoy un agente confidencial envuelto en una delicada misión en Extremo Oriente, acunado en las incendiarias caderas de una Mata Hari cubana. Pero esta imagen atrofiada de mí mismo se iba al suelo muy pronto, pues la verdad es que, aun engañado, no estaba dispuesto a prescindir de Omaira.

Zheng puso en marcha la camioneta y continuamos por una avenida que se fue estrechando, hasta que entramos al garaje de un viejo edificio. Una construcción que parecía abandonada, pues formaba parte de una manzana en demolición.

—Será muy sospechoso que vean a un occidental —dijo Zheng—, así que es mejor apostarnos aquí.

Desde la terraza del edificio se veía toda la zona: bodegas industriales, fantasmales galpones, hileras de edificios grises que aún parecían habitados. Los avisos luminosos en letras chinas me hicieron pensar en un fastuoso decorado. Desde una vieja valla publicitaria, la foto de una jovencita, en uniforme azul de trabajo, sonreía a los paseantes.

—Mi gente está tres calles más allá, ¿lo ve? —me dijo, pasándome unos binóculos—. Más o menos a la altura de ese panel rojo.

—Sí, ya —le dije—. ¿Es ahí donde están los hombres de Wen Chen?

—Es a partir de ahí, pues son muchos. Se hacen relevos a lo largo de la calle y observan desde los techos. Hay que tener cuidado. Podrían vernos.

—¿Y cómo hacen los nuestros para pasar desapercibidos? —pregunté.

—Bueno, deambulan entre la gente. Ellos no saben que los estamos vigilando, ésa es nuestra ventaja. Será cuestión de esperar.

Me senté en un viejo sillón con la bolsa de libros del agente Klauss, mientras que Zheng, en un sofá, fumaba. Observando las volutas del humo, mi compañero opinó que en este trabajo había mucho tiempo muerto, y que era fundamental la paciencia.

—Es como el pescador en el lago —dijo—. Se trata de esperar el instante preciso en que el pez pica. Ese instante puede no llegar en toda una tarde, pero si uno se adormece un segundo tal vez lo pierda.

—A eso, en Occidente, lo llamamos Ley de Murphy —le dije.

Me miró sin sorpresa.

—Por eso lo mejor es imaginar el trayecto que hace el pez antes de encontrar el anzuelo. Un viaje por el fondo del lago.

Revisé los libros franceses. El de Loti, en efecto, trataba de la revuelta de los Bóxers. En los bordes de las páginas había muchos subrayados y anotaciones.

—¿Usted entiende alemán? —le pregunté a Zheng.

—No —respondió—. Yo hice mi formación durante la Guerra Fría y a Alemania no se le permitía tener ejército. No era un país contra el que había que estar preparado.

—Pero habla español y francés —repuse—. ¿Qué peligro podría provenir de esos dos mundos?

—El francés ha estado muy presente en China, y, además, es la lengua de mi congregación religiosa. El español lo aprendí por gusto. El inglés y el ruso los recibí desde muy joven, en la academia militar. Bajo una fuerte presión, soy capaz de hablar japonés.

—Es una lástima que Alemania no fuera considerada un peligro —le dije—, pues hay aquí una cantidad de anotaciones en alemán que no entiendo.

—Se lo daremos a Oslovski —dijo Zheng—, él es de origen polaco, y como todo buen polaco habla algo de alemán.

—Para ellos Alemania sí suponía una amenaza.

Empecé a leer el libro de Loti y, muy pronto, olvidé que estaba en una habitación contigua a una terraza, bajo el cielo pekinés, pues quedé hipnotizado por la excelente prosa y las descarnadas descripciones. Tenía noticia de Loti, de su prestigio como escritor y viajero, pero nunca lo había leído. En sus páginas podía verse lo que sufrió la ciudad después de la revuelta Bóxer, es decir del estallido de los antecesores de Wen Chen y de todos aquellos hombres que, a sólo tres calles, manteníamos bajo estrecha vigilancia. Jamás había tenido con un libro esta extraña relación.

Aun sin entender los apuntes de Klauss, pude detenerme en los párrafos que él había señalado, y muy pronto encontré varias menciones a un manuscrito que, supuse, debía ser el mismo que buscábamos. Decidí interrumpir la duermevela filosófica de Zheng —su «paseo al fondo del lago»— para leerle algunos pasajes.

—Así que fue un teniente francés el encargado de esconderlo —dijo—. Caramba, ¿cómo habrá encontrado Klauss este documento? Se ve que su agencia en Berlín, en Bonn o donde sea, está muy bien informada.

Después de Loti, leí los párrafos señalados en el libro del autor belga, Dominique Aristide, y esto acabó de confirmarnos el hallazgo de Gisbert Klauss.

—Por eso fue al archivo de la Iglesia Francesa —dije—, lo que demuestra que Klauss no sabe que el manuscrito apareció y que fue secuestrado. ¿Lo mencionó al diplomático francés cuando solicitó el permiso?

—No. Klauss dijo, simplemente, que estaba investigando sobre la revuelta Bóxer. Nada más. Por cierto, no le he mostrado las fotos que le hicieron en la embajada. Están ahí, en esa carpeta.

El rostro de Klauss emanaba sabiduría e inocencia. Tendría sesenta años. En ningún caso más de sesenta y cinco. No era fácil reconocer en él a un agente confidencial. ¿Lo habrían reclutado, como a mí, a última hora, o será un espía con experiencia? Ya lo sabremos, me dije. Según los datos, y de acuerdo a sus lecturas, se trata de un gran erudito. Caray, no se encuentra todos los días una primera edición de José María Arguedas en la habitación de un agente alemán.

Zheng parecía haberse desinteresado por Klauss, pues apenas observó los libros. Lo que hacía, cada tanto, era salir a la terraza y mirar por los binóculos. Pero no ocurría nada. Supuse que al estar tan cerca del objetivo, sus antenas dejaban de captar las ondas menores.

Después abrí el librito del peruano, *Cuzco Blues*, y empecé a leer sin convencimiento. Sus primeras líneas me dejaron perplejo:

«—¡Mamachy, mamachy! —gritó Pilar.
»—¡Ya pues cállate, so cojuda! —protestó Abundio, el hermano—. Deja a la mamachy tranquila en su camita de muerta.
»—Pero yo la siento viva a la mamachy.
»Luego, los dos hermanos caminaron hasta el fondo del valle.»

El crepúsculo comenzó a entrar por las ventanas, y con él, la impaciencia. Debía inventar algo para justificar mi retirada hacia Omaira Tinajo, una urgencia que todo el cuerpo me pedía a gritos. Si el Kempinsky estaba lleno de enemigos, lo sensato sería citarla en mi hotel. Entonces extraje mi celular y la llamé. No había regresado aún, así que le dejé el siguiente recado. «Te espero en mi hotel a las nueve para cenar. Un beso. Serafín.» Yo fui el primer sorprendido al ver la naturalidad con la que pronunciaba mi nombre.

A eso de las ocho, y ante la ausencia de novedades, Nelson decidió regresar a su hotel. Ya era hora, se dijo, de comenzar a escribir su gran novela, y esa noche se sentía inspirado. Tenía mucho material y creía haber dado con el tono: «Nos gustaba la casa de Zhinlu Bajie, 7, Houhai, porque además de amplia y espaciosa estaba cerca del lago Xihai...» Sí. Ése era. Comenzaría por la casa de Houhai, haciendo, en el primer capítulo, una descripción de la vida pekinesa de finales del siglo XIX; luego haría un atrevido —e innovador, de acuerdo a los cánones de la literatura «al uso»— salto al Cuzco de los años treinta, cuando el niño del inicio ya se ha convertido en un hombre maduro, curtido por las luchas y la experiencia de la inmigración; en el tercero, nuevo salto, esta vez ya no sólo innovador sino, diría, sin red, hasta la Austin (Texas, EE.UU.) de finales del siglo XX, el cual estaría narrado en primera persona. La novela supondría un gran reto. Oriente y Occidente contenidos en un libro. La triple inmigración: de Pekín al Cuzco, del Cuzco a Texas, de Texas a Pekín. Un siglo de historia mundial. Una saga familiar. Si en Hollywood no hacían una película eran unos cojudos. Y así se fue, Nelson, observando las luces de los centros comerciales y los picos iluminados de los rascacielos, pero soñando con su libro, con las ofertas cinematográficas, con jugosos cheques en dólares. Muy pronto el mundo se iba a enterar de quién era él, y todos esos blanquiñosos limeños que lo humillaron vendrían de rodillas a pedirle excusas, «nos equivocamos, Nelson, échanos una mano, patita, ¿sí?», y él claro que se la daría; hablaría con sus amigos de Hollywood, les conseguiría algún trabajo decoroso; de pronto, sin que viniera a cuento, veía en su mente una foto publicada simultáneamente por los diarios *The New York Times*, *El Comercio* de Lima y *El País* de Madrid. «Nelson Chouchén Otálora y Steven Spielberg conversan durante el rodaje de *El Oriente es rojo*, el nuevo film del director norteamericano, basado en la exitosa novela homónima de Chouchén Otálora.» Los ojos se le llenaban de lágrimas al imaginar ese día, tan merecido, tan esperado; y de inmediato, la pantalla mental enfocaba a Roberto Flores Armiño, en su oficina, con su corte de sabiondos lameculos, reunidos en torno al artículo, diciendo que ya era demasiado, que hasta esas alturas sus lanzas no llegaban, que lo mejor era no meterse más con el profesor Chouchén. Ellos también, uno a uno, vendrían a su puerta en busca de migajas. Claro que vendrían.

Pero al llegar a su habitación, tras despedirse de Wen Chen, encontró una nota con un mensaje telefónico. Era de Irina. «Quiero verte esta noche, pero sin tus amigos. Sal del hotel por la puerta de servicio, que está detrás del gimnasio. Te recogeré a las nueve e iremos a mi casa. Disculpa la frialdad de esta mañana. Un beso. Irina.» Caray, se dijo Nelson, la vida se portaba a la altura de sus aspiraciones. ¿Qué escritor dejaría de lado a esta joven dulce y libertina para cumplir con su oficio? Balzac, que era su maestro, no lo haría, y eso, más que una justificación, era para él una orden. Miró el reloj y calculó que debía apresurarse. Entonces sacó una camisa planchada, entró al baño a lavarse los dientes, perfumarse y reponer desodorante, y luego salió. Las indicaciones de Irina eran clarísimas, pero para seguirlas debía escabullirse de sus guardaespaldas. Esto parecía relativamente fácil, ya que ellos estaban apostados en la puerta principal.

Salió, entonces, dando la vuelta por el corredor interno, hasta llegar al gimnasio. Tres gordos, de inconfundible aspecto norteamericano, pedaleaban en bicicletas estáticas; un joven chino hacía abdominales; una mujer sudaba en un caminador, tocándose las nalgas. Encontró la puerta con facilidad, detrás de los baños, y salió a la calle. En la zona trasera, el hotel no tenía antejardín.

Echó un vistazo en la oscuridad y, al fondo, un carro encendió los faros. ¿Era ella? Sí. Tan pronto levantó el brazo el automóvil se puso en marcha. Saltó adentro y se marcharon.

—Yo también tenía ganas de verte, mi bella Matrioshka —dijo Nelson besándole el cuello—. Sabía que tu frialdad, al contacto con la cálida sangre latinoamericana, acabaría por entibiarse.

—Para serte sincera, *sweet heart*, en este momento mi sangre está hirviendo, pero por otras razones. Hay una sorpresa en el asiento de atrás. Mira y saluda.

Al darse vuelta, Nelson vio a un hombre de traje oscuro cubierto con un pasamontañas. También vio el cañón de un revólver.

—¿¡Pero qué...!? —dijo Nelson—... ¿¿¡¡Quién diablos es este tipo!!?? Tiene una pistola en la mano. Para, por favor, creo que yo mejor me bajo. Dejemos nuestra cita para otra noche...

—No sé si has comprendido bien la situación —dijo Irina—. Lo de la pistola no es para que la veas. Se le puede disparar.

Nelson puso su mano sobre la guantera, en un gesto nervioso, y el enmascarado le acercó el arma a la frente.

—Por lo que sé él habla poco —explicó Irina—, pero resulta sumamente convincente. No vayas a intentar ninguna tontería; es más rápido que un zancudo.

Era la primera vez que Nelson tenía una pistola delante de su nariz. De haber hecho un análisis interno, habría encontrado que, antes del miedo, había frustración y una vaga sensación de ridículo. Alguien se estaba burlando de él. Supuso que Wen Chen y los suyos lo sacarían del problema, así que respiró profundo y controló los nervios. ¿Qué diablos tenía que ver Irina en todo esto? En términos humanos, era una graciosa traidora. Una carnada que él, débil, debía morder.

—¿Para quién me estás secuestrando? —preguntó Nelson.

—En realidad no soy yo quien te secuestra —respondió Irina—. Yo sólo estoy prestando esta colaboración, que, por cierto, no creas que hago de modo muy espontáneo. Pero en fin, no puedo explicarte mucho ahora. Ya podrás hacer preguntas más adelante.

Atravesaron calles, callejones y avenidas. Al no comprender la escritura, Nelson tenía la sensación de que todas eran iguales. Sobre una de ellas vio una hilera de lámparas rojas con bordados en amarillo. Luego, tras cruzar un parque en el que había un trozo de la antigua muralla, llegaron a una zona menos transitada. Entonces el encapuchado le alargó una venda.

En algún momento Irina se desvió y entraron a un

garaje que olía a pescado en escabeche, soja frita y especias, y que parecía ser la salida de servicio de un restaurante. Lo pasaron sin detenerse. Tras una serie de portones y patios bastante estrechos, llegaron al destino final. Los tres bajaron, Nelson pudo quitarse la venda y el enmascarado fue detrás sin soltar la pistola. Primero subieron varios pisos en un elevador de carga y luego caminaron por un corredor lleno de humedad y pintura desconchada.

Parecían las oficinas abandonadas de una compañía naviera, pensó Chouchén Otálora, siempre con sus símiles poéticos, aun si en este caso, tratándose de una ciudad del interior, más que un símil poético, la relación parecía un candoroso disparate. Al llegar al fondo, el enmascarado abrió una puerta, empujó dentro a Nelson y volvió a cerrar.

—Hasta la vista, *sweet heart* —escuchó decir a Irina.

Nelson cayó sobre unas cajas de madera vacías, pero se levantó de un salto, como un muñeco de caucho, previendo algún peligro. Sus músculos estaban tensos, en la oscuridad, como si esperaran el inminente ataque de una fiera. La penumbra se fue haciendo más tenue hasta que pudo ver, y lo que vio fue un enorme salón, una especie de gigantesco desván —en China, ya lo sabía, todo era grande... Todo menos los chinos—, repleto de cajas de madera. Luego escuchó un ruido que lo puso alerta. Del interior de un grupo de cajas apareció una luz, y, casi enseguida, la cabeza de un hombre. Fue entonces que Nelson tuvo una sensación de irrealidad. El hombre que salía de ese grupo de cajas no era un mendigo, ¡era Gisbert Klauss, el profesor alemán! Difícil saber cuál de los dos estaba más sorprendido.

—¿Usted está el novelista de Perú? —dijo Gisbert Klauss, observándolo con ojos abiertos como lunas.

—¡Y usted... es Klauss! —respondió Nelson.

Si hubiera tenido que describir esa escena en alguna de sus novelas, Nelson habría echado mano de una atmósfera apocalíptica al estilo de Thomas Pynchon, o, más radical aún, de Philip K. Dick. Algo del tipo: «El hombre asomó la cabeza en medio de los detritos, los empaques vacíos y los repuestos averiados. En aquel cementerio de cohetes, su expresión no tenía ningún heroísmo; más bien una cierta resignación, como si las montañas de objetos inservibles le hubieran transmitido un sólido descreimiento hacia la vida.»

—¿Qué está haciendo aquí? —preguntó el profesor Klauss.

—Bueno, la verdad, eso mismo quisiera saber —respondió Nelson—. Qué diablos estoy haciendo aquí.

Como un segundo hongo luminoso, otro montículo de cajas se encendió en medio de la penumbra. Éste, más elaborado, tenía ventanas cubiertas con tela asfáltica. El personaje que emergió de él le pareció a Nelson un viejo náufrago, un condenado en una isla prisión, como Papillon o Edmundo Dantès —por cierto que la figura del Conde de Montecristo debía servirle, a la hora de su regreso triunfal, para el castigo de todos aquellos que lo habían cojudeado—; también pensó en *Mad Max*, pues tardó en darse cuenta de que los extraños colgandejos que pendían de su cuello eran crucifijos y camándulas.

—Le presento al padre Gérard —dijo Gisbert Klauss—. Es nuestro predecesor en este extraño e inhóspito lugar. Por cierto, padre, ¿habla usted inglés?

Gérard dijo que sí. Luego se le acercó tanto que Nelson creyó que iba a olfatearlo.

—¿Es usted colombiano? —preguntó.

—No —dijo Nelson—. Soy peruano.

—Ah, ya nos vamos acercando —dijo el sacerdote—. Entonces tal vez usted sí sea la persona que espero. Le haré un test: ¿Se interesa por la poesía china del siglo XVIII?

Nelson miró a Klauss sin comprender, y éste le hizo un gesto que quería decir: «En efecto parece loco, pero al cabo de un rato deja de parecerlo. Es solamente un hombre que ha estado demasiado tiempo solo. Escúchelo. Vale la pena.»

—No sé nada de eso, padre, discúlpeme —explicó Nelson—. Yo tenía una cita esta noche, y, cuando salí a cumplirla, alguien me trajo aquí, a la fuerza. Conozco al doctor, pero a usted...

Al llegar a este punto recordó una charla con Wen Chen. Él le había hablado de un sacerdote francés perdido, el que guardaba el manuscrito que todos buscaban. Entonces su inmediata conclusión fue: es él y está en manos de Klauss, que sí es un agente y que organizó su secuestro. Sólo Klauss, aparte de Wen Chen, sabía cuál era su hotel. Podía, además, haberlo visto con Irina, pues a ella la conoció en el Kempinsky, en donde Klauss estaba alojado. Estas ideas ocurrieron en su mente de modo simultáneo, en décimas de segundo, como suelen ser las grandes epifanías. Entonces miró a Klauss con desconfianza.

—Espero que no esté pensando que yo... —dijo Klauss.

Nelson tensó todos los músculos del cuerpo y, de un salto, subió a una de las cajas.

—Aquí hay gato encerrado —dijo Nelson—. No bajaré de aquí hasta que las cosas estén claras.

—¡Tenga cuidado! —le dijo Klauss—. Puede caerse hacia atrás y desnucarse, o herirse con un clavo oxidado.

—Por mí puede usted quedarse a vivir sobre esa caja —dijo Gérard—. Si no es mi contacto, allá usted con lo que haga. Caballeros...

Dicho esto regresó a su iglú de madera y lata. Luego apagó la luz de la linterna y el hongo desapareció en la penumbra. Klauss insistió:

—Baje de ahí, por el amor de Dios. Puede hacerse daño. Venga, permítame explicarle lo que sé.

Nelson dudó. Podía ser una construcción de Klauss para hacerle creer que compartían cautiverio y, así, con la confianza que suele nacer entre dos caídos en desgracia, sacarle la información que tenía. Pero algo no cuadraba: si el curita que acababa de conocer era el mismo al que se refirió Wen Chen, quería decir que el manuscrito estaba ahí, en ese salón oscuro.

—Baje, por favor —insistió Klauss—. No adopte una posición infantil que, sobre todo, lo pone en peligro. Venga, déme la mano.

Nelson decidió bajar, aunque sin aceptar la ayuda del profesor. Sencillamente dio un salto. Luego encendió un cigarrillo y fumó.

—¿Qué es todo esto, profesor? —preguntó.

—Le voy a contar, primero, cómo llegué yo aquí —dijo Klauss—. Eso, de algún modo, explicará su presencia. Es todo culpa mía. Usted no tiene nada que ver.

Nelson agradeció que hablaran en inglés, lengua que ambos dominaban, pues los errores de español del profesor lo sacaban de quicio. ¿Qué era eso de que él no tenía nada que ver? Entonces se sentó sobre un viejo cajón de refrescos y se dispuso a escucharlo.

—Yo estaba anoche en el parque del Bambú Púrpura, ¿lo conoce? —preguntó Gisbert Klauss—. Bueno, no importa, es un bellísimo lugar al noroeste de Pekín. Estaba tomando un té y escribiendo algunas notas relativas a mi estadía en la ciudad, los libros que he encontrado y las cosas que he aprendido. Al salir, ya de regreso, dos automóviles se detuvieron y un par de desconocidos, a los que por cierto no pude ver, me trajeron aquí a la fuerza. Supongo que su historia será parecida, pero me temo que lo han involucrado por mi culpa. Verá, es muy posible que hayan encontrado en mi habitación la novela que usted, amablemente, tuvo a bien dedicarme, así como la tarjeta con los datos de su hotel. Todo esto es una historia que le parecerá alocada, pero si tiene un poco de calma se la cuento. Le repito, todo es culpa mía. Culpa de mi vanidad y de la soberbia del conocimiento.

Dicho esto le narró a Nelson, desde el principio, su interés por la obra de Wang Mian, sus eruditos artículos sobre él y su pretensión, que ahora juzgaba frívola, de darle un vuelco a la historia de la sinología, haciendo un aporte de tal magnitud que su nombre permaneciera, con el tiempo, al lado de los padres de esta ciencia tan difícil y escasa en Occidente, empezando por su admirado jesuita, el padre Mateo Ricci. El profesor Klauss dijo «permanecer», pero enseguida explicó que, de cualquier modo, en las disciplinas científicas el concepto de permanencia no es igual que en las artes, en donde estaba situado, entre otros, él, estimado escritor del Perú, ilustre novelista, pues en la ciencia los descubrimientos duran, si se le permitía la perogrullada, hasta que son superados, lo que casi siempre, tarde o temprano, acaba por suceder, o, peor aún, se convierten en cosas archisabidas, lo que hace aún más frívolo e irresponsable su comportamiento, y pasó, por fin, a hablarle del manuscrito de *Lejanas transparencias del aire: De todo lo que vi y no pude contar,* de cómo había tenido noticia de él a través de un amable librero de la calle Dongsi, donde encontró la primera edición de José María Arguedas con la cual, insistió, se había iniciado este enredo, aunque teniendo de bueno, al menos para él, la oportunidad de conocer a tan noble exponente de las letras de América. Enseguida, Klauss detalló los hallazgos hechos en su lectura de Pierre Loti, y, por supuesto, el origen de esa curiosidad, ocurrido en París, así como el súbito e imperioso deseo de iniciar un viaje que le permitiera recrear, de algún modo, la experiencia de esa vida que él tanto había desdeñado por dedicar las últimas cinco décadas de su existencia al estudio, a la bibliofilia y a las salas de lectura, mientras que afuera la otra, la verdadera vida, palpitaba sin que él se interesara jamás por ella. Jamás hasta este viaje, claro. Y ahora estaba ahí, creyendo que había ido demasiado lejos, que pagaba su inexperiencia con esto, pues ya sabía que ocuparse de ese manuscrito traía mala suerte, se lo habían dicho, pero él, por soberbia, continuó, ciego a las advertencias, hasta llegar a ese lugar, y de paso, arrastrándolo a él, distinguido poeta, en este malentendido, y juró que si había oportunidad lo explicaría todo y haría hasta lo imposible porque lo liberaran, amigo escritor, usted no merece esto, y esto lo dijo muy convencido, arguyendo que él hablaba chino y que, de algún modo, tenía una vaga idea de quiénes podían ser los captores, una sociedad secreta, una secta, en realidad, pero le recomendó a Nelson que no se preocupara, no se preocupe, amigo, que así como yo lo metí en este lío, así lo sacaré, tenga la seguridad, así sea lo último que haga en esta vida.

Nelson quedó muy impresionado por todo lo que acababa de escuchar. Si todo era cierto —y por ahora no se le ocurría ninguna razón para que no lo fuera—, Klauss había llegado solo hasta el manuscrito, y no tenía la menor idea de la relación de él, Nelson, con Wen Chen y la sociedad secreta, a la cual, por lo visto, consideraba autora del triple secuestro. De hecho, muchas de las cosas que Klauss explicó, Nelson ya las sabía. ¿Sería posible semejante casualidad? Era difícil establecerlo. Lo cierto era que Klauss, hasta ahora, no le había pedido nada.

—Y ese manuscrito del que habla, profesor —preguntó Nelson, fingiendo no saber—, ¿dónde está?

—Aquí... —respondió Klauss—. Lo tiene Gérard, el sacerdote francés. Yo mismo pude verlo anoche. Él tiene la misión de cuidarlo, pero aun así me permitió echarle un vistazo. Es el original. Lo tiene amarrado con un cable de acero a la espalda.

Nelson se quedó sorprendido. ¡Lo había encontrado! Por Dios, se dijo, si lograba salir con él, los de la sociedad secreta lo adorarían. Y tenía una ventaja, al menos aparente. Ni Klauss ni el curita sabían quién era él y cuál su papel en esta historia. Claro, había una muralla de problemas previos, empezando por el extraño cautiverio. ¿Quién los tenía presos? Debía actuar con cautela. Supuso que lo primero que debía hacer era conocer el lugar en el que estaban, para una posible fuga. En segundo lugar, hacerse amigo del sacerdote para que le mostrara, a él también, su preciado tesoro, y por último ingeniárselas para arrebatárselo y salir, o al menos hacer algo que llamara la atención de los vigías de Wen Chen, que no debían andar muy lejos.

Dicho así, el plan parecía diáfano. ¿Qué hora era? Las dos de la mañana. Faltaba poco para el amanecer, hora en la cual podía intentar algo. Invitó un cigarrillo a Gisbert Klauss, dispuesto a administrar a su favor su sentimiento de culpa el tiempo que hiciera falta, cuando escucharon un ruido al fondo del salón. Gisbert se colocó un dedo en los labios. «Shh», dijo. Nelson miró hacia la cabaña del curita francés, pero la luz no se encendió, signo de que no había escuchado. Entonces se acercaron al lugar, sin que se oyeran sus pisadas, a tiempo para ver levantarse una trampilla, disimulada en el suelo por una capa de plásticos ennegrecidos, y ver emerger, nítida y oscura, la silueta de un hombre.

Uno de los agentes de Zheng me condujo hasta el hotel, dejando claro antes que, si llegaba a haber cualquier novedad, debía regresar de inmediato. Zheng, formado en las teorías militares del Ejército Rojo, desconfiaba de los suyos, y, por ello, si surgía la más mínima pista que pudiera conducirnos al sacerdote, ésta debía ser verificada sólo por nosotros dos. De hecho, me dijo, cambiaba todos los días a sus agentes de apoyo para que éstos no supieran cuál era el motivo de las pesquisas. Yo dije a todo que sí, con tal de poder irme.

—Ay, mi vida, pensé que no ibas a estar —la voz de Omaira Tinajo entró en mi oído como una gota de glicerina—. Ya subo.

¿Cómo debía recibirla? ¿Con una actitud distante que la pusiera nerviosa y la indujera a cometer algún error? Ese podía ser un buen método: evitar el interés, y, más bien, a medida que el encuentro subiera de tono, irla llevando despacio hacia una confesión. «Toc, toc», escuché, y me fui a abrir decidido, ansioso, feliz, contento por tener claro cómo debía manejarla.

—Hola, chico —me dijo, bellísima, con una falda volátil y un jugoso escote—. Me moría por verte.

Me besó profundo, con fogosa respiración, auscultando todos los entresijos de mi boca. Luego se levantó la falda y hundió mi cabeza entre sus muslos, y entonces me vi en un mar de pelos ensortijados, empapados de flujo, que cubrían la cicatriz enrojecida de una cesárea. Intenté otro plan, pues el de la «indiferencia vigilante» empezaba mal. Luego Omaira me desnudó, haciéndome ventosas con la boca, lo que debilitó aún más mi propósito, y al fin lo descarté, definitivamente, cuando, desnuda, se recostó sobre la mesa, separó los muslos y exclamó: «tiémplame, y no digas más na'». Ahí ya me olvidé de planes, pues la verdad es que no deseaba otra cosa en el mundo que entregarme a ella, con la mente en blanco, como la primera vez, y el corazón me explotó al tocarla, al entrar en su carne, y entonces comprendí la esencia del son, la poesía del negro Guillén, el chachachá, el «¡azúcar!» de Celia Cruz, la prosa juguetona de Cabrera Infante, el ritmo de los Van Van, todo, todo al tiempo en un segundo eterno, pues me estaba enamorando, qué bella se ve la vida desde Omaira, el mundo por fuera de Omaira es insípido, feo, hostil, y me atreví a decirle te quiero, y ella gritó «ay, chico, si me lo vuelves a decir me vengo», y yo, loco, le dije, «Omaira, no me dejes nunca», y ella pegó otro grito, «Serafín, pero qué te voy a dejar, mírame, si me tienes aquí clavada», y preferí no preguntar más, suponiendo que sus palabras eran fumarolas de placer, espejismos de ebriedad, y luego, cuando su cuerpo empezó a estremecerse, cuando su respiración parecía la de un búfalo, me dijo al oído, «ay, comandantito, desembárcame las tropas», sentí el Maëlstrom de Poe, un Big Bang, lluvia de meteoros, el universo entero en mi espina dorsal, y ella, ahogada en su propia saliva, recitando muy quedo, «songoro cosongo, pinga de sensemayá, por qué me das tanto, la felicidá», y así se fue apagando, muy lento, repleta de caricias, los ojos regresando al centro, y así la ayudé a levantarse y pasamos a la cama, y allí nos entrelazamos en un abrazo ciego, debajo de las cobijas, buscando protección de algo que, tarde o temprano, vendría a separarnos, a hacernos daño, a devolvernos a ese mundo de tinieblas en el que habíamos vivido extraviados, sin saber dónde estaba la vida.

—¿Tienes hambre? —pregunté.

—No, qué hambre voy a tener —repuso, besándome de nuevo—. Quiero estar aquí, contigo. No quiero que te muevas. Quiero sentir cómo respiras.

M. Butterfly, Mata Hari, seas quien seas, te quiero, te creo, me importa un carajo ese manuscrito, dije, y apagué la luz, ovillado en sus brazos, yo también quiero sentir cómo respiras, y así, muy despacio, nos quedamos dormidos, y yo, viejo aspirante a literato, recordé un verso de León De Greiff, y lo recité, para ella: «Oh, noche, por siempre durmamos / mañana ni nunca ven a despertarnos.»

Pero la realidad es lo único que siempre nos alcanza, y, a eso de la una de la mañana, el timbre del teléfono cortó en dos la oscuridad.

—¿Aló?

—Creo que los tenemos —era la voz de Zheng—. Baje a la recepción. Ya envié a alguien por usted.

—¿No podríamos hacerlo mañana? —supliqué, apretando el cuerpo de Omaira.

—No, apúrese. Aquí le explico. Clic...

El Pekín de esa noche era fantasmagórico, pero me alivió saber que Omaira estaría esperándome al regreso. «Si tienes que salir, sal, pero yo aquí me quedo», había dicho, y agregó: «No sé en qué cosas andes metido, Serafín... Yo no te voy a preguntar nada, pero si llega a haber mujeres de por medio, te prevengo: ¡tengo un escáner en la nariz!» Me gustó que sintiera celos. Era un modo de decir: «Ya eres mío.»

Al llegar, Zheng me llevó a la terraza con los binóculos en la mano.

—Es allá, observe.

Al principio vi sólo dos círculos negros, pero luego, entre reflejos, pude distinguir el vientre opaco de una construcción.

—¿Cómo lo encontró? —pregunté.

—Uno de mis hombres vio salir un automóvil de un garaje, en la parte trasera de un restaurante. Lo conducía una rubia. Es algo poco común y dio la alarma. Tal vez no sea nada, pero vale la pena comprobarlo. Vamos.

Sentí rabia, ¿me había arrancado de mi lecho de amante por una presunción? La verdad es que ya nada me importaba y sólo quería regresar.

—¿Tenemos que ir los dos? —dije.

—Sí —respondió Zheng—. Le recuerdo que usted es el único autorizado a manipular ese manuscrito. Yo sólo debo conducirlo hasta él.

—Dios santo —exclamé—, qué privilegio. Está bien, vamos.

Antes de salir, Zheng me dio una chaqueta negra, una linterna, un gorro y unos guantes.

Llegamos a la puerta del garaje, entre sombras, después de que los suyos nos dieran luz verde. Zheng entró primero y yo lo seguí, pensando que si alguien se cruzaba en nuestro camino se llevaría, cuando menos, un buen susto, sobre todo por los gorros de lana negros, que, por cierto, picaban como si fueran de alambre. En efecto, tras el garaje del restaurante había una angosta calzada que se dirigía al corazón del bloque de edificios.

Zheng saltó de sombra en sombra, y yo detrás, moviéndome rápido, como no sabía que pudiera moverme, sintiendo miedo, inquietud, sorpresa de mí mismo, pero también seguridad, una leve impresión de ser inmortal que, sin duda, tenía mucho ver con el reciente episodio erótico y con Omaira Tinajo. Qué diferente es uno cuando alguien lo quiere, filosofé, pero la idea quedó así, en borrador, pues en ese instante llegamos a un portón que parecía de acero. Haciendo palanca, Zheng logró levantarlo unos centímetros y por ahí nos introdujimos. Del otro lado había un patio húmedo, abandonado, que comunicaba con un segundo patio, y éste, a su vez, con un tercero. Ahí terminaba la calzada.

Estábamos al frente de un galpón en ruinas. Abrir una de las ventanas fue fácil, pues todas tenían los vidrios rotos y las manijas herrumbrosas. Un segundo después saltamos adentro. ¿Por dónde empezar a buscar en ese vasto lugar, repartido en dos oscuras naves, con escaleras de hierro que llevaban a quién sabe qué alturas?

—Usted por allá —dijo Zheng—. Y recuerde: caminar despacio, observar qué hay debajo del lugar donde va a poner el pie, moverse entre sombras. Si encuentra algo, lo que sea, oprima el botón de su teléfono; si no puede hablar y está en peligro, dé dos golpecitos con el dedo sobre el micrófono. Terminada la revisión, suba por esa escalera de allá y continúe en el piso superior. Yo haré lo mismo por este lado. Si no surge nada nos encontramos arriba. ¿Alguna pregunta?

—Sí, ¿es, realmente, algo peligroso?

Zheng se rascó la barbilla.

—Depende —dijo—. Piense que detrás de cada sombra algo puede saltarle al cuello. Es mejor estar preparado.

—Gracias por el consejo —repuse.

—Buena suerte, nos vemos arriba.

Me dio la mano y se fue, dando saltos cortos. Ni yo mismo, viéndolo, escuché sus pasos.

Intenté imitarlo, pero apenas me di vuelta pateé una caja de madera que produjo un estruendo. No sé si sonó fuerte, pero a mí me heló la sangre. Entonces encendí la linterna para ver el camino, hecho lo cual la apagué y empecé a moverme. Era la primera vez que realizaba una «inspección» nocturna. Lo había visto en películas, y, de hecho, al moverme, lo que hacía era imitar a Harrison Ford en *Blade Runner*, cuando éste busca en el techo de un edificio al líder de los «replicantes» para matarlo. Por cierto que el lugar tenía su parecido con algunos escenarios de ese film, pues debía ser un viejo galpón industrial abandonado.

Caminé hasta el fondo de la nave sin ver nada particularmente extraño, así que me dispuse, muy a mi pesar, a trepar por la escalera, que en realidad era una sucesión de anillos de hierro clavados al muro. Al empezar a subir, noté que mi habitual sobrepeso había cedido algunos gramos, pues me sentí ligero. O serían los nervios. No sé. El caso es que, sin mirar hacia abajo para evitar el vértigo, logré llegar a una especie de entresuelo que, según mis cálculos, debía estar a unos quince metros del piso. Allí tomé aire, descansé los brazos y volví a encender la linterna, cuyo foco, al ser recto, no era muy visible para eventuales extraños. Había cajas de madera semipodrida, empaques de cartón húmedos, partes metálicas que alguna vez debieron servir en máquinas industriales, en fin, más o menos el mismo tipo de objetos del piso de abajo. Asomado a una barandilla de hierro, busqué con la vista a Zheng, pero no lo vi. Lo que sí vi, al fondo del entresuelo, fue una escalera de caracol que conducía al piso de arriba, pero que terminaba en el techo. Me acerqué tomando todas las precauciones y volví a encender la linterna. La escalera daba tres vueltas hasta una trampilla de madera. Sé, por mi experiencia de cinéfilo, que toda escalera tiene uno o dos escalones que se rompen, sobre todo si uno está evitando hacer ruido, así que comprobé la firmeza de cada uno antes de pisarlo. Y así llegué hasta la trampilla, que como era obvio estaba cerrada, pero que felizmente tenía la cerradura del lado de abajo. Con la linterna analicé la herrumbre de los goznes y noté que llevaba tiempo sin ser abierta. Por eso, en un primer intento, la portezuela no se abrió, pero en un segundo, empujando con el hombro, pude levantarla. Los goznes, al girar sobre sí, crujieron con un sonido metálico. Me quedé quieto, con la trampilla levantada, esperando a que el eco del ruido se alejara y para ver si aquél provocaba alguna reacción indeseable. Pero no ocurrió nada, así que la abrí del todo y me introduje por la abertura, llegando a un piso que, supuse, sería igual que el anterior.

La diferencia fue que al levantar la vista vi a dos hombres mirándome, cuatro ojillos entre curiosos e inquietos vigilando mis torpes movimientos. Y fue demasiado para mis nervios. La linterna rodó por el suelo, la sangre me subió al cerebro y el universo se precipitó sobre mí con todas sus luces.

Gisbert Klauss y Nelson Chouchén Otálora se quedaron observando a ese extraño ser que emergía de la oscuridad, incrédulos, pero cuando éste se dio vuelta y los vio, la expresión de su rostro se llenó de pánico, sus ojos giraron como los números de una máquina tragaperras, y, de inmediato, cayó al suelo, víctima de un desmayo.

Esto acrecentó aún más la curiosidad de Gisbert y de Nelson, quienes dudaron entre registrarlo, en busca de un arma, o prestarle ayuda. Pero en ambos la parte humana fue más fuerte, así que le sostuvieron la cabeza. Gisbert, recordando lejanas experiencias de boy scout, le desabotonó la chaqueta para que no le oprimiera el pecho.

Unos segundos después el desconocido abrió los ojos, parpadeó y murmuró un nombre: «Omaira.» Los dos cautivos, de pie, se miraron sin comprender y permanecieron a la espera. Nelson pensó en la cubana y se dijo que no era posible, que sería una casualidad. Luego el recién llegado se rascó la cabeza en el lugar del golpe, volvió a mirarlos y preguntó:

—Du yu spik inglis?

Gisbert y Nelson se miraron. ¿Debían responder? ¿De qué extraño lugar emergía este hombre, torpe, vestido de negro? Viéndolo, comprendieron que era una persona frágil; que no venía a hacerles daño. No podría.

—Yes —dijeron, al tiempo.

—Entonces díganme, por favor, qué diablos es este lugar y quiénes son ustedes.

—Bueno —dijo Nelson—, el que llega es quien saluda. Creo que es usted quien debe decirnos quién es y, sobre todo, dónde estamos. Por cierto que, a juzgar por su marcado acento, apostaría a que proviene de un país de habla hispana.

—En efecto, soy colombiano —dijo—. Me llamo Suárez Salcedo.

Los dos cautivos se miraron: ¡así que éste era el famoso colombiano que tanto esperaba el sacerdote Gérard!

Lo observaron con interés, como si fuera un animal en un terrario o un extraño tubérculo. Nelson pensó: «Si éste es el famoso salvador, creo que estamos jodidos.» Gisbert, viejo y sabio, pensó algo más contrastado: «Caray, cómo ha cambiado el perfil del héroe en este fin de siglo.»

—Yo soy Nelson Chouchén —dijo Nelson—, peruano.

El recién llegado dejó caer de nuevo la linterna. Parecía sorprendido de escuchar ese nombre.

—Y yo Gisbert Klauss, alemán.

De nuevo el colombiano abrió mucho los ojos, y al gesto de sorpresa vino a sumarse otro: el miedo. ¡Eran los dos espías, el alemán y el peruano! Y estaban juntos. Sin duda era aquí donde estaba retenido el famoso cura francés, y por lo tanto el manuscrito. Debía oprimir la tecla del teléfono para alertar a Zheng, pero algo lo retuvo. Ninguno de los dos hombres, en realidad, le produjo inquietud. Por eso decidió esperar.

—Entonces ustedes... —dijo Suárez Salcedo—. Ustedes son... Quiero decir, usted es el profesor de la universidad de Hamburgo y usted el escritor, ¿no es así?

Ambos asintieron. Nelson, a pesar de la circunstancia, se sintió halagado al ver que un desconocido lo reconocía como escritor.

—Díganos, por favor, ¿cómo llegó aquí y dónde estamos? —inquirió Nelson.

Suárez Salcedo los observó con curiosidad. ¿Era posible que no lo supieran? La actitud de los dos no era de guardianes, sino de cautivos. De cualquier modo decidió dejar las cosas en claro.

—Dónde estamos y qué es este lugar es algo que ustedes deben explicarme —dijo Suárez Salcedo—. Para empezar quiero que sepan que el edificio está rodeado. No existe la más mínima posibilidad de escape. Yo les recomendaría entregarse sin oponer resistencia, pues pronto llegarán aquí agentes armados. Los pisos inferiores están bajo control y varios automóviles tienen cerradas las calles. Si tienen armas, por favor colóquenlas en el suelo.

—¿Armas? ¿Entregarnos? —exclamó Gisbert Klauss, entre sorprendido y furioso—. ¡Es la cosa más idiota que he oído en toda mi vida! Pero si estamos aquí contra nuestra voluntad. Más bien diga, ¡quién diablos es usted!

—Ya les dije quién soy y eso es lo que menos importa —respondió Suárez Salcedo—. Yo vine a liberar al sacerdote que ustedes tienen cautivo. Indíquenme dónde está y no les pasará nada. Usted, profesor Klauss, podrá refugiarse en su embajada, mientras que a usted, estimado escritor, en virtud de una cierta solidaridad latinoamericana, le permitiré irse a donde quiera. Pero sólo después de que me entreguen al sacerdote. ¿Estamos claros?

Los ojos de Gisbert Klauss despedían fuego, enfurecido por lo que consideraba una «situación irracional», siendo «irracional» sinónimo de «ridícula». Al ver su estado de extremo nerviosismo, Nelson le habló al oído.

—Profesor, déjeme arreglar esto a mí —le dijo—. Él es colombiano y yo peruano. Déjeme intentarlo. Usted respire profundo y manténgase a un lado. Se lo pido por favor.

—Está bien —dijo Klauss.

Nelson se dio vuelta y se acercó a Suárez Salcedo. Le colocó la mano en el hombro, lo apartó hacia la ventana y le dijo, en el más puro español de América:

—Ya, pues, hermano, vamos a arreglar esta vaina entre patas —dijo—. El profesor está nervioso, pero no es mala gente. Lo que pasa es que él no tiene absolutamente nada que ver con esto, pues. Dejémonos de huevadas y hablemos claro: usted está buscando el manuscrito, ¿cierto?

—Sí, y le advierto una cosa —dijo Suárez Salcedo—: no me voy a ir hasta que no lo tenga debajo del brazo, y hasta no liberar al cura francés, aunque esto último es lo menos importante.

—Ya, ya, pero no se ponga así... —lo calmó Nelson—. Venga, le voy a contar quién soy yo, qué estoy haciendo y para quién, y quién es realmente este señor alemán que está allá sentado. Luego dígame usted quién es y para quién trabaja, y enseguida arreglamos este asunto. Por cierto, antes de entrar en materia me gustaría hacerle una pregunta personal, si no le importa: ¿ha leído por casualidad algo mío? Hace un rato me reconoció como escritor.

Suárez Salcedo intentó recordar algo del libro que habían encontrado en la habitación de Gisbert Klauss, y lamentó haber leído sólo un párrafo. Ahora podría quedar bien con este pobre hombre.

—Pues fíjese que sí empecé a leer una obra suya, *Cuzco Blues*, pero como la recibí hace poco aún no la he terminado —dijo Suárez Salcedo, evitando nombrar a Omaira Tinajo—. Tiene una bonita portada, con esa foto de la Plaza de Armas sobre fondo azul, y una prosa muy ágil.

El pecho de Nelson se infló como el de un pavo real; de inmediato, el visitante le pareció una persona refinada y culta.

—Si tiene buen gusto tal vez lo aprecie —dijo Nelson—. Eso espero, al menos.

—¿Que tenga buen gusto o que lo aprecie? —preguntó Suárez Salcedo.

—Las dos cosas.

—Me va a gustar, no se preocupe —dijo Suárez Salcedo—. Le confieso que yo también, de joven, quise ser escritor, y que por ahí, en algún cajón, tengo algunos pecadillos redactados.

—Ah, pero si además de latinoamericanos resulta

que somos colegas —dijo Nelson—, entonces sí que vamos a arreglar esto en dos patadas. Lástima que no haya por ahí una botellita de pisco. O de ron. ¿A ustedes les gusta el ron, verdad? Quiero decir, a ustedes los colombianos.

Gisbert observó, desde la trampilla, la conversación de los dos latinoamericanos. Caminaban de un lado al otro de la ventana, se detenían y manoteaban, se daban golpecitos en el hombro y seguían la charla, yendo y viniendo. En una de las pausas, Chouchén Otálora hizo un gráfico —al menos así le pareció al profesor— sobre el cristal empañado del vidrio, mientras que Suárez Salcedo asentía con la cabeza. Lo raro, para Gisbert, era que súbitamente parecían estar en desacuerdo, pues manoteaban y decían que no. En esas estaba Klauss, intentando comprender, cuando una mano se posó con delicadeza en su hombro. Era el sacerdote Gérard.

—¿Quién es ese otro hombre? —preguntó.

—Es un colombiano —respondió Gisbert—. Creo, padre, que su encierro está a punto de terminar. Y espero que el mío también.

—¿Entonces es el salvador?

—Bueno —dijo el profesor Klauss—. Llamarlo así me parece excesivo. Yo diría que es, sencillamente, la persona que usted ha estado esperando.

—Alabado sea el Señor —dijo Gérard, observando en la penumbra—. ¿Y qué está sucediendo allá?

—No sé muy bien —respondió Klauss—. Supongo que están intentando ponerse de acuerdo. Y espero que lo hagan antes de que llegue alguien más. Si esto sigue así no habrá sitio para todos en el galpón.

Los dos latinoamericanos notaron que el sacerdote había salido de su madriguera y se acercaron.

—¿Es usted Régis Gérard? —preguntó Suárez Salcedo.

—Sí, soy yo —dijo el cura—. Y usted es...

—Suárez Salcedo. Vine a sacarlo de aquí.

El sacerdote se le acercó en silencio y observó con cuidado su rostro. Revisó su frente, sus ojos, nariz y boca. Muy despacio. Lo miró de arriba abajo sin hacer un gesto. Al fin asintió.

—Es cierto —dijo Gérard—. Es usted. Reconozco su cara. Venga conmigo, tengo algo para usted.

—¿Los lentes de sol del embajador? —preguntó Suárez Salcedo.

—Exactamente —exclamó el curita—. Al fin una persona que entiende lo que digo. Venga conmigo. Caballeros, les pido que nos disculpen un momento.

Gérard condujo a Suárez Salcedo a su iglú. Mientras tanto, Nelson llevó a Gisbert a la ventana para explicarle lo que había hablado con el colombiano.

—Adelante, por favor —le dijo Gérard a Suárez Salcedo.

El sacerdote había confeccionado un refugio con los materiales de desecho encontrados en el salón. Dormía sobre cartones, y, a su lado, en una caja más pequeña que hacía las veces de mesa de noche, tenía una linterna de gas.

—Al principio me escondieron en un lugar mejor, con más luz y vista a la ciudad —dijo el sacerdote—, pero hace unas semanas me trajeron aquí, con el argumento de que era más seguro.

Suárez Salcedo supuso que ya no valía la pena explicarle a Gérard que lo habían engañado. Que, en realidad, en este lugar, estaba retenido por alguien que no pertenecía a la Iglesia Francesa. Lo extraño era que no le hubieran quitado el manuscrito.

—¿Y quién lo trasladó? —preguntó Suárez Salcedo.

—Si debo serle sincero, no lo sé —dijo Gérard—. Eran chinos, creo, pero yo no los había visto nunca, como tampoco había visto a los que me escondieron desde el primer día. Me preguntaron por el manuscrito, pero yo sólo les dije que estaba en un lugar seguro. La orden del reverendo Oslovski fue no entregarlo a nadie que no fuera usted. Ni siquiera a él mismo. O en cualquier caso, a nadie que no comprendiera la clave. Así me dijo.

—Y entonces, ¿dónde está?

—Espere un momento.

Gérard se quitó el hábito, una camiseta de lana y, por fin, una franela. Suárez Salcedo reprimió un gesto de asco al ver los alambres hundidos en su carne, la sangre seca, la piel amoratada. Empezó a desenrollarlo sin proferir un solo gesto de dolor. Pegado a su espalda, manchado de sangre seca y costras, tenía un sobre plástico. Dentro estaba el manuscrito.

—¡Los lentes de sol del embajador! —exclamó Suárez Salcedo, apretándolo en sus manos.

—Ya cumplí con mi misión —dijo Gérard—. Ahora podré regresar a mis oraciones, al trabajo en el barrio y la lectura de los evangelios.

—¿Y qué ha hecho todo este tiempo? —preguntó Suárez Salcedo.

—Orar en silencio, reflexionar sobre el encierro y la soledad, observar el manuscrito y escribir, al dictado de mis divagaciones, algunos apuntes. ¿Sabe? Ahora que todo ha terminado, puedo decirle que soy otro.

Suárez Salcedo vio que había algo más en el sobre de plástico. Era un pequeño cuaderno en cuya tapa se leía: «Un hombre escondido en un galpón.» Eran las anotaciones de Gérard.

—¿Puedo leerlas? —le dijo, abriéndolo.

—Lléveselo, por favor. Esos apuntes le pertenecen al manuscrito y no a mí. Gracias a él pude escribirlos.

—Pero es suyo.

—No, son sólo ideas —dijo—. Las ideas van y vienen, no son de nadie. Lléveselo, y, luego de leerlo, si le interesa, regálelo, destrúyalo. Haga lo que quiera. Yo regreso a Dios, que es mi idea fija.

Suárez Salcedo guardó el sobre en el bolsillo interior de su chaqueta. Luego salió. Klauss y Nelson Chouchén lo esperaban.

—¿Qué le parece la propuesta, profesor Klauss? —preguntó Suárez Salcedo.

—Estoy de acuerdo. ¿Podemos irnos ahora?

—Sí —dijo Nelson Chouchén—. Vamos.

El padre Régis Gérard dio una última ojeada melancólica a su escondrijo y todos notaron que, a pesar del encierro y las privaciones, una parte de él lamentaba abandonarlo. Los demás lo dejaron recogerse un segundo, en silencio, pero cuando se disponían a bajar por la escalera de la trampilla, una voz, en defectuoso inglés, los conminó a detenerse.

—¡Nadie se mueva! —un hombre con una máscara y una pistola en cada mano avanzaba hacia ellos—. ¿Adónde creen que van? ¡Levanten las manos! Tiéndanse en el suelo, muy despacio, con los brazos en cruz.

Nelson pensó que era demasiado. Por segunda vez, en la misma noche, tenía una pistola delante de la nariz.

El profesor Klauss se abalanzó, de rodillas, sobre el pavimento, aprestándose a cumplir con la orden. Suárez Salcedo y Gérard se quedaron petrificados.

—¡Al suelo! —volvió a gritar el enmascarado.

Cuando los cuatro hacían la forma de la cruz el hombre se acercó. Luego escucharon el ruido de dos cargadores colocándose en posición.

—No sé quién de ustedes tiene el manuscrito —dijo—, pero cuento hasta cinco. Si no lo veo aparecer, comenzaré a disparar a las piernas. Uno, dos, tres...

Suárez Salcedo acercó la mano, muy despacio, al bolsillo de su chaqueta.

—Cuatro, cinco...

—Aquí está, no dispare... —dijo, tirando el sobre a los pies del enmascarado.

Éste se agachó lentamente, lo recogió y comenzó a retroceder.

—Ahora escúchenme —dijo—. Voy a salir, pero si alguno de ustedes intenta levantarse, mi compañero le meterá una bala en el cerebro. Tiene un rifle de precisión y muy buen pulso.

Dicho esto se escuchó un golpe y luego tres disparos. Un bulto rodó por el suelo. Suárez Salcedo se atrevió a levantar la cabeza y vio a Zheng. Se acercó a él, reptando; lo alcanzó justo en el momento en que le quitaba la capucha al enmascarado.

—¡Crispín! —exclamaron ambos.

Suárez Salcedo comprobó que el español no estaba herido. Las balas habían salido de sus pistolas.

—Es sólo un golpe en la cabeza, no le pasará nada —dijo Zheng, desarmándolo—. Pero merecía más, por traidor. ¡Levántense todos! Hay que salir de aquí.

Suárez Salcedo recuperó el sobre. Klauss fue el primero que se abalanzó por la trampilla. Lo siguieron Gérard y luego Nelson. Cuando Suárez Salcedo estaba por bajar escuchó un silbido al lado de su oreja.

—Al suelo —gritó Zheng—, alguien nos dispara.

Una ráfaga llenó el aire de polvo. Zheng, con las pistolas de Crispín, respondió al fuego.

—¡Baje, baje! —le gritó a Suárez Salcedo, quien se lanzó de boca por la escotilla.

Al caer al piso de abajo vio a sus tres compañeros de fuga agazapados detrás de una caja de metal.

—¿Qué está pasando allá arriba? —preguntó Klauss.

—El enmascarado no estaba solo —respondió Suárez Salcedo—. Vamos, hay que seguir bajando.

Les señaló la escalera de pared, pero de inmediato Nelson los detuvo.

—Un momento —dijo—, alguien puede disparar desde abajo. Es demasiado arriesgado.

En el piso de arriba, Zheng le hacía frente al fuego de varios francotiradores. Reptando llegó hasta Crispín, que no había recuperado el sentido, y extrajo de sus bolsillos varios cargadores repletos de balas. Ahora podía combatir. Luego regresó al hueco de la trampilla arrastrando al español, e hizo fuego, calculando que dos de los fusiles disparaban de un edificio más alto; y el resto desde la puerta. Entonces tiró abajo el cuerpo de Crispín, se introdujo de pies, cerró la trampilla y descendió al entresuelo.

—¿Para qué lo trae? —preguntó Suárez Salcedo, señalando al ex enmascarado.

—Sólo él podrá decirnos quiénes son los que disparan —dijo Zheng—. Usted, terminado esto, se va, pero yo vivo aquí. No está de más saber quién le dispara a uno con tanta saña.

—¿Es muy grave nuestra situación?

—No se preocupe —respondió Zheng—. Estoy entrenado para cosas peores. Tenemos que buscar otra salida hacia la derecha del edificio. Es el único lugar desde el que no disparan.

—¿Piensa pedir refuerzos? —preguntó Suárez Salcedo.

—Ni hablar —respondió—. Me gustan los problemas que se solucionan entre pocas personas. Tenga esta pistola y apúntele, ya se está despertando.

Crispín, en efecto, empezaba a abrir un ojo, soltando al aire débiles quejidos. Cuando reconoció a Zheng hizo cara de pánico y luego de rabia.

—Joder, Zheng, qué golpe me han dado. No habrás sido tú.

—Debí meterte una bala en la cabeza —dijo Zheng—. Pero ahora levántate y ven con nosotros. Mi compañero te estará apuntando con esa pistola, así que nada de trucos.

Zheng se acercó a la segunda escalera, la que llevaba al piso de abajo, y lanzó una caneca vacía. De inmediato se escucharon seis fogonazos. Tres de ellos perforaron el latón.

—Disparan con AK-47 —analizó—. No podemos bajar, tendremos que salir por esas ventanas.

Señaló un balcón sobre el costado derecho. Del otro lado había un techo plano desde el cual se podía pasar a la construcción vecina.

Gisbert fue el primero en saltar al otro lado. A pesar de su edad, parecía ser el más ágil. Nelson pensaba en Elsa, en su compromiso con las letras, en sus sueños de gloria, y se preguntó si todo aquello no podría terminar ahí, esa noche.

—¿Le importaría dejar de rezar en voz alta? —pidió Nelson al padre Gérard—. Si me pegan un tiro, no quiero que sea eso lo último que escuche.

Todos pasaron del otro lado, incluido Crispín, y Zheng fue delante, moviendo las pistolas en todas las direcciones. Pero cuando estaban por llegar al edificio vecino se reanudaron los tiros. Todos se lanzaron al suelo. Uno de los francotiradores había logrado alcanzar el entresuelo y disparaba desde el ventanal.

Zheng, rápido como el rayo, embocó tres disparos en el lugar de los fogonazos. Se oyó un ruido y algo cayó. Le había dado. Continuaron corriendo, pero el padre Gérard no se levantó. Suárez Salcedo, que estaba a su lado, intentó ayudarle, pero al darle vuelta una marea de sangre emergió de su pecho. Luego silbaron otros tres disparos.

—Déjelo —dijo Zheng—, está muerto.

—¿Muerto? —dijo Suárez Salcedo, horrorizado—. ¿Qué quiere decir con «muerto»?

—Quiere decir lo contrario de vivo —respondió Zheng—. Cálmese, a todo el mundo le ocurrirá. Vamos. ¡Debemos continuar!

—Estaba rezando, madre mía —dijo Nelson—. Y yo le pedí que se callara. Soy un miserable.

Al decir esto sonó un disparo. Zheng devolvió el fuego y continuaron, arrastrándose, reptando como lombrices. Un volcán de sangre reventó en el brazo de Nelson Chouchén.

—Mierda —dijo—, me dieron.

—¿Puede seguir solo? —preguntó Klauss.

—Sí, no es nada.

Por fin llegaron a un muro. Era el único paso entre los dos edificios, así que, por el momento, estaban a salvo.

—¿Alguien más está herido? —preguntó Zheng.

Nadie dijo nada hasta que se escuchó la voz de Crispín.

—Pues yo, macho. ¡Casi me abres la cabeza!

—¿Qué quiere decir «macho»? —preguntó Gisbert Klauss.

—No es el momento de perfeccionar su español, profesor —protestó Nelson—. Creo que debemos irnos de aquí. Esto se está poniendo muy feo.

—Avíseme con el teléfono cuando lleguen abajo —dijo Zheng—. Yo los cubro desde aquí.

Zheng se quedó respondiendo al fuego desde el borde del muro, pues algunos hombres intentaban cruzar por el techo. Suárez Salcedo se fue adelante, llevando a Crispín, y buscó un modo de bajar a la calle. No era un galpón, sino un viejo edificio de oficinas, así que bajaron por una de las escaleras. Al llegar al primer piso vieron un claro en el aire. Amanecía. Suárez Salcedo llamó a Zheng. Al contestar, escuchó del otro lado los tiros.

—Ya estamos afuera.

—¿Cómo se llama la calle? Tengo que avisar a uno de los choferes... Espere un momento, no corte —Zheng dejó de hablar un momento y Suárez Salcedo escuchó una ráfaga—. Ya, ¿me oye? Le decía que tengo que saber el nombre para hacer que los recojan.

—Pues, no sé leerla, Zheng —dijo Suárez Salcedo—. El nombre está en chino. Un momento... ¿Alguno de ustedes sabe leer chino?

Crispín permaneció callado. Gisbert Klauss dio un paso adelante.

—Yo —dijo—, ¿qué necesita saber?

—Léale el nombre de esa calle a mi compañero —le dijo, pasándole el teléfono.

Klauss, orgulloso de poder hacer un aporte a la fuga, pasó al teléfono y lo leyó.

—En dos minutos vendrá una camioneta a sacarlos de allí —dijo Zheng.

—¿Y usted? —dijo Suárez Salcedo.

—Termino la munición que me queda y salgo. Podría ir ahora, pero me estoy divirtiendo. Llegaré a la base antes que ustedes.

—Recuerde que tenemos que interrogar a Crispín.

—Sí —dijo Zheng—, eso no me lo pierdo por nada del mundo.

Mientras hablaban, arreciaron los disparos. Suárez Salcedo colgó el teléfono y esperó, ansioso, la llegada del automóvil. En ese instante recordó que tenía una pistola y que debía encañonar a Crispín, pero se sintió ridículo. Nelson Chouchén Otálora analizaba su herida levantando con cuidado la tela de la chaqueta.

—Diez centímetros más a la izquierda y no lo cuento, por suerte es sólo un rasguño.

—Habría sido una gran pérdida para la narrativa de expresión hispana —opinó Klauss—. Me alegra que el sicario tuviera mala puntería.

—Yo lo lamento por la chaqueta —dijo Nelson—. Era de las finas. Gran pérdida para mi armario.

El carro llegó y todos se fueron. El conductor, por seguridad, le colocó a Crispín una capucha y ató sus manos a la silla delantera. A todos les pareció excesivo darle ese trato, pues el español ya había dado muestras de colaboración y parecía resignado a perder la partida.

Al llegar a la casa de seguridad todos quedaron muy sorprendidos: Zheng, sentado en un sofá, bebía a sorbos una taza de té. Uno de sus brazos estaba vendado.

—Lo hirieron —dijo Suárez Salcedo.

—En todo combate se obtiene algo —dijo Zheng—. No es nada.

Uno de los colaboradores se ocupó de Nelson Chouchén y su herida, mientras Gisbert Klauss estiraba las piernas en un sofá.

—Estoy despedazado —dijo—. Hacía cuarenta años que no me movía tanto.

Zheng acabó el té, se levantó y llamó aparte a Suárez Salcedo.

—Venga, Crispín nos espera.

Fueron a una habitación al fondo de la casa. Allí, el español estaba atado de pies y manos a una silla metálica.

—Bueno, Crispín —dijo Zheng—. En este tipo de situaciones hay dos modos: la vía lenta y la expedita. Con ambas se llega al mismo lugar, sólo que en la lenta se sufre un poco.

Crispín levantó la cara y lo miró, furioso.

—Pues no pienso decirte nada, sobre todo después del tortazo que me diste, hijo puta.

—Ese golpe te parecerá una caricia egipcia al lado de lo que mi amigo, el colombiano, es capaz de hacerte.

Zheng lo miró haciendo un guiño. Suárez Salcedo puso cara de duro. Crispín empezó a inquietarse.

—¿Y qué coño es lo que quieren saber?

—Muy sencillo —dijo Zheng—. Lo primero, por qué estabas tú en ese galpón, enmascarado y con una pistola. Como supongo que no tendrás el coraje para actuar solo, la segunda pregunta cae por su propio peso: para quién trabajas y quiénes eran los otros hombres armados. Esto sería un buen principio.

Crispín, nervioso, dejó escapar un «me cago en la puta». Luego se mordió el labio superior.

—Mira, Zheng, tú sabes que yo estoy muy liado... Debo dinero, tengo deudas graves. Vino un tío y me ofreció algo de pasta por hacer esto, así que no me quedó elección.

Zheng le levantó la barbilla y lo miró a los ojos. Acto seguido le propinó un soberbio puñetazo en la mejilla izquierda, tan fuerte que Suárez Salcedo se cubrió la cara con las manos. Crispín estuvo a punto de caer de la silla, pero las ataduras lo contuvieron.

—¡Cabrón! —gritó el español—. Si me rompes un diente te mato. Joder, Zheng, ¡no me compliques la vida! Fue el tío ese del que te hablé. Tony, el canadiense.

Zheng sirvió un vaso de agua, se acercó a Crispín y se lo roció al lado de la boca. Esto, al parecer, le produjo alivio.

—Vamos mejorando —dijo Zheng—. ¿Son los canadienses los que te contrataron? Los hombres armados, ¿eran agentes de la congregación metodista?

Suárez Salcedo se ubicó detrás de Crispín. No estaba de acuerdo con los métodos de Zheng, pero tampoco hacía nada por detenerlo. La verdad es que obtenía resultados.

—Mira —dijo por fin Crispín—. Te lo cuento todo si prometes protegerme. Esos tíos son muy peligrosos.

—Dudo que tu posición te permita hacer exigencias —respondió Zheng—. Sin embargo habla, ya veremos después.

Crispín escupió. Mezclados con saliva, cayeron al suelo varios coágulos de sangre. Luego comenzó a hablar.

—Tony, el canadiense, no es sobrino del reverendo. Según entiendo vino a Pekín contratado por ellos para hacerse con el manuscrito y entregarlo, y para darles un poco de seguridad. Pero el cabrón resultó más vivo de lo previsto y, antes de venir, lo ofreció a unos chinos de Nueva York. No sé quiénes son exactamente. Sólo escuché que era una sociedad secreta que no quiere que el manuscrito salga a la luz, para que la otra secta, la que quiere tenerlo aquí en Pekín, no aumente su poder y les quite adeptos. Es algo así. Sé que Tony iba a recibir por el manuscrito quinientos mil dólares. Los tíos de las kalashnikov son gente que Tony reclutó aquí.

—Y los metodistas —preguntó Zheng—, ¿qué opinan de todo esto?

—No, ellos no saben nada. El reverendo cree que Tony está trabajando para él, pero en realidad lo está engañando. Lo que te digo. Si es que ese tío es la leche.

—Y a ti, ¿qué te ofreció? —preguntó, de nuevo, Zheng.

—Tres mil dólares. Ya sabes, con eso pensaba pagar deudas y comprar un televisor nuevo. Uno en colores, con mando a distancia. Estoy hasta los huevos de esa mierda en blanco y negro que tengo en casa.

Zheng cerró el puño y se lo acercó a la cara.

—¿Y por eso tuviste el valor de empuñar una pistola y amenazarnos?

—Joder, Zheng, no te pongas así, que ni siquiera la

disparé. Tú sabes que los tíos a los que les debo la pasta no se andan con bromas. Dijeron que me iban a partir las piernas si no les pagaba antes de fin de mes.

Zheng atrajo una silla y se sentó. Suárez Salcedo se acercó y ofreció una ronda de cigarrillos.

—Parece que las cosas están claras —dijo Suárez Salcedo—. ¿Qué hacemos ahora?

Zheng se acarició el brazo vendado. Luego se levantó y fue a la habitación contigua.

—Supongo que nada —dijo Zheng—. Según mis cálculos, cuatro de los sicarios de Tony están reunidos con el Altísimo, y usted ya tiene en su poder el manuscrito. Mi misión ha terminado.

—Eso es cierto, pero aún debo pedirle un favor —dijo Suárez Salcedo—. Necesito un día más en Pekín. Volaré a Hong Kong esta noche, en el último avión.

—¿Y cuál es el favor?

—No le diga a Oslovski que ya tenemos el manuscrito. Yo se lo diré, más tarde.

—Eso es algo que no me incumbe —respondió Zheng—. Usted sabrá cuándo le informa. Mi misión era llevarlo hasta él. Lo único que debe tener en cuenta es que allá en el techo se nos quedó el sacerdote francés.

—¿No podemos enviar por él?

—Supongo que sí.

Zheng extrajo su teléfono y habló en chino. Luego colgó y dijo:

—Ya está arreglado. Di órdenes para que lo traigan sin decir nada a nadie. Supongo que podremos conservarlo hasta la noche.

—Gracias —dijo Suárez Salcedo—. También debo pedirle un pequeñísimo favor, pero para ello debo ser extremadamente cauteloso. Vamos a la ventana, nadie debe escucharnos.

Los dos hombres se alejaron. Recostados contra el alféizar, parlamentaron unos minutos. Zheng asintió y luego se dieron un apretón de manos. Hecho esto regresaron al salón. Nelson Chouchén Otálora y Gisbert Klauss dormían sobre el sofá.

—¿Ya podemos irnos? —dijo Gisbert Klauss, con la voz agrietada por el cansancio.

—Sí, Zheng va a ayudarnos —dijo Suárez Salcedo.

Acto seguido, Suárez Salcedo llamó a su hotel y pidió que le comunicaran con su habitación. Eran las siete de la mañana.

—¿Diga?

Era la voz de Omaira.

—Soy Serafín.

—Chico, ¿dónde te metiste? ¡Ya son las siete de la mañana!

Suárez Salcedo buscó reunir todas las palabras en su mente. Luego dijo:

—Te pido el favor de que hagas exactamente lo que te voy a decir. No me esperes ahora. Sal y haz tus cosas, pero regresa a mi habitación a las cinco de la tarde. A las cinco en punto, ¿eh? Tenemos que hablar.

—Me estás asustando, Serafín —dijo Omaira—. No quiero saber en qué andas metido, pero sólo dime, ¿tú estás bien?

—Sí. Por favor, a las cinco en punto.

—Está bien, está bien. Aquí estaré. ¿Y no me dices nada más?

—Sí —dijo Suárez Salcedo—. Te voy a querer toda la vida.

Los cuatro hombres salieron a la calle y subieron en un automóvil Bandera Roja de color negro. El tráfico de la mañana era nutrido. La luz, neblinosa, le daba a Pekín un aire irreal, pero eran ellos, apretujados en los sillones del vehículo, los que no correspondían a la situación. Más adelante, en un parque, una multitud hacía sus ejercicios matinales. Era un día como cualquier otro.

Al acercarme al hotel pensé en un diálogo de Jake La Motta, el boxeador de *Toro Salvaje* interpretado por Robert de Niro. Le dice a su novia: «Bésame las heridas, así sanarán más rápido.» Yo llevaba un buen tiempo acumulando heridas, fisuras invisibles que no sangraban pero que hacían daño, que se abrían con el tiempo. ¿Vendría Omaira? Claro que vendría. Cuando uno sabe qué es lo correcto, lo difícil es no hacerlo. Lo había dicho Oslovski.

Antes de subir a mi habitación me detuve en el centro comercial y busqué una oficina de Air France. Con los dólares de los viáticos y mi tarjeta de crédito reuní el dinero para un billete Pekín-París en primera clase y sin hacer muchas preguntas lo compré, a nombre de Omaira Tinajo. Con él en el bolsillo, fui a mi habitación a esperarla. Era el momento de apostar fuerte, me dije. Se puede convivir con cierto tipo de fracasos, e incluso lograr una leve, decorosa felicidad, pero primero hay que apostar. Pensé en Corinne y en Liliana. Pensé en el cadáver del sacerdote Gérard sobre el techo del galpón y en su escrito, que guardaba en mi chaqueta. Pensé en Casteram y en Malraux, y pensé en mí mismo antes de venir a Pekín, pero no encontré nada. Todos los nombres eran sílabas vacías.

Al fin llegó. Estaba muy nerviosa.

—¿Qué es todo este misterio, Serafín? —me dijo, abalanzándose sobre mí.

—Es mejor que no me hagas esa pregunta ahora, Omaira —respondí—; ya no vale la pena. Me voy a Hong Kong a las nueve. Esto es una despedida.

Omaira me apretó fuerte. Sus ojos se llenaron de lágrimas.

—Ay, chico. Yo sigo rezada. Quédate una noche más conmigo.

Resbalé hasta el suelo. De rodillas, me abracé a sus muslos. Hundí mi cara en su falda y le dije:

—Contesta sí o no a lo que te voy a preguntar. No me des razones, sólo sí o no.

Se quedó callada, sin embargo asintió. Entonces le entregué el pasaje de avión. Le indiqué que podía usarlo cualquier día, desde Pekín o desde La Habana. Que no tenía límite.

—¿Vas a venir? —le pregunté.

Omaira cayó al suelo y me dio otro abrazo. Ya no lloraba.

—Sí —respondió—. Tú espérame allá.

Mordí sus labios y sentí el sabor de algo que podía ser dulce o amargo. Luego levantó su falda y, recostándose al borde de la cama, se bajó medias y calzones.

—Ven, Serafín, tiémplame —dijo—. Tiémplame con todo.

Al terminar se arregló la ropa, luego fue al espejo a retocarse el colorete y el pelo. La acompañé a la puerta.

—¿Qué tiempo hace en París? —preguntó.

—Dentro de unos días va a comenzar el frío.

Se quedó pensando un instante; yo volví a estremecerme.

—Entonces lo mejor será comprar aquí un abrigo —dijo.

Me besó en la boca y caminó hacia el ascensor. Desde el fondo del corredor volvió a decir:

—Tú espérame allá.

Unas horas después estaba en el aeropuerto, embarcando hacia Hong Kong. Cuando el avión se elevó sentí que dejaba atrás algo muy denso, pero también nostalgia, mucha nostalgia, y miré las luces de la ciudad. Un océano de puntos luminosos. En alguno de ellos, Omaira debía observar el billete de avión y, al hacerlo, decidía su destino y el mío. Tal vez debí quedarme, arriesgar un poco más, pero el manuscrito me quemaba en el pecho. Era necesario darle un final a esta aventura y para ello debía tomar este vuelo nocturno.

Pétit y Gassot me esperaban en Kai-Tak, pasada la medianoche. Por raro que parezca, ninguno de los dos expresó satisfacción al recibir el manuscrito. Gassot simplemente lo abrió, comprobó su contenido y dijo:

—Ha hecho un buen trabajo, después de todo.

—Es innegable —agregó Pétit—. Un buen trabajo, después de todo.

Fui a dormir al mismo hotel de la llegada, el Prince, sólo que ahora ni las luces ni la frenética actividad de la isla me sedujeron. Mañana, al mediodía, tomaría el vuelo de regreso a París, y ahora lo único que anhelaba era estar solo. No me atrevía a pensar en Omaira. Tenía la absurda sensación de que si lo hacía, si fantaseaba sobre su llegada y una posible vida feliz, todo se iría a pique. Mi destino, de algún modo, estaba en manos de una desconocida. Lo único urgente y necesario era dormir.

Tras dejar a sus dos colegas en los respectivos hoteles, el profesor Gisbert Klauss se quedó solo con Zheng, quien le había propuesto ayudarlo a recuperar sus efectos personales. De hecho, Zheng ya había enviado a alguien al Kempinsky con la orden de entrar a su habitación, meterlo todo en una maleta y volver a salir, sin que nadie lo notara, de modo que el profesor no tuviera que acercarse allí para nada. Y así se hizo. La cita con el agente era en el parking delantero de la Tienda de la Amistad, sobre la avenida Jianguomen, un lugar bastante concurrido y seguro, y para allá se fueron, justo cuando la luz del cielo empezaba a ser opaca.

—La cita es a las seis, profesor —dijo Zheng—. Mi agente tendrá mucho gusto en acompañarlo al aeropuerto, pues yo tengo que arreglar algunas cosas aquí en la ciudad.

—Usted ha sido muy amable y valeroso, joven —dijo Gisbert Klauss—. De algún modo, todos le debemos la vida.

El profesor tocó la bolsa en donde guardaba el manuscrito y, con el corazón cálido, agregó:

—Y eso sin contar la enorme deuda que la ciencia filológica y la literatura tienen contraída con usted.

Zheng se mantuvo en silencio. Era el tipo de persona que se siente incómoda ante la gratitud ajena, aun cuando ésta sea merecida.

Llegaron al parking y Zheng estacionó frente a una

cafetería. Gisbert Klauss parecía nervioso, aunque observando en su interior, lo que más había era cansancio, un enorme cansancio después de la euforia. Al fin y al cabo lo tenía. Lo había conseguido. Sentía una gran ansiedad por subir al avión y dejar atrás Pekín, pues sólo en la tranquilidad de su estudio o en la sala de la biblioteca podría entregarse sin distracciones a la lectura de este apasionante texto. Extrañaría Pekín, claro. De hecho ya la extrañaba, pues sentía que el hombre que se disponía esa noche a regresar a Alemania no era el mismo de hace unos días. Ahora conocía mejor la vida. Había experimentado algo que lo enaltecía y lo llenaba de sentido. También supo cumplir con el reto impuesto al leer el librito de Loti, obteniendo una recompensa que propulsaría no sólo su espíritu pasivo de lector, adorador y chupador de libros, sino también su carrera académica. Su conclusión, aunque ésta se encontrara al nivel de hipótesis de trabajo, fue la siguiente: no se puede prescindir de ninguno de los aspectos de la vida, so pretexto de reforzar y perfeccionar uno en particular, sin que la totalidad no se vea empobrecida y, por lo tanto, empobrecido también aquel aspecto que se pretende exaltar. Pensó que debía escribir este axioma en el avión y perfeccionarlo, pues podía dar origen a un cuaderno de reflexiones sobre su nuevo modo de encarar la vida que, quién sabe, con el tiempo podría publicar usando ese mismo título: *Cuaderno de reflexiones sobre un nuevo modo de encarar la vida.*

En esas estaba cuando un automóvil estacionó al lado. Zheng bajó de la camioneta y saludó a un hombre menudo. Luego le hizo señas al profesor para que se acercara.

—Él lo llevará al aeropuerto —dijo—. Ya podemos despedirnos.

Gisbert Klauss dudó si debía darle un abrazo. Prefirió un sobrio pero efusivo apretón de manos.

—Estoy en deuda con usted, Zheng —insistió, introduciéndole en el bolsillo una de sus tarjetas—. Cuando necesite algo, lo que sea, llame a este número.

Luego, Zheng los vio irse por la avenida en dirección al cuarto anillo periférico; ahora que todos se iban a él le quedaban los incómodos restos del banquete, es decir los platos sucios y la cubertería manchada. Siempre había sido así. Estaba entrenado para ello.

En el carro del agente había un segundo hombre que, por seguridad, según le explicaron a Gisbert, los acompañaría hasta el aeropuerto, sentado en el sillón trasero. El profesor lo saludó con cortesía, se presentó y acto seguido se dedicó a observar por última vez los fastuosos rascacielos. «A este ritmo Pekín va a acabar siendo la *Metrópolis* de Fritz Lang, en medio de Asia», pensó. Un poco más adelante tomaron la autopista y la marcha se hizo más rápida. Oscurecía. Un viento frío se colaba por la rendija de la ventana y Gisbert recordó que antes de facturar sus maletas debía sacar una bufanda.

Las luces del aeropuerto eran una inmensa llama en medio de la noche. Entonces, los tres hombres se dirigieron al parqueadero por una de las entradas laterales, pues tenían más de media hora de adelanto sobre el horario.

Todo ocurrió muy rápido. Gisbert estaba haciendo una lista mental de las cosas que debía comprar en el *duty free*, una botella de licor de arroz, un poco de té para Jutta y tal vez alguna artesanía en jade, cuando fue interrumpido por las explosiones. Los vidrios del carro se hicieron añicos y él alcanzó a notarlo. La primera bala se hundió en su omoplato, la segunda en el cuello y la tercera en la tetilla derecha. De modo instintivo, antes de perder el conocimiento, Gisbert se apretujó sobre el lado izquierdo de su cuerpo, sin duda con la intención de proteger el manuscrito.

Tres días después, al despertar en el Rockefeller Hospital de Pekín, y al sorprenderse por la presencia de Jutta, que no soltaba su mano, el profesor Klauss supo que habían sido atacados por el mismo grupo que lo había secuestrado y recluido en el galpón, es decir los matones de Tony, el agente canadiense. Tanto él como el conductor recibieron heridas graves, pero fue el joven del asiento trasero, respondiendo al fuego con una Mini Ingram, quien les salvó la vida. La policía china llegó de inmediato al lugar y arrestó a tres de los sicarios que resultaron ilesos —uno entregó el alma y otro recibió dos impactos de bala, pero se recuperaría—, los cuales denunciaron de inmediato a Tony, quien, poco después, fue detenido en la zona internacional del aeropuerto, pues esperaba aquello que sus compinches debían entregarle —es decir, el manuscrito—, e irse esa misma noche a Tokio. Fue Zheng, que estaba junto a Jutta cuando el profesor abrió los ojos, quien le contó estos detalles.

En cuanto al manuscrito, éste estaba a salvo ya que la policía no le dio importancia; al parecer, los sicarios no lo mencionaron en su confesión, e incluso es probable que no supieran qué contenía la bolsa que debían sustraer, ya que, paradójicamente, quien lo sabía era precisamente el hombre que murió.

—¿Te gusta Pekín? —le preguntó Gisbert a Jutta.

—No sé si me gusta —respondió ella—, sólo conozco lo que se ve desde la ventana. Por ahora me da miedo.

Los médicos esperaban que Gisbert se recuperara de la primera operación en el cuello para hacer una segunda y, tal vez, una tercera en el omoplato. Había perdido mucha sangre. Según le dijo a Zheng uno de los enfermeros, aunque esto puede no ser del todo cierto, Gisbert Klauss alcanzó a estar técnicamente muerto. Ahora estaba con Jutta, que lo besaba con angustia y le decía al oído: «Cuando regresemos a Alemania me vas a contar con pelos y señales qué fue todo esto y cuál fue el lío en que te metiste, Herr Professor.»

Nelson Chouchén Otálora llegó al Holiday Inn y, tal como supuso, un automóvil con hombres de Wen Chen lo esperaba en la puerta principal. Por seguridad, Zheng se detuvo al lado sin apagar el motor mientras Nelson parlamentaba con los suyos, los cuales le hicieron un lugar en el carro, muy nerviosos por la súbita aparición del hombre al que llevaban muchas horas buscando y cuyo paradero desconocían. La despedida fue rápida. Sólo un par de apretones de mano a Zheng y a Gisbert Klauss.

A este último le dijo:

—Cuando vaya a Hamburgo a presentar la edición alemana de alguno de mis libros, haré que lo inviten, profesor. Tendré mucho gusto en volver a verlo.

Gisbert Klauss, emocionado, quiso sellar la despedida en la lengua de su amigo.

—Será una grande placer. Estaré esperando ésa. Le deseo mucha suerte para usted.

Uno de los hombres de Wen Chen le dijo a Nelson que era mejor irse, pues alguien podía estar vigilándolos, lo que traería nuevas complicaciones. De hecho, antes de llegar a la casa de seguridad en donde habían celebrado las reuniones previas, el conductor dio muchas vueltas, se detuvo, cambió varias veces de ruta y nunca dejó de vigilar los espejos retrovisores.

Nelson sonreía. Lo que tenía en el bolsillo de su chaqueta era una verdadera bomba, algo que sellaría para siempre su lugar en el mundo de la cultura china, con sus inmediatas y anheladas consecuencias: abrumador éxito de ventas —pues si uno de cada dos adeptos de la sociedad secreta compraba sus libros, las cifras se irían a los cielos—, jugosos contratos anunciados por la prensa internacional, artículos de opinión reproducidos en Europa, Estados Unidos y América Latina, entrada al exclusivísimo club de los escritores TOP al lado de Umberto Eco, Salman Rushdie, García Márquez, Naipul, Vargas Llosa, Saramago, William Styron, entre otros; posible nominación al Premio Nobel y, por qué no, atribución del mismo, para lo cual ya imaginaba un discurso: «Un premio honra más a quien lo da que a quien lo recibe, por eso deseo felicitar a la Academia Sueca...» Y ya. Por fin podría dar un respiro, pues su lugar en el mundo era ése. Ni más ni menos. La gloria literaria era el único desenlace posible para los avatares y las refinadas inquietudes de su alma. Qué bella era la vida, se dijo, de la que podía obtenerse tanto.

Un frenazo lo sacó de su ensoñación, justo cuando imaginaba una foto en el *New York Times* con el siguiente lema: «El galardonado, Nelson Chouchén Otálora, saludando al rey Gustavo de Suecia.» Habían llegado.

—Estimado amigo —le dijo Wen Chen, al verlo—. ¿Dónde diablos se había metido? Nuestros hombres estuvieron toda la noche registrando el hotel y las zonas aledañas. Estábamos desesperados. Además sucedió algo insólito: hubo un fuerte tiroteo en la zona industrial que vigilábamos desde hace dos noches. Cuando logramos reunir a nuestros agentes profesionales y estábamos a punto de ubicar el galpón, llegó la policía y tuvimos que retirarnos. Desde esta mañana mis hombres están intentando averiguar qué fue lo que pasó.

Nelson lo observó con ojos heroicos. Su expresión era la de un hombre que camina con beatitud hacia la gloria.

—Tenía que hacer algo sumamente delicado —respondió—. Algo que debía hacer yo solo, amigo mío, pues conllevaba grandes riesgos. Y aquí está el resultado.

Extrajo el paquete de su bolsillo y lo lanzó con indiferencia sobre la mesa. Wen Chen lo abrió y, al verlo, cayó de rodillas. De inmediato dijo algo en chino y todos los que estaban en el salón se hincaron. Nelson, tranquilamente, tomó asiento y encendió un cigarrillo.

—Fue mi tío abuelo quien salvó este manuscrito de la catástrofe —dijo Nelson—. Era un deber de familia recuperarlo para ustedes. Jamás me hubiera perdonado regresar a Estados Unidos sin dejar concluido este asunto. Ahora tengo la conciencia tranquila.

Wen Chen tradujo sus palabras; aún de rodillas, todos dirigieron sus cabezas hacia él en señal de pleitesía.

—Reconozco la sangre luchadora y aguerrida de los Shou-shen, líderes históricos de los Yi Ho Tuan —dijo

Wen Chen—. Ahora, con el manuscrito, podremos revivir. La fuerza emergerá de este texto y llegará a nosotros. Estamos salvados. Nuestra supervivencia como nuevos Yi Ho Tuan es ahora una realidad, y los violentos que osan llevar nuestro nombre desaparecerán. Los principios serán los mismos de nuestros predecesores, aunque buscaremos cumplirlos con otros métodos: la honra de la patria, la sanidad mental y física, la dignidad de nuestro pueblo. Quien desee ver cumplida esta quimera venga a sentarse en torno a nosotros. Quien quiera honrarse a sí mismo, a la patria y a nuestra historia, venga a sentarse en torno a nosotros. Quien desee una vida plena, con dignidad y sentido, venga a sentarse frente a nosotros.

Poco después, Nelson Chouchén Otálora fue elegido líder ad honorem, por aclamación, dignidad que él aceptó a condición de que le permitieran regresar a su casa de Austin, en los EE.UU., donde estaba su vida, para quedar, desde allá, en permanente contacto, con frecuentes viajes a Pekín y reuniones mensuales con los representantes de la sociedad en Estados Unidos. Todos aceptaron. Wen Chen sería el líder real por su conocimiento de la tradición, pero su grado jerárquico sería el de factótum de Chouchén Otálora. La sociedad secreta aceptó, además, que Nelson regresara a su vida de antes para poder dedicarse a escribir esa gran obra que debía enaltecerlos a todos, y que narraba los avatares de una familia china y peruana a lo largo del siglo. Por sugerencia de Nelson se aceptó de antemano, también, que la obra fuera traducida al chino y leída por los Yi Ho Tuan, pues en ella, aseguró Nelson Chouchén, pensaba introducir algunos modelos de pensamiento que él sentía bullir en su interior y que, ahora lo sabía, tenían que ver con la tradición rebelde y libertaria de su abuelo, modelos que no podían ser expresados de otro modo ya que el vehículo de sus ideas era precisamente el de la narrativa.

La llegada del manuscrito se celebró con un grandioso banquete en la sede central, y fue colocado en una urna de cristal, al interior de un nicho con vidrios de seguridad, en donde sería custodiado día y noche por guardias armados. Cada mes se haría una reunión de lectura en voz alta con los adeptos, y se estableció que no se permitiría la confección de copias para no banalizar su contenido y, sobre todo, para que éste no llegara a ojos extraños. Nelson vivió un momento de gloria al recibir la venia de los setecientos grandes maestros de la sociedad, los cuales juraron divulgar su pensamiento y doctrina.

Como es lógico, alguien se encargó de recoger sus cosas y, de inmediato, fue trasladado a una residencia campestre de los Yi Ho Tuan, a la espera de su viaje de regreso a Estados Unidos.

Dos noches después, Nelson le preguntó a Wen Chen si sería posible ubicar a Irina, aunque sin ponerlo en antecedentes sobre lo que había sucedido.

—Claro que sí, estimado amigo —respondió—. Esta misma noche se la traemos.

Para gran sorpresa de Nelson, a eso de las siete de la noche, un automóvil Bandera Roja parqueó en la entrada y de él descendió Irina, la bella y traidora rusa. Pero al verla, desde la ventana del segundo piso, comprendió que había cometido un error mortal, pues al no poner en antecedentes a Wen Chen, ni éste ni sus hombres habrían tomado precauciones, y era muy posible que quienes lo secuestraron pudieran llegar hasta él siguiéndola.

Antes de encontrarla, Nelson llamó a Wen Chen a un salón aparte y le explicó que esa visita podía ser peligrosa, aunque sin darle muchos detalles.

—Lo sé, amigo —dijo Wen Chen—. Fue una precaución que tomé desde antes. Estas mujeres son bellas, pero por desgracia tienen un precio. Si venden su cuerpo es previsible que vendan también su lealtad. No se preocupe, ya arreglé todo. Está previsto que se quede aquí, con usted, hasta el momento de su viaje. Cuando usted no desee verla la alojaremos en otro sector de la casa.

—Está bien así, Wen —dijo Nelson—. Ahora llámala, por favor.

Nelson tenía una bata de seda con brocados que le daba un vago aire de filósofo taoísta. Al escuchar el ruido de la puerta dejó la taza de té sobre la mesa y fue a su encuentro.

—Hola, *sweet heart* —dijo Irina—. Sabía que no me olvidarías. ¿Qué querían los de la otra noche? Espero que no te hayan hecho daño.

—No, no sucedió nada grave —repuso Nelson—. Aquí me ves, estoy completo.

—Me muero por pasarle revista a tu cuerpo, *sweet heart* —dijo, acercándosele—. Te voy a demostrar que no soy fría. Por mis venas corre el agua del Don, que no es tan apacible como dijo Sholojov.

—Caramba —dijo Nelson—, ¿tienes formación literaria?

—Me formé en la escuela pública soviética —dijo, mirando a Nelson con sus ojos color verde turquesa—. Considero un insulto que te sorprendas, pues Sholojov es un escritor ruso. Lo raro es que tú lo conozcas.

—Bueno, bueno —reviró Nelson—. Antes de discutir de literatura, que es algo que, por cierto, me muero de ganas de hacer contigo, considero que me debes una explicación.

—¿Te refieres al hombre de la pistola?

—Exactamente.

Irina adoptó una expresión infantil. Luego se sentó frente a él, separando levemente los muslos.

—Pues muy sencillo —dijo—: sabían que eras cliente mío, así que me ofrecieron una cuantiosa suma para que te sacara del hotel. Tan sencillo como eso.

—¿Y cuánto te pagaron?

—Mil dólares, una buena cantidad —respondió Irina—. Ni te imaginas lo que tengo que hacer para ganarla.

—¿Y no te crea ningún problema de orden, digamos, moral, traicionarme de ese modo?

—No, en absoluto —dijo muy tranquila—. Uno sólo puede traicionar aquello a lo que pertenece. Lo demás forma parte de la salvaje dureza de la vida. Tú, al introducir tu pene dentro de mi suave conejita, como llamaste a mi sexo la otra noche, también estás traicionando, pues eres un hombre casado. Y eso sin contar con que ambos estamos infringiendo la ley, ya que en China la prostitución está prohibida. En suma: que tú y yo estemos juntos es algo odioso e ilegal, y, a pesar de ello, tú continúas buscándome. Por eso te lo digo muy claro: no es el momento de dar lecciones morales, *sweet heart*. Pronto ambos estaremos muertos y nuestros cuerpos serán devorados por hordas de gusanos cuyas larvas ya viven en nuestro intestino. Olvídate de lo que es bueno o malo. Más bien baja esos pantalones y déjame darte una buena chupada. Eso, al menos, será real.

Nelson le hizo caso y, un rato después, rascando el cielo con los dedos, hundiéndose en su carne, gritando de placer, retando al universo, al más allá y a los astros, lo había olvidado todo. Irina tenía razón: si uno es consciente de que va a morir, todo lo que no sea placer carece de sentido.

Luego, arropados por un halo de gozo, se dieron un larguísimo baño de agua caliente en la tina, del que salieron a la hora de la cena, tomada en la terraza de la habitación, al lado de un reverbero que les permitió ver las últimas luces del crepúsculo.

—¿Juegas ajedrez? —le preguntó Nelson.

Irina, envuelta en una bata de seda, le dijo:

—Considero un insulto que le preguntes a una rusa si sabe jugar ajedrez. Lo extraño es que tú sepas.

Se sentaron delante del tablero, mientras un sirviente chino ponía leña en la chimenea y encendía el fuego.

—Detesto comenzar con blancas —dijo Nelson—, ¿el mejor de diez partidas?

—Tú pagas.

Nelson pensó que esa escena muy bien podría ser el final de su libro, y se levantó a escribirlo tal como llegó a su cabeza: «Desde que la vi me dije: Irina va a terminar jugando al ajedrez conmigo.» Le sonaba de algo, pero era una buena frase.

Sentado en el avión de la Cathay Pacific, de regreso, pensé en la vida que me esperaba al llegar a París, y un descorazonador sentimiento de pérdida se apoderó de mí. ¿Qué sucedía? El problema es que ese enanito sabio y aguafiestas que uno tiene adentro me decía insistentemente al oído: «No vendrá, no vendrá», a lo que yo argumentaba: «Fue ella la que lo dijo, y muy claro: "Espérame allá, Serafín." Ésas fueron sus palabras.» Pero mi enano, escéptico, volvía a decir: «No vendrá, pues si hubiera decidido cambiar de vida habría viajado contigo y estaría aquí sentada, y yo no estaría trabajando.» Tal vez tengas razón, enano cruel, y por eso te odio, le dije, y pedí un botellín de ginebra, y pedí también un periódico o una revista, por favor, rápido, algo que me distraiga, que me quite este malvado enano de encima.

El *South China Morning Post* y la botellita de Gordon's con Schweppes llegaron al tiempo, así que me enfrasqué en la lectura, aun si mi interés por las noticias era nulo. Nulo, hasta que en la tercera página encontré algo que hizo que el trago se me fuera a los pulmones, obligándome a espectorar. Era una breve nota en la sección judicial.

Balacera en el aeropuerto de Pekín

«Pekín (Xinhua). Una nutrida balacera con resultado de un muerto y tres heridos tuvo lugar ayer en el aeropuerto internacional de Nunyuán/Pekín a las 18:30 locales. Los sucesos ocurrieron cuando un grupo de sediciosos que actuaba bajo órdenes de una red mafiosa extranjera atacaron con armas de fuego un automóvil en el que se desplazaban tres tripulantes.

»Un profesor alemán de 65 años, Gisbert Klauss, su chofer y su guardaespaldas, ambos de nacionalidad china, fueron agredidos por los sicarios cuando entraban al parqueadero del terminal aéreo. Uno de los sediciosos fue dado de baja en el intercambio armado con el guardaespaldas, otro resultó herido y otros tres fueron arrestados por la policía. El profesor alemán y su chofer fueron trasladados de inmediato a un hospital de Pekín, con heridas de gravedad no precisada. Más tarde, en la sección internacional del aeropuerto, fue detenido el ciudadano canadiense Anthony Villemarais, reconocido por los sicarios como el autor intelectual de la agresión, y supuesto agente de una organización mafiosa que opera en Canadá y el norte de Estados Unidos.

»Se desconocen, por ahora, los móviles. Tanto la policía como la embajada alemana en Pekín han iniciado una investigación.»

¡Todo esto ocurrió poco antes de mi llegada al aeropuerto! No podía creer que Gisbert Klauss estuviera herido. Dado que el diario no daba los nombres de los heridos chinos —tal vez para proteger sus identidades—, pensé, con angustia, que Zheng podría ser uno de ellos. Pero luego recordé que a Klauss debía llevarlo un colaborador de Zheng, así que supuse que estaría bien.

La idea de los tres manuscritos fue de Chouchén Otálora, y, mal que me pese —habría preferido que *esa* idea fuera mía—, fue gracias a ella que pudimos resolver el asunto. Pero hay que decir también que la clave final nos la dio Zheng al proponernos hacer las copias donde un amigo suyo, un anticuario de la calle de Liulichang —ya que Chouchén, en principio, sólo había hablado de copias láser en color— experto en falsificación de originales, cuyas actividades, según Zheng, no siempre podían ser clasificadas dentro de los estrechos confines de la ley, lo que lo convertía en la persona ideal para ayudarnos.

El anticuario, un hombre de edad avanzada que, al sonreír, enseñaba al mundo una abundante colección de dientes podridos, tomó el encargo con suma seriedad, pues le debía unos cuantos favores a nuestro amigo. Llegamos a su taller hacia las ocho de la mañana, y, a eso de las cuatro, trabajando con dos colaboradores tan diestros como él en el arte de la caligrafía, nos entregó las dos copias falsas. Vale decir que éstas eran tan perfectas que sólo el profesor Klauss, especialista y bibliófilo, pudo establecer cuál era cuál. Por una cuestión de respeto consideré que el manuscrito original debía ser entregado a los nuevos Yi Ho Tuan, sus verdaderos dueños, así que fue para Nelson Chouchén Otálora, a quien consideramos su representante. Klauss y yo nos quedamos con las falsificaciones elaboradas por el anticuario, pues, al menos en mi caso, estaba seguro de que lo que entregara a Pétit en Hong Kong acabaría durmiendo el sueño de los justos en algún almacén de la Cancillería Francesa hasta que al cabo de cien o doscientos años alguien volviera a encontrarla, época para la cual, con los tiempos confundidos, incluso esa copia sería considerada original. En cuanto a Gisbert Klauss, por tratarse de un caso, digamos, más personal, ni él mismo ni nadie encontró inconveniente en quedarse con una copia falsa.

—Es una bella antigüedad —dijo el anticuario—. Lo felicito, profesor.

—Bueno —precisó Klauss—, es una falsa antigüedad. Bella, pero falsa.

—No, profesor, es una antigüedad —insistió el vejete—. Sólo que debe usted tener paciencia.

Omaira no llegó en el siguiente avión, ni en el otro, ni en ninguno de los vuelos que llegaron de Pekín y de La Habana en los tres meses siguientes, tal como había predicho mi enano aguafiestas. Pero, desde que regresé, he pasado muchas tardes sentado en la cafetería del piso de llegadas del aeropuerto. Desde ahí veo a los viajeros que llegan, y entonces, bebiendo una taza de té, imagino a Omaira Tinajo con su vestido azul y el maletín de mano, y la veo agitando un brazo y diciendo de lejos llegué, Serafín, aquí me tienes, te lo había prometido, e imagino que me levanto emocionado y que voy a abrazarla, y cuando lo imagino mis ojos se llenan de lágrimas, como si fuera verdad, así que debo bajarlos para no parecer un loco, un solitario que regresa a este lugar de tarde en tarde a esperar a alguien que no vendrá nunca, a un pasajero que jamás embarcó.

EPÍLOGO

Ésta es, pues, la historia de los tres impostores. En cuanto a mí, ya ustedes saben que me vi obligado a abandonar la escena, abruptamente, en el techo del galpón, más precisamente en el momento de la fuga, cuando Zheng intentaba conducirnos hacia el segundo edificio. Dos disparos en la espalda que hicieron trizas mis pulmones me impidieron continuar y, de algún modo, permitieron a mi cuerpo relajar los músculos. No puedo decir, como quisiera, desde dónde narro todo esto, ni por qué sé tantos detalles. Diré sólo una cosa sencilla: veo. De algún modo sigo escondido, aunque ya no hay nada que proteger. No estoy en un galpón, sino en un lugar lleno de luz y de silencio. Esta historia es lo único que tengo, y ahora que ya la conté puedo desaparecer, unirme a la nada. A fin de cuentas no soy más que un simple escribano, un soldado de Dios que hizo poco por Él y que recibió su gracia, o creyó recibirla. Pero ahora, mientras me alejo, debo callarme.